DE GELUKKIGEN

Rachel Cusk

De gelukkigen

Vertaling
Piet Verhagen

2003
DE BEZIGE BIJ
AMSTERDAM

Copyright © 2003 Rachel Cusk
Copyright Nederlandse vertaling © 2003 Piet Verhagen
Oorspronkelijke titel *The Lucky Ones*
Oorspronkelijke uitgever Fourth Estate, Londen
Omslagontwerp Studio Jan de Boer
Omslagillustratie Photonica/ Henry Horenstein
Foto auteur Adrian Clarke
Vormgeving binnenwerk Peter Verwey
Grafische Produkties bv, Zwanenburg
Druk Wöhrmann, Zutphen
ISBN 90 234 1228 1
NUR 302

De stevige, robuuste kleine meisjes waren niet half zo dapper
als de gevoelige, teer uitziende jongetjes.
– Katherine Mansfield, *At the Bay*

I

Kraamcel

Michelle moest de laatste tijd mee opstaan als ze ging plassen. Haar buik was zo dik dat ze overal tegen aanbotste. Meestal moest ze vier of vijf keer per nacht, maar vannacht was het vaker, acht keer al en het was nog niet eens licht. Ze lag hulpeloos op haar rug en voelde daar beneden iets jeuken. Het was net of er iemand boven op haar zat, zo zwaar leek hij. Ze kon niet ademen als ze op haar rug lag. Soms had ze het gevoel dat ze uit haar eigen lichaam geduwd werd. Het was net alsof ze vermoord werd, dacht ze, zich meteen zwijgend verontschuldigend voor de gedachte.

'Shel!' fluisterde ze. 'Ik móét.'

Even gebeurde er niets en toen hoorde ze Michelle opstaan. Ze zag haar door het donker strompelen alsof ze dronken was.

'Pas op,' zei ze, en Michelle vloekte. Ze hoorde een plof en het scherpe sissen van adem. 'Wat gebeurde er?' vroeg ze.

Michelle lachte. Ze maakte amechtige, puffende geluiden en Kirsty voelde trillingen in haar eigen buik op gang komen, grote spieren die golvend en schokkend omhoog rolden en pijnlijk op haar longen drukten.

'Hou op, ik doe het in mijn broek,' zei ze.

Michelle rolde haar op haar zij. Ze lachte nog steeds; haar armen schudden en haar haren dansten boven Kirsty's gezicht. Kirsty stak haar benen naar voren in het donker en Shel trok haar van het bed. Haar voeten maakten contact met de koude vloer, maar haar lichaam raakte in een soort aardverschuiving; alles rolde omlaag en zelf tuimelde ze erachteraan, zich in het donker aan Michelle vastklampend, zodat Michelle achteruit wankelde. Even was ze bang dat ze in een trage boog door zouden slaan tot ze allebei omvielen, maar Michelle zette zich schrap en duwde terug. Ze schudden allebei van het lachen. Ze zag geen hand voor ogen.

'Ik heb het in mijn broek gedaan,' zei ze. 'Ik voel nattigheid van achteren.'

Michelle pakte haar onder haar oksels.

'Je moet het ophouden,' zei ze.

'Dat gaat niet.'

Water liep tussen haar benen; de sluiting van haar blaas leek gesprongen, het water stroomde eruit en maakte een klaterend geluid op de vloer.

'Jezus,' zei Michelle, 'je pist als een paard.'

'Ik kan niet stoppen. Hou je me vast?'

'Jezus,' zei Michelle.

'Shel,' zei Kirsty. 'Ik kan niet stoppen.'

Ze rook zout en kokhalsde.

'Het is je vruchtwater,' zei Michelle. Haar nagels sneden in Kirsty's bovenarmen. Ze voelde pijn, het soort pijn waar niets tegen in te brengen is. Ze voelde Michelles hete, platte lichaam achter haar rug.

'Sorry,' zei ze, terwijl het warme water over hun voeten stroomde. Ze begon te huilen, want ze wist dat dit betekende dat de baby eraan kwam. Michelle trok haar weer naar het bed. Haar voeten slipten en glibberden op de natte vloer. Huilend trappelde ze even in de lucht en toen hees Michelle haar op het matras, rolde haar op haar zij en tilde haar benen erop. Haar natte kleren begonnen af te koelen. Ze deed haar ogen dicht en sloeg haar armen om haar buik. Ergens verderop in de gang hoorde ze vrouwen vechten in een van de donkere cellen. De baby reisde omhoog door de kern van haar lichaam; ze hield hem vast, ze omarmde hem in haar binnenste. Een mist van slaap hing in haar hoofd en ze bewoog zich erin en eruit. Ze vergat een poosje waar ze was, en toen vergat ze dat er een baby was, behalve dat ze zich geconcentreerder voelde, compacter. Ze voelde zich meer zichzelf dan ze in tijden gedaan had, zodat ze al slapend het idee kreeg dat ze thuis in haar slaapkamer lag en dat aan de andere kant van haar oogleden het oude behang met het blauwe bloempatroon hing; dat haar moeder beneden een kop thee zette en dat er nooit iets gebeurd was, dat ze door niets van zichzelf gescheiden werd. Zo bleef ze liggen tot de vochtigheid onder haar tegen haar slaap duwde en haar begon te storen, zodat ze wakker moest worden om te zien wat het was. En toen zag ze het kleine vertrek, grauw en somber in het ochtendlicht, en Michelle die in een hoop op het andere bed lag, en haar eigen buik, die eruitzag als een ernstig probleem, die eruitzag als een boze droom. Het licht leek vuil. Buiten op de gang klonk het geluid van knallende deuren en schreeuwende stemmen. Shel had in het donker een laken op de vloer gelegd en het lag daar verfomfaaid en doorweekt en leek een afspiegeling van iets in Kirsty's hoofd te zijn. Ze deed haar ogen weer dicht, en deze keer zag ze als een schrikbeeld het huis in brand staan, met dikke takken van vuur die uit het dak kwamen, terwijl Julie en de kinderen voor het raam stonden met rood achter zich, zwaaiend.

'Ik kon het niet ophouden,' zei ze tegen de cipier, die in het vlekkerige licht aan haar voeteneind verschenen was. Ze kon niet overeind komen. Vermoeidheid drukte als een laars op haar gezicht. Haar warrige haar kraste over haar voorhoofd en wangen.

'Als je het maar opruimt,' zei de cipier, tegen zowel haar als Michelle. Ze liep naar buiten en deed de deur achter zich op slot.

'Heb je weeën?' vroeg Michelle. Ze stond midden in het vertrek. Haar gezicht stond bleek en bezorgd als een vuist.

'Nee. Ik sta op.'

'Ik vind dat we het moeten zeggen.'

Sleutels knarsten in het slot. De cipier kwam terug en zette een zwabber en een emmer op de vloer. Daarna vertrok ze weer.

'Ik zeg pas iets als ik er niet meer onderuit kan.'

De waarheid was dat ze zich misselijk voelde, net als in het begin: dat kwam door de zoutige reuk van het vruchtwater, een gebruikt afwaswaterluchtje zonder enige scherpte. Haar maag keerde zich om als ze het rook. Bovendien had ze het gevoel dat ze, nu haar water gebroken was, op het randje stond, zoals wanneer je gesprongen bent maar nog niet de grond hebt geraakt, een soort terugkrabbelen in je hoofd, een gevoel van spijt. Ze voelde geen pijn, maar ze wist dat die er was. Hij had al die tijd liggen wachten in haar lichaam, muisstil. Hij had gewacht, en nu de tijd gekomen was om haar baby te grijpen kon hij dat vrijelijk doen, zonder haar toestemming.

'Ik wil mijn moeder,' zei ze, waarna ze opnieuw begon te huilen. Michelle zei niets. Ze dweilde de vloer en stopte de natte lakens in een zak.

'Kom op dan,' zei ze, toen ze klaar was.

Ze hielp Kirsty in haar grote sweatshirt en de legging met het ingenaaide voorstuk. Ze strikte haar gymschoenen, puffend op haar hurken, terwijl Kirsty groot en zwaaiend voor haar stond, neerkijkend als iemand die vanaf het dak van een hoog gebouw omlaag kijkt en overweegt te springen. Daarna liepen ze naar de deur en wachtten tot die open werd gemaakt.

De gevangenis was wit, en als de zon door de dicht onder het plafond geplaatste ramen scheen, wierpen de tralies vreemde onderwaterschaduwen op de muren. Je kreeg nooit een fatsoenlijk perspectief met zo veel wit: het gaf je het gevoel dat je klein was en ver van de randen van alles verwijderd was. Onder het lopen streek Kirsty vaak met haar vingers over de muren om structuur te voelen, houvast te krijgen. De gevangenis deed haar ergens aan denken, aan iets van lang geleden in haar leven, voordat dingen haar duidelijk werden, toen uit de monden van mensen rare geluiden in plaats van woorden kwamen en kamers zich plotseling ondersteboven konden keren en zij een vast punt in een caleidoscoop van rondtollende hoeken en uren was. Niets had op zulke momenten een begin of een eind, en dat gold ook voor de gevangenis. Volgens haar moeder droeg ze als kleuter overal een oud stuk deken met zich mee en friemelde ze voortdurend met haar duim en wijsvinger aan de gladde, blinkende rand. Naar die rand, die omtrek, was ze nu op zoek. Ze vond het een prettig gevoel te weten waar iets ophield. Ze keek soms nog steeds om zich heen met de stille vraag hoe dat kleine meisje hier terecht had kunnen komen. Haar moeder zou hetzelfde gezegd hebben, maar die kon zich er met geen mogelijkheid toe brengen haar te bezoeken. Vroeger koos Kirsty's moeder onveranderlijk in alles haar kant. Ze dacht het beste van haar, tot dat onmogelijk werd. Nu zei haar moeder alleen nog dat ze het niet meer wist. Nu was het haar tante Dawn die het woord voerde.

'Webber!' schreeuwde de cipier door de eetzaal. Ze had de post; ze schreeuwde andere namen en vrouwen stonden op van hun tafel en liepen naar haar toe.

'Ik ga wel,' zei Michelle.

'Eet je niet?' vroeg Carol.

'Ik heb geen trek,' zei Kirsty, naar het droge sneetje toast op haar bord kijkend. *Ik wil dood*, dacht ze. Haar buik was dik en heet en strak. Hij drukte tegen de rand van de tafel.

'Op het laatst heb je binnen helemaal geen plek meer, hè?' zei Carol.

Kirsty herinnerde zich dat ze als tienjarige een keer wakker werd met zo'n afschuwelijk gevoel dat het leek alsof er iets aan de wereld veranderd was. Al haar botten deden zeer en ze voelde zich heet en koud en misselijk en kon geen vin, geen vinger verroeren, en terwijl ze zo lag, dacht ze: wat moet ik doen, hoe moet ik verder? Het leek alsof vriendelijkheid en begrip nooit bestaan hadden, alsof ze moederziel alleen was en haar leven een wedloop was en iets het haar, zoals in een droom, onmogelijk maakte te rennen. Ze moest verder, maar ze kon niet verder, en er was narigheid, narigheid in haar hoofd en achter haar ogen en narigheid onder in haar maag. *Je bent ziek*, zei haar moeder toen ze binnenkwam, waarmee ze alles verklaarde, met slechts drie woorden alles in haar hoofd weer op de juiste plaats zette. Nu voelde Kirsty het weer, diezelfde verwarring, alleen maakte alles wat de mensen zeiden of deden het deze keer alleen maar erger. Het kruis van haar legging was nat. De baby kwam eraan. Haar hart bonkte in haar keel bij het zien van de gezichten van de andere vrouwen, strak van ellende en verveling en het feit dat er nooit naar hen gekeken werd, gezichten die van hun taal beroofd waren.

'Ik had amper een buik bij die twee van mij,' zei Kay. 'Ze geloofden me nooit in het ziekenhuis en ze probeerden me de hele tijd naar huis te sturen. De tweede werd geboren in de lift.'

'Dan zullen ze opgekeken hebben toen de deuren opengingen,' zei Rita. 'Jij gillend als een speenvarken met je poesje bloot.'

'Maar je had geluk dat het gauw gebeurd was,' zei Janice. 'Dat is vaak wel anders. Ik heb er drie dagen over gedaan om mijn eerste te krijgen.'

Kirsty zag Carol de anderen veelbetekenend aankijken, maar dat kon haar niet schelen, ze luisterde toch maar half: ze hadden nooit enige betekenis voor haar, hun verhalen, ze onderstreepten alleen maar wat voor vreemden ze voor elkaar waren. Je vertelt mensen alleen maar over je pijn als je verwacht dat ze mee zullen leven, maar dat was typisch de gevangenis: iedereen hoorde de echo's om zich heen en probeerde ze vervolgens te negeren. Ze wisten dat het je geen moer kon schelen en ze zeiden het toch. Michelle gooide een brief voor haar op de tafel en ze maakte hem open. *Lieve Kirsty, Je grote dag moet intussen erg dichtbij zijn en ik hoop dat je het een beetje redt. Ik weet uit eigen ervaring hoe moeilijk die laatste paar weken zijn en ik kan me amper indenken hoeveel moeilijker het voor jou moet wezen, nu je zo ver weg bent van de mensen die van je houden.* Kirsty keek op van het briefpapier, waarvan de randen versierd waren met kleine gele bloempjes. Dawns handschrift was rond en ze drukte haar pen hard op het papier. In een plotselinge golf sloegen de geur en het gevoel van haar tante over haar heen, en hoewel ze het gevoel verwelkomde, was het te sterk; ze moest een hand voor haar mond slaan, bang dat ze zou overgeven. Dawn had al een hele poos niets van zich laten horen; ze kwam naar de gevangenis als ze kon, maar het was een hele reis en bovendien had Kirsty liever dat Dawn die tijd aan haar moeder besteedde. Ze begon de brief op te vouwen, denkend dat ze hem later zou lezen, omdat haar hoofd op dat moment te weinig ruimte leek te bevatten om de woorden binnen te laten, maar tijdens het opvouwen zag ze iets lager de woorden 'slecht nieuws' staan. *Ik heb er een hekel aan de brenger van slecht nieuws te zijn, vooral in deze moeilijke tijd, maar ik weet zeker, Kirsty, dat je ondanks de omstandigheden zult willen weten hoe je moeder het maakt, en ik wilde je het vertellen voordat je het van iemand anders hoorde. Woensdagavond, eergisteravond, hebben een paar mannen bij haar ingebroken en je arme moeder in elkaar geslagen en daarna begonnen ze links en rechts alles te vernielen en kapot te slaan, terwijl zij hulpeloos op de grond lag. Nu ligt ze in het Sint-Georgeziekenhuis met twee gebroken ribben en wat snijwonden en beurse plekken en nog een paar dingen waar ik het niet over zal hebben omdat je toch al meer dan genoeg aan je hoofd hebt. Je begrijpt dat je arme moeder totaal van de kaart is en dan heeft ze het huis nog niet eens gezien, dat onbewoonbaar is, want ze hebben het bezoedeld op een manier waar ik hier niet al te diep op in wil gaan – laat ik het erop houden dat het ingemene en walgelijke mannen waren met nergens een greintje respect voor. Wat kan de reden geweest zijn voor zo'n aanval, zul je je afvragen.*

Kirsty draaide de pagina om. Haar hand beefde zo erg dat ze het niet kon onderdrukken. *Nou, je moeder herkende een van de mannen als Julies broer Gary, die naar ik onlangs gehoord heb zelf pas een week uit de gevangenis is en nu gaat hij waar-*

schijnlijk regelrecht retour, wat echt ongelooflijk is, want ik her-
inner me hem als een heel aardig jongetje, maar dat was jaren ge-
leden en het lijkt wel of ze uiteindelijk op de een of andere manier
allemaal op het slechte pad raken, zelfs de aardigen –

De andere vrouwen keken om toen ze haar hoorden schreeuwen. Ze zagen een meisje met een gezicht vol snot en tranen dat snel omringd werd door vriendinnen, en dit was iets wat ze doorgaans negeerden, zowel gevangenen als cipiers, want er werd hier voortdurend gehuild en met gevoelens geschermd; er was niets om ze tegen te houden, niets om de gevoelens te absorberen, alleen was dit meisje negen maanden zwanger en enkele vrouwen vroegen zich af of ze misschien zover was.

Weer terug in de cel had Michelle haar armen om Kirsty heen. Ze waren behaard, net als de armen van een man. Michelle wiegde haar heen en weer. Het was belangrijk voor Michelle dat ze mensen emotionele steun kon geven. Kirsty voelde de aanvechting haar van zich af te duwen, weg te lopen van haar gedrongen, gespierde lijf. Op dat moment leek Michelles lichaam gewoon een van de dingen waar ze geen zeggenschap over had. Soms dacht ze dat wat zij en Michelle met elkaar hadden echt was en soms niet. Zo ging dat in de gevangenis. Je vroeg je voortdurend af wat vriendschap in zo'n omgeving waard kon zijn – ze waren allemaal mensen waar andere mensen niets mee te maken wilden hebben. Wat had het voor zin om net te doen alsof ze iets voor elkaar betekenden? Ze had dit niet tegen Michelle kunnen zeggen. Michelle was hard, maar Kirsty wist dat je haar dodelijk kon kwetsen door zoiets te zeggen.

Michelle was een van de mensen die in de gevangenis iets

van zichzelf gemaakt hadden. Ze had weinig geluk in haar leven gehad, dat zag Kirsty wel. Het was niet het soort pech dat je had als je in de Barrows geboren werd, waar Kirsty was opgegroeid. In de Barrows stond je er allemaal samen voor; dat was waar je vandaan kwam, graag of niet, en hoewel de meeste mensen er niet blij mee waren, zorgden ze er in ieder geval voor dat ze zich vermaakten, en de rest van de wereld kon de pleuris krijgen. Michelle had het grootste deel van haar jeugd in een tehuis doorgebracht. Soms probeerden ze haar terug te sturen naar haar moeder, maar haar moeder was een triest geval, zei Michelle; ze dronk en bracht haar halve leven op straat door en was alleen maar geïnteresseerd in mannen. Er was altijd wel een man in huis voor wie haar moeder anders probeerde te zijn. Het gebruikelijke patroon was dat Michelle naar huis kwam en de man vertrok, totdat haar moeder haar begon te verwijten dat ze alles verpestte als ze terugkwam, omdat ze zich niet kon concentreren als Michelle in huis was en allerlei eisen stelde, waarna Michelle niet meer terug wilde. Kirsty kon zich niet indenken wat het was om zo'n moeder te hebben. Haar moeder had na Kirsty's vader nooit meer iets met andere mannen gehad. Zelfs de moeders in de Barrows stelden de kinderen op de eerste plaats en de mannen op de tweede. Michelle zat vast voor moord. Ze had haar man vermoord. Als je haar vroeg waarom ze in de gevangenis zat, zei ze steevast: zelfverdediging. Kirsty had geen cel met Michelle, met een moordenares, willen delen. Ze had die hele eerste nacht geluidloos liggen huilen van angst en niet uit bed durven komen om te gaan plassen, hoewel ze vreselijk nodig moest. Het was geen moment bij haar opgekomen dat Michelle misschien hetzelfde dacht over haar, Kirsty, hoewel later bleek dat wat Michelle betrof iedereen onschuldig was, on-geacht wat ze gedaan hadden. Ze is gewoon het slachtoffer van haar omstandigheden, zei ze vaak over deze of gene. Kirsty kon er bijna kwaad over worden dat het Michelle niets uit leek te maken of zij, Kirsty, echt dat gedaan had waarvan ze beschuldigd werd.

Er werd campagne gevoerd voor Michelle. Allerlei soorten mensen schreven naar haar, journalisten, politici met hun mond vol over vrouwenrechten. Voordat Kirsty een cel met Michelle deelde, wist ze niet eens wat vrouwenrechten wa-ren, maar nu wist ze er alles van. Er was een televisiepro-gramma geweest over haar zaak, zoals Michelle het noemde. Niemand beweerde dat Michelle haar man niet gedood had: wat ze zeiden was dat ze er geen gevangenisstraf voor had mogen krijgen. Kirsty kon er geen touw aan vastknopen tot Michelle haar de map met artikelen liet zien die ze uit de krant geknipt had en waarin stond hoe Michelles man haar behandeld had. Michelle had een keer tegen Kirsty gezegd dat ze er geen bijzondere behoefte aan had om vrijgelaten te worden; het waren andere mensen die haar vrij wilden heb-ben. Alles is verkeerd om in mijn leven, zei ze. Hier voel ik me vrij. Als ik buiten was, zou ik het gevoel hebben dat ik stilstond in de tijd, dat ik eeuwig gevangen zou zitten in dat moment dat ik met dat mes in mijn hand in de keuken stond. Ik denk niet dat ik daar ooit overheen zou komen. Ze vertelde Kirsty over een man over wie ze in de krant gelezen had, hij was opgesloten omdat hij een schuur in brand gestoken had en op de dag van zijn vrijlating was hij teruggegaan en had hem opnieuw in de fik gezet. Daar kan ik me echt iets bij voorstellen, zei Michelle.

Michelle deed aan gewichtheffen in de fitnessruimte en

volgde gevangeniscursussen en las boeken, stapels boeken, boeken over van alles en nog wat, boeken die het leven altijd ingewikkelder maakten dan het leek, zodat je hoofdpijn kreeg van het denken. Voor Kirsty was het leven gewoon iets wat gebeurde; het leven was net zoiets als een rijdende auto waar jij in meereed, zonder dat je daar verder veel over nadacht. Michelle was anders, zij wilde weten hoe alles in elkaar zat. Kirsty dacht wel eens dat Michelle teleurgesteld in haar was. Ze had boeken over zwangerschap voor Kirsty gehaald en Kirsty had ze nooit gelezen. Ze had uitgezocht hoe Kirsty's zaak in elkaar zat en wat er verkeerd gedaan was en wat de advocaten hadden moeten doen en nagelaten hadden, en hoewel Kirsty wist dat wat Michelle zei waar was, kon ze zich er, in tegenstelling tot Michelle, niet over opwinden – integendeel: het maakte haar moe en gaf haar het gevoel dat het allemaal toch geen zin had. Op andere momenten had ze evenwel het idee dat Michelle blij was dat ze haar had om voor te zorgen. Michelle had de nieuwe advocaat voor haar gevonden, Victor Porter, en toen raakte Kirsty geïnteresseerd, want in Victor herkende ze iets simpels dat direct betrekking op haar eigen leven had, iets wezenlijks, namelijk een rechtstreeks toegenomen kans dat ze vrij zou komen. Ze was aangewezen op Michelle en ze vond haar opdringerig, soms het een, soms het ander, heen en weer, maar nu de baby eraan kwam, was het vaker het eerste dan het tweede. Michelle zei dingen als: Het is gek, maar we zouden elkaar nooit tegengekomen zijn als we niet allebei hier gezeten hadden, of: Achter de wolken schijnt de zon, wat Kirsty altijd een ietwat opgelaten gevoel gaf.

En dus liet ze zich door Michelle omarmen, hoewel ze er overal pijn van kreeg, en het ogenblik werd het soort ogenblik dat ze wel vaker had – als iets echts dat iets onechts geworden was weer iets echts werd; als ze zichzelf voelde veranderen maar niet wist waarin.

Ze kende Gary. Dat was een dikke jongen die zich altijd stiekem bij een groepje aansloot alsof hij dacht dat niemand dat in de gaten had. Eigenlijk had iedereen de pest aan hem, gewoon omdat hij een dikke zak was, maar omdat hij vaak gemene dingen deed om zichzelf te bewijzen, stomme dingen, nam niemand de moeite om hem een lesje te leren. Hij had haar op de speelplaats op school een keer een schop gegeven, alleen maar omdat ze Julies vriendin was en bij hen thuis kwam. Zo'n soort figuur was het. Meestal groette ze hem gewoon en soms praatte ze even met hem, maar op een dag zag hij haar op de speelplaats en liep hij naar haar toe en gaf haar een schop. Breed glimlachend. Op het moment dat hij dat deed, had ze het vreemde gevoel dat ze in zijn hoofd kon kijken, en wat ze zag was dat hij wist dat iedereen een hekel aan hem had en dat hij een nog grotere hekel aan zichzelf had. Ze zag een andere persoon binnen de persoon die hij was. Dat gevoel had ze dikwijls bij mannen. Dit was voordat hij ouder werd en zich echt in de nesten werkte. Op een dag duwde hij een oud dametje van de trap van haar flat, zodat ze haar benen brak. Kirsty was niet verbaasd; zijn familie wel. Het scheen dat hij twee of drie keer per week bij dat oude dametje op bezoek ging, en op een dag duwde hij haar gewoon van de trap. Ze wisten niets van die bezoekjes, de familie, maar zij keek er niet van op, want ze wist van die andere persoon in hem. Daar kreeg hij die gemene ideeën van. Het was net alsof hij zich afreageerde op zijn andere kant. Ze was vergeten waarvoor hij in de tijd van de brand vastzat. Julie praatte allang niet meer over hem. Ze had het in haar hoofd gekregen dat hij de politie over Shaun verteld had. Anders snapte ze niet waarom Shaun naar de gevangenis gestuurd was, hoewel de anderen zich juist afvroegen hoe het hem gelukt was om er zo lang uit te blijven.

Denken aan Shaun en Julie deed zeer, ze kreeg er pijn van op die plek hoog in haar borst. De baby gaf haar geen ruimte om aan beroerde dingen te denken. Er was geen plaats in haar buik om die gevoelens te laten gebeuren. Ze bleven steken in haar borst, in haar keel. Ze dweilde de cellen en probeerde niet te denken. Schoonmaken was fijn. De anderen zeiden dat ze bofte dat ze dat baantje gekregen had, dat er veel ergere corvees bestonden. Ze had zich zorgen gemaakt over de chemicaliën, vanwege de baby, maar het alleenzijn beviel haar. Vaak dacht ze dat ze alles zou kunnen oplossen als ze maar alleen kon zijn. Ze was er vreselijk aan toe vandaag. Ze had toiletpapier in haar onderbroek gepropt voor het water, dat nog steeds uit haar liep. Ze begon weeën te krijgen. Soms vergat ze ze even en liet ze zich wegdrijven op dat grote welbehagen met zichzelf, dat slow-foxtrotgevoel dat ze over de baby had, alsof ze elkaar omstrengelden en er verder geen mens op de wereld was. Zij was de enige in deze gevangenis die iets had. De lichamen van de andere vrouwen waren plat en eenzaam: de opsluiting maakte hem wreed, putte hen uit, want er was geen geven hier, geen leven, alleen maar tijd die weggenomen werd. Door de baby leefde Kirsty nog steeds in de tijd. Daarom wilde ze niet dat de baby er uitkwam. De anderen keken naar haar alsof ze medelijden met haar hadden, alsof de gevangenis alles wat goed was aan de baby tenietdeed, maar voor haar was het precies andersom. Ze wisten niets van haar overplaatsing. Victor had tegen haar gezegd dat ze dat stil moest houden. Een heleboel vrouwen hadden kinderen. Ze wilden niets horen over de babyafdeling. Kirsty zou er toch al niet over gepraat hebben; denken aan de tijd nadat de baby er uitgekomen was maakte haar bang, alsof het iets was wat ongeluk bracht.

Ze was opgehouden met dweilen en leunde tegen de muur. Haar hart bonkte, ze voelde zich niet erg goed. Alles was weer een puinhoop, net als in het begin. Na een slaap van negen maanden begon haar geest weer tot leven te komen, dat voelde ze. Het was net alsof ze wakker werd en ontdekte dat ze onder water geduwd werd en verdronk, alsof al haar tijd in de gevangenis een droom was geweest en de werkelijkheid, de echte gevangenis, nu pas begon. En als iemand die moe was, probeerde ze zichzelf weer in slaap te sussen, maar dat lukte niet, ze was wakker en alert en voelde pijn, banden van pijn over haar buik, een lelijk krampend gevoel vanbinnen dat haar duidelijk maakte dat vandaag een ongeluksdag was. Maak je maar nergens sappel over, schat, zei haar tante Dawn altijd tegen haar, we krijgen je er wel uit, maar Kirsty had haar niet echt gehoord. Het was net alsof Dawn in één kamer van een huis was en Kirsty in een andere; ze waren in hetzelfde gebied maar konden elkaar niet bereiken omdat Kirsty zichzelf had opgesloten in haar zwangerschap, terwijl Dawn nog steeds met de brand leefde, en met Julie en de kinderen en de politie aan de deur en het vonnis dat Dawns zuster, Kirsty's moeder, raar in haar hoofd had gemaakt, zodat ze niets meer kon zeggen behalve dat ze het niet meer wist. Gary had haar moeder pijn gedaan om haar betaald te zetten voor wat iedereen zei dat Kirsty Julie had aangedaan. *Hij is zelf pas een week uit de gevangenis.* Kirsty voelde een kramp in haar maag. Dit was een ongeluksdag.

'Je advocaat is er, meid,' zei de cipier, die plotseling achter haar stond en haar zo aan het schrikken maakte dat ze haar hand tegen haar borst moest drukken. Hij draaide zich om en liep weg. Kirsty zette de zwabber tegen de muur en ging hem achterna. De cipier liep te snel, maar ze moest hem bijhouden; ze legde haar hand onder haar buik en boog zich voorover terwijl ze liep. Ze vertelden je nooit van tevoren wanneer je advocaat kwam. Je kon overal zijn, op de wc, in de fitnessruimte, en ze namen altijd hun tijd om je te vinden, zodat je tegen de tijd dat je in de bezoekersruimte kwam nog maar tien minuten over had. Toen ze daar aankwam, zag ze het meisje, Jane, alleen aan een tafel zitten. Ze keek het vertrek rond alsof dat een bezienswaardigheid was. Alle andere tafels waren leeg, er was niemand. Kirsty's hart bonkte weer. Ze moest stilstaan, langzamer lopen: ze kreeg dat nare gevoel weer toen ze het meisje zag, en ze moest blijven staan en het de tijd geven om weg te trekken, zodat ze de situatie weer meester werd en kon voorkomen dat alles verkeerd liep. In de deuropening bleef ze staan, inademend, uitademend. Het meisje zat nog steeds met een flauw glimlachje op haar gezicht om zich heen te kijken. Toen draaide ze met een ruk haar hoofd om en zag Kirsty staan, en ze zwaaide vreemd naar haar en Kirsty moest naar haar toe.

'Waar is Victor?'

'Ha, Kirsty,' zei Jane. Ze zei het op de manier van een onderwijzeres of een receptioniste die vastbesloten was alle problemen te omzeilen.

'Hoe gaat het met je?'

'Waarom is hij er niet?'

'Ik ben bang dat Victor zich vandaag niet goed voelt. Hij zei dat ik tegen je moest zeggen dat het hem spijt dat hij niet kon komen.'

Het meisje was klein, en had een scherp gezicht. Haar huid was bleek en je kon de make-up erop zien, een klein beetje maar, een paar dure vleugjes om te laten zien dat ze zich verzorgde. Ze droeg een zwart jasje, op maat gemaakt. Om haar hals hing een zilveren kettinkje. Ze was wel eens samen met Victor op bezoek geweest, maar dit was de eerste keer dat ze alleen kwam. Kirsty voelde zich niet prettig alleen met haar. Plotseling kon ze zien wat het meisje werkelijk over haar dacht. Ze kon het haar bijna zien denken: *dievegge, leugenaarster, hoer. Moordenares.* Victor was anders; die haalde de onschuld in haar leven naar voren als een goede eigenschap. Jane weigerde naar haar buik te kijken; steeds als haar ogen erop vielen, kaatsten ze er weer vanaf. Kirsty lette op of ze misschien een keer goed naar de buik zou kijken, maar dat deed ze niet. Het kwetste haar dat ze dat niet deed. Ze stelde zich haar voor, klikklakkend door haar leven in haar kleine schoentjes, door Londen en haar chique advocatenkantoor, broos en efficiënt, regelend, alles uitvoerend op de juiste manier en op het juiste moment. Jane gaf Kirsty het gevoel dat ze ruw en hard en smerig was, gaf haar de aanvechting Jane in haar gezicht te stompen.

'Mijn moeder,' zei Kirsty.

'Ja, ik heb het gehoord,' zei Jane. 'Het spijt me vreselijk.'

'Gaan ze Gary arresteren?'

'Ik ben bang dat ik dat niet weet. Je weet hoe het is in de Barrows.'

Kirsty wist inderdaad hoe het was: je raakte in moeilijkheden door alles wat je niet deed en door niets van wat je wel deed. Ze was opgegroeid in het geloof dat de politie uit gluiperds bestond, dat rechters en jury's corrupt waren, maar nu ze zelf door het systeem was gegaan begreep ze dat het allemaal kwam doordat andere mensen vonden dat hun leven in de Barrows een slecht leven was en dat het weinig uitmaakte waarvan je beschuldigd werd: als je van de Barrows kwam, had je vast iets op je geweten. De man die haar voor de rechtbank verdedigd had, de advocaat, zelfs hij dacht dat – dat had hij zo goed als gezegd. Je moet begrijpen, had hij gezegd voordat ze naar binnen ging, dat de jury bepaalde bijzonderheden van je manier van leven schokkend zal vinden. Winkeldiefstal, drugs, met Jan en alleman naar bed, de jury kreeg het allemaal breed uitgemeten, zonder dat iemand vroeg of het waar was. Dat was wat haar het meest verbaasd had over wat mensen als Michelle het rechtsstelsel noemden. Niemand vroeg je ooit wat de waarheid was. Ze ging wel eens samen met Julie proletarisch winkelen, op zoek naar spullen voor de kinderen. Ze hadden allebei een berisping gekregen, één keer. En ze gebruikte nooit drugs, dat was hoofdzakelijk iets voor de moeders in de Barrows. Tegen de kinderen deden ze alsof ze het spul nooit aanraakten, maar als ze hen naar bed gestuurd hadden, gingen ze allemaal naar iemands huis om zich het schompes te roken. Dan stonden ze om halfacht 's morgens vrolijk op om hen naar school te sturen en de seconde dat ze de deur uit waren, doken zij hun bed weer in om hun roes uit te slapen. Julie zei altijd dat je van tijd tot tijd ook wel eens lol mocht hebben als je kinderen had, want alles wat je deed was voor hen en je deed nooit eens iets voor jezelf. Kirsty had heel wat avondjes met Julie en haar maatjes doorgebracht, maar ze had nooit iets genomen, niet echt. Dat zou haar moeder van streek gemaakt hebben. En ze waren gek op hun kinderen, Julie en haar maatjes. Kirsty geloofde niet dat het meisje dat op dit moment tegenover haar zat ooit zoveel van iets gehouden had als Julie van haar kinderen.

Het was typisch iets voor Gary om iemand iets betaald te zetten voor wat ze helemaal niet gedaan had.

'Voel je je wel goed?' hoorde ze het meisje, Jane, vragen. Ze keek Kirsty aan, maar haar gezicht veranderde niet, behalve dat je kon zien dat ze dacht dat ze misschien iets zou oplopen.

'Ja hoor,' zei Kirsty, terwijl ze ging verzitten. Een riem van pijn had zich om haar buik gesnoerd. Ze probeerde in en uit te ademen.

'Je moet bijna zover zijn.'

'Ja.'

Haar pijn klonk luid in het stille vertrek. Ze dacht voortdurend dat de cipier hem zou horen. *Alsjeblieft*, dacht ze, *alsjeblieft, nog niet*. Ze was erbij geweest toen Julie Ian kreeg. Shaun had hem er uitgetrokken omdat de vroedvrouw te laat was. Hij was goed in dat soort dingen, Shaun, hij was niet bang van vrouwen. De andere mannen in de Barrows waren heel anders. Hij had een kleine ruige pony, een bergpony die hij Bonny noemde, waar hij op rondreed met zijn revolver onder zijn broeksband, net als een cowboy. Niemand die een vinger naar hem uitstak. Hij had geluk. Na Ians geboorte legde hij het aan met Kirsty, hoewel hij altijd al een zwak voor haar had gehad – hij kuste haar wel eens als hij bezopen was. Julie zei dat het haar niet kon schelen, zij had de baby, ze zei dat ze niet door Shaun lastiggevallen wilde worden. Shaun vond een kamer voor hen verderop in de straat bij een maat van hem, maar Kirsty bleef vrijwel al haar tijd bij Julie doorbrengen om haar met de baby te helpen. Dat had ze tegen de jury willen zeggen: dat Julie degene was van wie ze hield, Julie en de kinderen, en dat Shaun alleen maar een verzetje was. Je moet begrijpen, zei de advocaat tegen haar, dat je relatie met

Shaun Flynn je in de ogen van de jury een motief geeft.

'En nu we het daar toch over hebben,' zei Jane. 'Ik ben bang dat we problemen hebben met jouw overplaatsing naar de afdeling in Fordham.'

'Hoezo?' vroeg Kirsty.

Jane leunde ver achteruit, alsof ze bang was dat Kirsty haar te lijf zou gaan.

'De afdeling zit vol op het moment,' zei ze. 'Ik heb aangedrongen, maar ze zeiden dat ze voor niemand meer plaats hebben.'

Kirsty staarde haar aan.

'Maar Victor zei...'

'Je moet begrijpen, Kirsty,' zei Jane, 'dat die afdeling hoofdzakelijk voor kortetermijndelinquenten bedoeld is. In een geval als het jouwe moeten er dwingende redenen zijn voor een beroep voordat ze een uitzondering kunnen maken. Victor doet wat hij kan om daar vaart achter te zetten,' vervolgde ze, 'zodat de... de scheiding in elk geval tot een minimum beperkt zal blijven. Hij heeft een nieuwe deskundige gevonden om het oorspronkelijke bewijsmateriaal nog eens door te nemen en we krijgen wat meer informatie binnen over de exacte tijdstip–'

Kirsty huilde en het huilen deed pijn in haar buik en maakte hem aan het schokken, zodat de tranen uit haar ogen stroomden en haar gezicht totaal verfomfaaid raakte. De riem van pijn drukte haar tegen de rug van haar stoel; ze kreeg het benauwd en hoestte klodders slijm op, die op de tafel voor hen uiteenspatten. Ze zag Jane overeind springen en paniekerig met haar armen zwaaien.

'Kirsty, wees alsjeblieft kalm, probeer je alsjeblieft te beheersen,' zei ze met een hoog stemmetje, en door haar tranen heen zag Kirsty haar naar de cipier gebaren, en toen was de cipier er en was Jane verdwenen en had iemand haar een kop thee gebracht.

'Ben je begonnen, schat?' vroeg de cipier, vriendelijk nu, want de situatie was zo beroerd dat het niet meer erger kon; ze wekte medelijden op in plaats van verachting en ze jankte en schudde haar hoofd en de cipier vroeg of ze kon lopen en bracht haar langzaam terug naar haar vleugel.

Ze lag op haar bed in de cel naar de muur te kijken. Michelle zat in solidair stilzwijgen op het andere bed. Omdat de gevangenis te vol raakte, waren ze begonnen hen 's middags op te sluiten. De andere vrouwen klaagden daarover, maar Kirsty had het nooit erg gevonden; ze was blij met de rust en de kans om te gaan liggen. Maar dat kwam door de baby, want met iets in haar binnenste om mee te praten, van te houden, had de futiliteit van 's middags opgesloten te worden haar nooit echt geraakt. De baby had haar beschermd, niet alleen tegen de dingen waar ze anders misschien mee te maken zou hebben gekregen – de drugs en de vechtpartijen, het gekonkel, het web van seks dat ze langzaam om zich heen begon te ontwaren – maar ook tegen de grotere noodzaak te herbouwen wat haar vonnis afgebroken had: haar waarde. Dat was wat iemand als Michelle deed, ze nam een moreel standpunt in. Niemand raakte Michelle met een vinger aan, maar het was zwaar werk, niet alleen de boeken en zo, maar dat je ergens om gaf, de moeite die ze moest doen om andere mensen te laten zien dat ze ergens om gaf, want dat hield hen op afstand, dat maakte hen onbehaaglijk en voorkwam dat ze haar te na kwamen. Kirsty dacht niet dat ze daar goed in zou zijn, in zichzelf bewijzen. Er was altijd voor haar gezorgd in de

Barrows. Haar maatjes lachten haar altijd uit omdat ze zich nooit problemen op de hals haalde. Nu zou hun het lachen wel vergaan.

Ik zal nooit meer de kans krijgen, dacht Kirsty, om weer te zijn zoals ik was. Ze wist trouwens niet eens of die persoon wel iets waard was geweest. Het vreemde was dat het systeem haar de wereld had binnengevoerd van mensen van wie ze anders niets geweten zou hebben, mensen die haar weerzinwekkend of tragisch vonden, of een slachtoffer of *immoreel*; dat was wat de rechter over haar gezegd had, alsof hij nog nooit in zijn leven zo iemand was tegengekomen. Voorzover ze wist, dacht zelfs Victor er zo over. Hij had een groot huis in Londen en een tweede 'op het platteland', niet in de Barrows, dat was zeker, hoewel hij altijd zei hoe mooi de omgeving daar was, alsof dit iets was waarover ze misschien hadden kunnen keuvelen. *Snoezig, vind je ook niet?* Hij had twee kinderen en zijn vrouw schreef elke week een column in een grote krant. De column ging over hun gezinsleven, over het opvoeden van de kinderen, de ups en downs. Kirsty wilde weten of ze ervoor betaald werd, en Victor zei: Inderdaad, heel goed zelfs, en Kirsty bescheurde zich bijna. Denkt u dat ze mij zouden betalen om over het gezinsleven in de Barrows te schrijven? vroeg ze hem bij wijze van grapje, en hij keek bedroefd en zei: Waarschijnlijk niet, en dat was weer zo'n ding in het leven dat precies verkeerd om was. Ik wilde schrijfster worden, vertelde ze hem, toen ik klein was. Ik wilde liefdesverhalen schrijven. Ik zou nog niet over de Barrows schrijven, al kreeg ik ervoor betaald.

De weeën waren opgehouden. Ze lag op haar zij met haar armen om de baby in haar buik. Het was Shauns baby en ze had altijd gedacht dat het daarom een gelukkige baby zou zijn, precies zoals Shaun een geluksvogel was, precies zoals ze heimelijk gedacht had dat Julie en de kinderen niet dood waren, dat ze zich alleen maar ergens schuilhielden en op een gegeven moment terug zouden komen. Ze was bij haar maatjes toen ze over de brand hoorden; het was een hete avond en ze zaten straalbezopen op de heuvel en iemand kwam naar boven gerend en zei dat Julies huis in lichterlaaie stond en ze waren allemaal naar beneden gehold en troffen Shaun aan die met een zwart gezicht en zwarte kleren voor het huis stond, want hij was binnen geweest om te proberen ze te redden. Rook kolkte uit de ramen, er was geen vuur meer; in precies de tijd die zij nodig hadden gehad om de heuvel af te komen was het huis uitgebrand. Ze zijn nog binnen, zei Shaun, en ze hadden hun armen om elkaar heen geslagen en gehuild. Shaun zei dat hij even de straat in was gelopen om iemand te spreken en toen hij terugkwam, stond het huis in brand. Ze bleven de hele nacht op om te proberen ermee in het reine te komen. Ze kwamen me roepen, zei Shaun voortdurend, aan één stuk door met zijn hoofd schuddend. Het duurde acht maanden voordat de politie bij Kirsty aanklopte. Ze ging nog steeds met Shaun, omdat dat haar het gevoel gaf dicht bij Julie te zijn en omdat hij behoefte had aan troost en omdat ze niet wist dat ze iets te verbergen had, en toen bleek dat twee van haar maatjes beweerden dat ze haar die nacht op de heuvel, al die maanden geleden, een minuut of tien gemist hadden, en hoewel Kirsty zeker wist dat ze nergens naartoe geweest was, moest ze bekennen dat ze het zich niet meer herinnerde, want dat deed ze ook niet, ze was te dronken en ze werd pas weer nuchter toen ze de brand zag. Volgens de politie had de brandstichter Julies voordeur opengebroken en benzine op de gangloper uitgegoten, en Kirsty zei: Nou, dan

kan ik het niet geweest zijn, wel?, want Shaun had hem vanbinnen met ijzeren staven verstevigd, maar dat scheen niemand te interesseren.

Haar moeder had altijd gezegd dat ze kon worden wat ze
wilde. Trek je maar niks aan van wat andere mensen zeggen,
zei ze, je moet gewoon jezelf zijn. Dat soort dingen haalde ze
uit de oude tijdschriften in de wachtkamer van de dokter.
Toen haar moeder naar de Barrows verhuisde, was het een
nieuwe wijk, met tuinen en bloembedden en een winkeltje op
de hoek. Ze was er vanuit het centrum naartoe verhuisd toen
Kirsty een baby was, denkend dat het een lekker rustig plekje
zou zijn om samen te wonen. Kirsty zag nu dat haar moeder
al voor die affaire met Julie aan het afglijden was geweest.
Dat kwam door de veranderingen in de Barrows, de helft van
de huizen uitgebrand, de tuinen al jaren verdwenen, de winkel dichtgespijkerd, en de mannen – de mannen waren net
beesten, altijd aan het vechten, op klaarlichte dag liepen ze
rond met vuurwapens en messen, ze waren zo erg dat de politie niet eens meer de moeite nam om nog naar boven te komen. Ze lieten hen gewoon in hun eigen vet gaar smoren.
'Wetteloos' was het woord ervoor, het woord dat ze in de
rechtbank gebruikt hadden, behalve dat er daar plotseling
wetten te over waren, in die rechtszaal. Het waren de vrouwen die de Barrows gaande hielden. Kirsty's moeder hoorde
daar niet bij, zij hoorde niet thuis in zo'n buurt, maar het gebeurde voortdurend dat mensen buiten hun schuld op de
verkeerde plek terechtkwamen. Niemand in haar familie was
ooit met de politie in aanraking geweest. Dawn woonde in
een mooi huis in het centrum en haar man werkte op de auto-
fabriek, maar Kirsty's moeder was op haar zeventiende zwanger geworden van Kirsty en de vader, wie dat ook was, wilde

nergens van weten. Nu zou ze bij Dawn gaan wonen. Daar was een kamer voor haar, nu Dawns dochter Suzanne getrouwd en het huis uit was. Als het aan Kirsty lag, ging ze ook niet meer terug naar de Barrows. Ze zou ergens anders heen gaan en samen met de baby een nieuw leven beginnen.

'Alles goed?' vroeg Michelle van het andere bed, en Kirsty werd wakker, want ze was half ingedommeld terwijl ze aan de baby dacht en een appartement voor hen vond om in te wonen en misschien een opleiding volgde voor een baan, en ze was vergeten waar ze was, en toen ze wakker werd en zag dat ze nog steeds hier was, in de gevangenis, drong het voor het eerst echt tot haar door dat ze hier tien jaar zou zitten en haar baby pas weer zou zien als ze tien was, een grote meid, en dat al die blikken die ze voortdurend van de andere vrouwen kreeg, de stiltes als zij in de buurt kwam en de rare manier waarop ze elkaar aankeken, daarmee te maken hadden, met wat die vrouwen wisten, en zij niet, over hoe het leven in elkaar steekt, over wat er gebeurde als je op een plek als deze terechtkwam, over hoe dingen van kwaad tot erger vervielen. Wat dondert het allemaal ook? dacht ze. Ze maakte zich klein. Heel even was ze zelf de baby en nam het kind in haar een vreemd gezag aan, de autoriteit van een niet-geleid leven. Op dat moment kwam het haar bijna voor dat de baby de macht bezat haar van zichzelf te bevrijden. En het was een wonder dat deze overdracht hier, in dit kleine vertrekje, waar het licht achter de tralies gehuld ging in de trieste bleekheid van een wintermiddag, van een dag die ongeleefd en ongeproefd voorbijging, in dit gebouw waar alles in één enkele dimensie van feitelijkheid bestond, kon plaatsvinden. Een punt van pijn prikte in haar buik en begon zich langzaam, onstuitbaar uit te breiden, als een brandwond.

'Gewoon ademhalen,' zei Michelle. Ze stond naast het bed met haar hand op Kirsty's haar.

Kirsty onderging de pijn als een zweepslag. Er zou een nieuwe volgen, en nog een. Hij had de afgemeten, weloverwogen wreedheid van straf. Hij was echt, ongeoorloofd, vol betekenis. Ze voelde zich te voorschijn geroepen uit haar anonimiteit. Plotseling was ze vol vechtlust. Ze hoopte dat het haar dood zou worden.

'En opnieuw,' zei Michelle. 'Blijven ademen.'

De pijn perste alle lucht uit haar lichaam en drukte haar adem tegen de bovenkant van haar hoofd. Hij leek metaalachtig, abstract. Ze braakte, heet, bitter, op het laken. De lichten waren aangesprongen: elektriciteit brandde rond haar ooghoeken. Ze draaide haar hoofd om en zag duisternis achter het celraampje. Er waren andere mensen in het vertrek. Nu was het alsof ze tegen haar buik geschopt werd, ze zag het aankomen, voelde de trap, voelde de pijn helemaal binnendringen. Ze schreeuwde terug, hard en giftig. Michelle praatte in haar oor en Kirsty moest terugkomen om te horen wat ze zei, zodat de volgende wee haar verraste en vloerde.

'Ze komen je halen,' zei Michelle. 'Kirsty? Ze komen je nu ophalen.'

Kirsty brulde en schudde haar hoofd; ze ging nergens heen, ze moest hier blijven en vechten, want anders zou ze verliezen, zou het bezit van haar nemen, en toen ze de twee politieagenten op zich af zag komen maaide ze met haar armen en sloeg naar hen, en ze scholden haar uit voor rotwijf en sloegen terug, en omdat zij hen geslagen had besloten ze haar handboeien om te doen voordat ze haar oppakten, ieder een arm en een been, en door de gang naar buiten sleepten. Ze bulkte en spartelde toen ze haar wegdroegen, en het plafond maakte schokkende bewegingen boven haar, en iets aan het plafond, hard en wit en met grote kale lampen, onaangedaan, maakte haar aan het huilen, en ze deed haar ogen dicht en liet het water eruit stromen.

In de politiewagen deed de lucht van plastic haar kokhalzen en een van de agenten maakte een piepend geluid en schoof schielijk opzij. Ze braakte over haar eigen kleren. De handboeien waren een staaf van pijn, ze geleidden hem van haar buik naar haar hele lichaam. Toen ze haar ogen dichtkneep, zag ze rood. Er was geen plaats op de achterbank en bij de volgende wee graaide ze om zich heen op zoek naar ruimte en houvast en wilde haar benen ergens opleggen voordat hij toesloeg.

'Godverdegodver,' zei de agent.

Ze namen een bocht en ze viel op zijn schoot en sloeg haar nagels in de zwarte stof van zijn broek, omdat ze zich ergens aan vast moest houden om te kunnen persen. De pijn was veranderd, hij was helemaal omlaag gezakt, het was net of ze een grote steen in zich had die ze kwijt moest, waar ze zichzelf vanaf wilde pellen. Ze had nog steeds haar legging aan. Ze hees zichzelf overeind en leunde met haar borst tegen de schouder van de agent om bij de legging te kunnen.

'Ze begint, godverdomme!' schreeuwde de agent.

'Probeer het op te houden, schat,' schreeuwde de andere agent, achter het stuur.

'Stop, godverdomme, ze begint, godverdegod nog aan toc!'

Dit was wat ze op dit moment wilde, zichzelf ontmanteld voelen worden, in stukken gebroken. In haar hoofd was het donker; de lichten van haar geest waren uit. Bulkend perste ze. Het leek alsof de wereld verstrooid werd, uiteenviel: gereduceerd was tot verstikkende oppervlakken en disharmonie, de krankzinnige lichten van de weg, de wirwar van kleuren en schaduwen en geluiden, en zij die daartussen hing, alsof ook zij achtergelaten werd, afgedankt, samen met alles wat moe en vies en doorleefd was, wat niet meer te redden was.

'We staan op de rotonde bij Founthills Road,' zei de agent in zijn radio. 'In de berm naast de afslag naar het centrum. Maar je zult verrekte snel moeten zijn.'

De steen zat tussen haar benen. Hij bewoog met het waardige geweld van een gletsjer. Ze wachtte op de wee en perste opnieuw, ongeacht wat het voor haarzelf betekende, want ze wist dat hij haar bij deze persing open zou rijten, en dat gebeurde ook, de pijn was wurgend, het was moord die overging in het bewustzijn van iets nieuws, een nieuw feit, een ontwikkeling. Ze knielde tegen de rugleuning van de achterbank met haar gezicht tegen de kriebelige reisdeken. Heel even was alles rustig en stil. Ze stak haar beide handen naar beneden en voelde het hoofdje. Het was heet en nat, uitpuilend, als een vraag. Voorzichtig betastte ze het van alle kanten. Daarna draaide ze haar polsen zo dat de handboeien omlaag hingen en perste de baby in haar handen.

De agenten buiten de auto zeiden niets. Ze rook sigarettenrook. De baby had even gehuild, maar nu lag ze rustig tegen Kirsty's borst. Haar huid zat vol bloederige strepen en haar haartjes zaten tegen haar hoofdje geplakt. Ze maakte kleine bewegingen. Kirsty keek op en zag door de achterruit van de auto de grote zwarte lus van de rotonde, badend in het licht. Het verkeer stroomde er in zo'n eindeloze kringloop overheen dat hij bijna leek te leven, een levend wezen dat opnam en afdankte, tot je er één auto uitpikte, hem zag aarzelen in zijn zijader en hem vervolgens zag opgaan in het eeuwig circulerende hart, en je dacht dat hij daar misschien zou blijven, je auto, eeuwig rondjes draaiend, maar dat deed hij niet, zijn kleine gele lichtje begon te knipperen en met onverklaarbaar verdriet zag je hem langzaam, onvermijdelijk afslaan, een andere weg in, ergens anders naartoe.

2

Dit is de manier

Het hoog in de oostelijke Alpen gelegen stadje werd bereikt via een oude tandradbaan die slingerend door diepe dalen klom en tegen het eind zo steil omhoog moest dat de wagons een klaaglijk protest lieten horen, een langgerekte gil die door de stille, met sneeuw gevulde kloven onder hen galmde.

'Ik weet niet eens welke taal we geacht worden te spreken,' zei Lucy.

'Duits,' zei Christian.

'O,' zei Lucy, haar mond tot een streep knijpend. 'Op het vliegveld was het Frans. Frans ging nog nét.'

Sinds hun vertrek uit het station was het donker geworden. Vierkanten elektrisch licht uit de raampjes vlijden zich op de zwarte grond buiten en verlichtten een dikke, smerige sneeuwkorst naast de rails. Groepjes sparrenbomen bleven in donkergrauwe golven achter in hun spoor; vanuit de verlichte wagons gezien leken ze massaal op weg naar een onzichtbaar heiligdom.

'Ze spreken toch allemaal Engels,' zei Christian. 'Dat is de taal van de handel.'

'Maar niet van de liefde,' zei Josephine, die tegenover hem zat. Ze sloeg haar armen voor haar borst, legde haar hoofd tegen de rugleuning en deed haar ogen dicht. In ruste was haar schoonheid bleek en moeiteloos als van een standbeeld. Precies op dat moment reed de trein een tunnel in en hamerde het gillen van de rails hard tegen de raampjes, als in protest of luidkeelse invitatie. De helling werd steiler en een schaduw trok over de gezichten van de zes mensen in de wagon.

'Laten we hopen dat de remmen werken,' zei Lucy. 'Of wat ze ook hebben.'

'Het is een tandradsysteem,' zei Jane scherp. 'Hè, Tom? Volgens mij kan hij niet achteruit. Tom, de trein kan toch niet zomaar terugrollen, wel?'

'Zolang de man het touw goed vasthoudt niet,' zei Thomas.

'Hou op!' gilde Lucy. Haar ogen waren klein van angst.

'Zei je dat je hier al eerder geweest bent?' vroeg Josephine.

Martin knikte en draaide zijn hoofd om uit het raampje te kijken, maar het was al zo donker dat alleen zijn spiegelbeeld hem tegemoet kwam, een vlezig obstakel dat zijn bewegingen imiteerde.

'Eén keer? Twee keer?'

In een ongeduldig gebaar stak ze allebei haar geopende handen naar hem uit – alsof hij weigerde de bal van het gesprek door te geven. Josephine was een oude studievriendin van Jane. Hij had haar die morgen voor het eerst ontmoet, op het vliegveld. Hij had het gevoel dat hij haar al eerder gezien had.

'Een paar keer.'

'O, ik snap het al,' zei Josephine met kennelijke voldoening. Hij zag dat haar ogen even zwart waren als haar haar. Ze had grote gouden ringen in haar oren, als een zigeunerin. 'Jij was het soort kind van zomers op pappies jacht, Kerstmis in de berghut–'

'Maar het moet je goed bevallen zijn,' viel Lucy haar hoopvol in de rede, 'dat je weer terug wilde.'

'We zijn er,' zei Martin, en hij stond op om de tassen uit het bagagerek te pakken, terwijl de trein vaart minderde en het station binnen kroop.

Het station was stil en koud, en Martin liep iets voor de anderen uit het perron af en de straat op. De ijle droge lucht drong diep in zijn longen. Het stadje baadde in oranje licht tegen de immense zwartheid van de berg. De ijskoude hemel was laag en betrokken, een voorbode van sneeuw. Aan alle kanten viel het donker weg, neertuimelend in de ruimte. Dik ingepakte figuren liepen langzaam over het trottoir, hun hoofden gehuld in de stoom van hun adem. De anderen volgden hem met hun tassen en bleven staan toen ze hem ingehaald hadden. Omlaag kijkend zag Martin dat Christian cowboylaarzen droeg, glanzend gepoetst en met hoge hakken en spitse, opkrullende neuzen.

'Ik heb alle details hier,' zei Jane. 'De reisleidster komt naar het appartement.'

Ze sprak in wat Martin voor zichzelf haar advocatenstem noemde, hoewel hij haar zelden anders hoorde praten. Ze had een stapel papieren en een plattegrond in haar hand. Iedereen liep achter haar aan naar de overkant en een smal, met zand bestrooid zijstraatje in. Het centrum lag al spoedig achter hen en ze kwamen uit op een uitgestrekt, modderig terrein waar hoge nieuwe flats onder gemoedelijke hoeken naar elkaar toe gekeerd stonden. Ze waren ontworpen in de vorm van alpenhutten en betimmerd met vurenhout. Tijdens Martins laatste bezoek waren ze er nog niet geweest. Hoewel achter sommige ramen licht brandde, straalde het project een spookachtige sfeer van verlatenheid uit. Normaal gesproken logeerde Martin in een hotelletje in het centrum waar mannen in tuinbroeken met treurige ogen en hangsnorren zwijgend ontbeten in de sombere eetzaal. Hij was er vorig jaar nog geweest, met Dominique. Ze weigerde beneden bij de zwijgende mannen te eten, hoewel het ontbijt bij de prijs van de kamer inbegrepen was.

Hun appartement lag in het souterrain van een van de flats. De reisleidster was er niet, maar de deur bleek niet op slot en ze gingen naar binnen. Het was zo krap dat ze er met hun zessen plus bagage amper in pasten. Ze wachtten op de reisleidster om dit recht te zetten, maar toen ze kwam, een gebruind Duits meisje in strakke witte kleren, sperde ze haar ogen open en zei: Nee hoor, er is geen vergissing in het spel, dit is voor zes mensen. Ze trok een kast open, waar een bed uit viel dat met een klap op de grond plofte. Naast de huiskamer lagen twee piepkleine kamertjes, een met een tweepersoonsbed, het andere met twee stapelbedden.

'We zijn geen drie paren,' legde Jane uit. 'We zijn met zes personen maar we zijn geen drie paren. Snapt u wel? Ik zei zes mensen, niet drie stellen van twee.'

'Wat maakt dat nou uit?' zei de reisleidster terwijl ze haar schouders ophaalde en een pruilend mondje opzette. 'Twee hier, twee daar en twee daar.'

'We zijn twee paren,' zei Christian met harde stem. 'En twee singles. Vier van ons horen bij elkaar en twee niet.'

'Josephine?' zei Jane. 'Wat wil jij?'

'Zeg het maar,' zei Josephine. 'Mij maakt het niet uit.'

'Als jullie niet bij elkaar willen slapen,' zei de reisleidster, 'dan kunnen de jongens daar en de meisjes daar.' Ze haalde opnieuw haar schouders op. 'Het is jullie beslissing.'

'En één paar bij elkaar,' zei Jane nadenkend. 'Dat is niet echt eerlijk tegenover het andere stel.'

'Och, wij vinden het niet erg,' zei Lucy. 'Wij vinden het niet erg, hè, Christian?'

Christian gaf geen antwoord.

'Het is jullie beslissing,' herhaalde de reisleidster, op haar horloge kijkend.

'Weet je het zeker?' vroeg Jane.

'Geen probleem,' zei Lucy. Haar gezicht was vuurrood. Ze klonk buiten adem. 'Eerlijk waar.'

Ze liepen de hoofdstraat op en neer op zoek naar een bar. Aan weerskanten lagen goed verlichte etalages van dure boetieks waarin leer en goud en bont waren uitgestald. Twee keer kwamen ze voorbij Martins hotel. Zonder iets tegen de anderen te zeggen keek hij naar de kleine, bescheiden voordeur. Daarna ging zijn blik omhoog naar het raam van de kamer op de bovenverdieping waar hij met Dominique gelogeerd had. Er brandde licht, er zaten mensen in, en even had Martin het vreemde gevoel dat hij dat zelf was, dat hij en Dominique in die kamer zaten en eeuwig momenten uit hun verleden herleefden. Nu had hij het idee dat hij die momenten geheel onbewust ondergaan had. Het was net of zijn bewustzijn iets van heel recente oorsprong was, een nieuwe vloek. Hij kon niet denken zonder te weten dat hij dacht, kon niet bestaan zonder het besef dat hij zichzelf van een kritische afstand gadesloeg. Wanneer was zijn leven opgehouden iets te zijn wat je gewoon overkwam? Misschien, dacht hij plotseling, was tijd alleen maar het voorbijgaan van bepaalde gevoelens. Wat hem scheidde, dacht hij, van de dagen die hij in die kamer aan de andere kant van dat raam had doorgebracht, was geen tijd, maar het feit dat zijn gevoelens voor Dominique veranderd leken te zijn.

'Ik stel voor dat we teruggaan naar die tent waar we net langskwamen,' zei Jane. Ze had haar handen in haar zakken en haar capuchon op. De bontrand vormde een slecht passende omlijsting voor haar smalle, spitse gezicht. 'Tom? Wat denk je van die eerste tent waar we net binnengekeken hebben? Waarom gaan we daar niet naar terug?'

'Dan zie ik jullie daar,' riep Martin tegen de anderen. 'Ik moet even bellen.'

Hij stak de straat over en draaide in een ijzig koude telefooncel het nummer van zijn appartement in Londen. Hij kreeg het antwoordapparaat; Dominique was waarschijnlijk al naar bed. Hij vroeg zich af of ze de baby bij zich had. Hij sprak een boodschap in, kalm en zorgvuldig, de woorden zacht over de donkere kamers en hun slapende vormen vlijend als een bescherming tegen eenzaamheid en de nacht. Heel even waarde hij als een spook door die vertrekken. Toen was hij weer terug. Zijn hakken galmden op het bevroren trottoir en zijn adem wolkte wit om zijn gezicht toen hij haastig de straat door liep, op weg naar de anderen.

'Mijn oma wilde sterven in Zwitserland,' zei Josephine. 'En ze had haar oog laten vallen op een hotel ergens aan het Meer van Genève. Ze had alle brochures opgevraagd.'

'De ultieme vakantie,' zei Christian. 'Het laatste toevluchtsoord.'

'Het is er nooit van gekomen,' zei Josephine. 'Mijn moeder zei dat ze voor dat geld net zo lief zelf voor haar zorgde. Oma gaf ter plekke de geest. Als je mijn moeder kende,' vervolgde ze, haar glas naar haar lippen brengend, 'zou je begrijpen waarom.'

'Ik weet zeker dat het niet alleen vanwege het geld was,' zei

Lucy afkeurend. 'Volgens mij is het goed om je ouders aan te bieden voor ze te zorgen.'

'Mijn God,' zei Christian.

'Het enige probleem is dat een van de kinderen meestal met al het werk wordt opgezadeld,' zei Lucy.

'Ik ben niet van plan om als ik oud ben bij mijn kinderen te gaan wonen,' zei Jane. 'Dat vind ik echt egoïstisch.'

Martin opende zijn mond om tegen Jane te zeggen dat ze geen kinderen had en deed hem weer dicht.

'Ik heb altijd geweten dat ik ervoor zou opdraaien,' zei Lucy tegen Christian. 'Mijn zuster,' ging ze verder tegen de groep, 'kan niet echt met mijn ouders opschieten.'

'Ik heb een keer een zomer in een verzorgingstehuis gewerkt,' zei Josephine. 'Ze zaten dag in, dag uit naar de tv te kijken of uit het raam te staren. Ze kregen nooit bezoek. De helft wist niet eens meer hoe ze zelf heetten. Het was net of niks van wat ze in hun leven gedaan hadden van belang was. Ik maakte vaak een praatje met ze en ze wisten nog van alles van vroeger, heel interessante dingen soms, en dan realiseerde je je dat ze dertig of veertig jaar geleden allemaal totaal verschillend waren, maar nu waren ze allemaal hetzelfde.'

'Da's echt deprimerend,' zei Jane opgewekt, terwijl ze om zich heen keek.

De bar was van vloer tot plafond gelambriseerd met vurenhout. Hij zat vol Duits- en Franssprekende mensen die erg groot en opzichtig gekleurd leken. Het benauwende interieur leek elke herinnering aan verhoudingen uit te wissen, zodat Martin alle gevoel voor proportie kwijtraakte: de berg waarop ze zaten, de oneindigheid van de ruimte en het donker boven en onder hen en ook het besef van hoe ver hij weg was van zijn stad, zijn huis en de kamers waar hij woonde.

'Het is vreemd, maar sinds ik zelf kinderen heb, vind ik mijn eigen ouders veel kwetsbaarder lijken,' zei Lucy. 'Voor mijn zuster zijn ze nog steeds de vijand, maar dat komt volgens mij grotendeels doordat ze nooit volwassen geworden is.'

'Hoe maakt Dominique het?' vroeg Jane.

'Prima.'

'Hoe gaat het borstvoeden?'

'Prima. Geweldig.'

'Zei je dat haar moeder deze week bij haar logeert?'

'Inderdaad.'

'Ze zou vast dolgraag meegegaan zijn,' zei Lucy, en ze trok een meewarig gezicht alsof ze iemand pijn zag lijden.

'Je hebt pas een baby gekregen,' constateerde Josephine, zich in hun gesprek mengend.

'Inderdaad,' zei Martin.

'Gefeliciteerd.' Ze liet het woord vergezeld gaan van een trage, raadselachtige glimlach. Hij voelde zich gevangen achter de barrière, het feit waarin zijn leven veranderd was. De vrouwen keken hem aan en hij wreef dom over zijn gezicht, alsof er een vlek op zat waar iedereen naar keek.

'Dank je.'

'Het moet heel moeilijk zijn,' zei Josephine, 'voor jou. Je weet wel, leef ik gewoon verder, blijf ik thuis om te helpen–'

Martin keek naar Thomas, die naast Christian aan de andere kant van de tafel zat en een rijtje lucifers rondom zijn bierflesje legde. Thomas was zijn beste vriend, maar hij zag hem vrijwel nooit meer.

'Je mag twee lucifers verleggen,' zei Thomas, 'om de fles in de doos te krijgen. Zonder de fles te verplaatsen.'

'Zonder de fles te verplaatsen,' zei Christian.

'Tien seconden,' zei Thomas.

'Wacht,' zei Christian. Hij boog zich voorover en bracht zijn gezicht tot vlak bij de lucifers. Een ader klopte op zijn voorhoofd. 'Wacht even.'

Martin stond op en nam zijn bier mee naar de andere kant van de tafel. Josephine keek op toen hij wegliep en vanuit een ooghoek zag hij haar naar voren leunen en iets tegen Jane zeggen.

'Kijk,' zei Thomas, 'dit is de manier.'

Hij verlegde de lucifers. Christian bestudeerde ze en werd rood.

'Goh,' zei hij, 'ik was niet eens in de buurt.'

'Wat zegt het weerbericht?' vroeg Martin, terwijl hij naast Thomas ging zitten.

'Heet,' zei Thomas. 'Bloedheet.'

Hij wierp een insinuerende blik op Josephine, die nog steeds met Jane zat te praten, en meesmuilde. Martin en Christian keken eveneens.

'Hoe maakt de kleine het?' vroeg Thomas.

'Prima, geloof ik.'

'Ik snap niet hoe je het voor elkaar gekregen hebt,' zei Christian. 'Dat je alleen weg kunt. De enige plaats waar ik van de tweeling verlost ben is op mijn werk. Dit is de eerste keer dat we ze thuisgelaten hebben.'

'Dominique heeft haar moeder in huis,' zei Martin.

'Ik mis ze echt, trouwens,' zei Christian. 'Ik kon niet snel genoeg mijn hielen lichten, maar ik voel me vreemd zonder hen. Terwijl ik goed weet dat als ik straks weer terug ben, ik het liefst meteen weer mijn biezen zou pakken.'

Christian werd rood. Het bloed stroomde op en neer onder zijn strakke, doorzichtige huid. Hij was op een vreemde, vrouwelijke manier knap – met roze, gewelfde lippen en lange, krullende wimpers, zoals van een vrouw. Thomas had zich omgedraaid en praatte met een ski-instructeur aan het tafeltje naast dat van hun.

'Er komt sneeuw aan,' deelde hij hun mee, zich weer naar hen toe draaiend. 'Hé, Jane, er komt sneeuw aan.'

'Geweldig,' zei Jane. Ze tuitte haar lippen en vouwde haar armen op de tafel alsof ze de sneeuw van tevoren besteld had en blij was, maar niet verbaasd, om te horen dat hij aangekomen was.

'Kun je skiën als het sneeuwt?' vroeg Lucy. 'Ik heb pas één keer in mijn leven geskied,' legde ze Martin uit. 'Jaren geleden.'

'Het komt heel snel weer terug,' zei Martin.

'Ik viel,' zei Lucy, 'en gleed de hele helling af en botste tegen zo'n skilift aan. Iemand zijn ski stak recht in mijn hoofd. Ik heb nog steeds een litteken.'

Ze tilde haar dikke bruine haar op en voelde met haar vingers tussen de wortels. Martin zag de dode witheid van haar hoofdhuid, doorboord met krioelende donkere draden haar.

'Als we nu eens meteen het hele seizoen bleven?' zei Thomas, hem aanstotend. Hij deed quasi-vertrouwelijk, maar praatte zo hard dat iedereen hem kon horen. 'Dan zoeken we een baantje in een bar en kunnen we de hele winter skiën. En we laten een snor staan.'

'Bedankt zeg,' zei Jane. 'Terwijl ik bij Browning werkdagen van achttien uur draai zeker.'

'Is dat je nieuwe baan?' vroeg Lucy.

Jane knikte.

'Ik stuur haar het zakenleven in,' zei Thomas. 'Een nieuw soort gerechtigheid. Skiën voor iedereen.'

'Ik wist niet dat je je oude baan had opgezegd,' zei Martin. Hij had zich altijd verbaasd over Janes werk. Op weg naar kantoor reed hij elke dag over het drukke kruispunt en voorbij het sombere betonnen gebouw waar haar advocatenbureau gevestigd was. Het gebouw had het gehavende, provocerende voorkomen van een loopgraaf. Hij zag Victor Porter, Janes baas, vaak op het journaal. Die maakte een zachtaardige indruk, heel anders dan Jane. Zij was zo hard en zo scherp als een glasscherf.

'Ik kreeg er gewoon genoeg van,' zei Jane. 'Het was allemaal zo'n ellende.'

'Browning is een groot bedrijf,' zei Christian.

'Je maakte je de hele dag zorgen over mensen,' zei Jane. 'Ze kwamen op kantoor en wilden hun hele vreselijke leven op je afwentelen. En de helft van de tijd kon je daar geen spat aan veranderen, snap je, want zelfs als je ze vrij kreeg, hadden ze nog steeds alles tegen. Dan moesten ze nog steeds terug naar hun afschuwelijke leven. Ze kwamen altijd binnen met zo'n gezicht van – je weet wel, dóé er iets aan. En dat ging niet. Op het laatst kon ik er niet meer tegen. Op een dag dacht ik eigenlijk gewoon: het leven hóéft helemaal niet zo te zijn. Je mag gerust een beetje lol hebben, snap je wat ik bedoel?'

'Daar kan ik helemaal inkomen,' zei Lucy.

'En wat ga je nu doen?' vroeg Christian.

'Effectenhandel,' zei Jane.

'Het grote geld,' knikte Christian.

'Het is zo moeilijk, vind je ook niet,' zei Lucy, 'om je principes trouw te blijven. Al die ideeën die je hebt als je jong bent. Voor ik de tweeling kreeg, was ik bijvoorbeeld absoluut niet van plan mijn kinderen ooit naar een privé-school te sturen, maar als ik tegenwoordig voorbij onze plaatselijke lagere

school kom, krijg ik een soort kramp in mijn maag bij de gedachte dat ze daar ooit naartoe moeten. Het lijkt meer op een
detentiecentrum. Ze maken het je echt niet makkelijk, hè?'

'Een onderwijzer daar is aan één oog blind gemaakt,' zei
Christian. 'Door een meisje van zes.'

'Een meisje van zes,' herhaalde Lucy. 'En een andere
vriend van ons moest hun zoontje van school nemen omdat
hij zo vreselijk gepest werd. Hij was blijkbaar het enige kind
in de klas van wie de ouders nog bij elkaar waren. De andere
kinderen vonden hem raar.'

'Ik vind het alleen maar erg voor mijn baas,' zei Jane. 'Da's
zo'n schat. Maar hij gaat trouwens toch weg. Ik denk dat hij
ziek is. Hij is de laatste tijd weinig op kantoor geweest.'

'Hem is het duidelijk ook niet in de kouwe kleren gaan zitten,' knikte Lucy.

'Alles zal totaal veranderen als hij weg is,' zei Jane. 'Hij was
de ridder van de rechterlijke dwalingen. Wat dat betreft, vertrek ik dus op precies het juiste moment.'

'Die column over dat gezin, is die niet van zijn vrouw?'
vroeg Lucy.

'Inderdaad,' knikte Jane.

'Die vind ik steengoed,' zei Lucy.

'Skiën voor iedereen,' zei Thomas, zijn bierflesje heffend.

Ze liepen terug naar het appartement. Het sneeuwde inmiddels. De vlokken vielen als zachte strelingen van spookachtige
vingers op hun haar en jassen. Hun voetstappen klonken ge-
dempt. Thomas rende vooruit en gooide een sneeuwbal naar
hen toe en de vrouwen gilden. In het appartement verdwenen
Jane en Thomas meteen in hun kamer en deden de deur
dicht. Je kon hun stemmen nog horen, zacht en onduidelijk.

Martin ging op het kampeerbed zitten en sloeg een boek
open, terwijl Josephine en Lucy en Christian de badkamer in
en uit liepen met hun toilettasjes. Toen ze klaar waren, stond
hij op en sloot zich op in de badkamer. Hij keek naar zijn
spiegelbeeld in het felle elektrische licht. Toen hij er weer
uitkwam, was het donker. Hij zag de vorm van Christian in
het andere bed. De vrouwen waren in de kamer met de stapelbedden. Een lichtstreep viel onder de deur door. Hij liep
op de tast naar zijn bed en ging liggen.

'Welterusten,' zei hij.

Later werd hij wakker in een hoekig, onbekend donker.
Zijn geest bezielde het met een rudimentair leven. Toen hij
aan zijn vrouw en kind dacht, voelde hij zich als iets afge-
dankts uit zijn eigen bestaan, een onderdeel, een wiel dat was
losgeraakt en weggerold. Hij viel in slaap en werd opnieuw
wakker, geschrokken, denkend dat hij de baby aan zijn voeten
voelde liggen, als een warme worm in het beddengoed genes-
teld. Vol paniek gooide hij de dekens van zich af. Later werd
hij weer wakker en veegde met zijn arm over de grond naast
zijn bed, omdat hij dacht dat ze eruit gevallen was. Nu en dan
draaide Christian zich om, en het geluid van het ritselende
bedlinnen klonk zo dichtbij dat Martins hart waanzinnig te-
keerging van angst. Dan lag hij een poosje wakker, benauwd
door de krapheid en de droge lucht van de kamer. Hij voelde
zich geamputeerd en toch op een vreemde manier voortbe-
staan, voelde zich groeien in de nieuwe groeven van minuten
en uren als een botanisch experiment waarin zonlicht op
nauwkeurig geboekstaafde manieren gemarteld wordt.

De volgende morgen stond hij op en kleedde zich aan voordat de anderen wakker werden. Hij zocht zich een weg door
de enge doolhof van meubilair. Toen hij de deur van het ap-

partement opentrok, schoot Christians arm omhoog onder de dekens vandaan. Martin kwam in de ijzige, zonloze schittering van de straat. De hemel was wit. De lucht was een ijll en waterkoud. Als hij inademde, leken zich kristallen te vormen in zijn mond. In een bakkerij kocht hij een croissant, die hij op weg naar de liften opat. De straten krioelden al van de skiërs die uit de vertakkingen van de zijstraten stroomden. Hun zware laarzen daverden op de trottoirs. Hij sloot zich aan bij de menigte en liet zich door de hekken en in een lift leiden. Tijdens het opstijgen keek hij om zich heen. Het zien van de berg bij daglicht was als het ontwaken uit de beklemming van een droom. Toen de lift hoger rees, onthulde hij zijn pieken en kloven, zijn kolossale flanken. Blauwgroene watervallen hingen in bevroren cascades aan rotswanden. Rokerig berijpte bomen stonden in wolken boven de sneeuw. Er zaten kinderen in de liften boven hem. Hun ouders zaten links en rechts van hen, stijf rechtop als een schildwacht. Zijn eigen dochtertje was drie weken oud. In zijn gedachten zag hij hen samen skiën, als ze ouder was. Zijn gevoel zei dat dit in de omstandigheden het juiste fantasiebeeld was, maar het deed hem eigenlijk niets. Hij had de indruk dat hij steeds verder een touw op schuifelde dat nergens heen leidde, zodat elke stap die hij deed onderdeel was van de herroeping die van hem verwacht zou worden als hij naar zijn uitgangspunt terug wilde keren. De gedachte aan zijn dochter vervulde hem met vlagen nerveuze warmte en met de ontsteltenis van iemand die een bord heeft laten vallen en het volgt in zijn laatste seconden van compleetheid, voordat het de vloer raakt.

De sneeuw was goed. Dat voelde Martin meteen toen hij er zijn ski's op zette. De wolken waren opgetrokken en de hemel werd een zichtbaar dieper blauw. Hij kon de gigantische gebeeldhouwde pieken van andere bergen zien. Hun vormen leken een herinnering aan de wereld in zijn oerstaat, in de bruisende maalstroom van de schepping. Andere skiërs vlogen hem voorbij, hun lichaam recht en gracieus, heen en weer wiegend met de precisie van een metronoom en verdwijnend in een stuifwolk van poeder. Hij begon voorzichtig en versnelde zijn vaart toen hij het ritme weer te pakken kreeg. Aan het eind van de eerste afdaling was zijn hoofd schoongespoeld van gedachten. Het was alsof een ziekte van zijn lichaam werd weggenomen. Hij nam de stoeltjeslift terug naar de top. Hangend boven de skipiste in de zon was hij wezenloos gelukkig. Andere mensen hingen in de lucht om hem heen, ineengedoken, anoniem, als machines in ruste. Hij skiede opnieuw omlaag en nam de lift terug naar boven. De derde keer nam hij halverwege, waar de piste zich splitste, de linkertak. De helling lag hier op een andere windrichting hier. Grote kale blaren van ijs blonken door de sneeuw. Hij skiede een dal in, kwam aan de andere kant tot stilstand en stond boven aan een brede beijzelde wand. Mensen skieden in grote zigzags naar beneden, soms meters omlaag glijdend. Hij bleef staan en plande zijn route tussen hen door. Vlak onder hem was een vrouw blijven steken met haar ski's de verkeerde kant uit, naar de rand. Ze stond voorover met haar benen uit elkaar en maaide met haar stokken, die hopeloos als voelsprieten door de lucht zwaaiden. Martin zag een van haar ski's wegglijden, en ze gilde en probeerde zich paniekerig plat te drukken tegen de helling. Een man die een paar meter lager stond, keek naar haar op met zijn hand boven zijn ogen tegen de zon. Martin herkende Christian.

'Kom op!' schreeuwde Christian. 'Je hoeft je alleen maar om te draaien.'

'Dat kan ik niet!' schreeuwde Lucy.

'Gewoon omdraaien! Je ski's omlaag laten wijzen en je omdraaien!'

Lucy begon te huilen. Ze maakte een gierend geluid dat in puntige rinkels door het dal trok.

'Kom op!' schreeuwde Christian. Hij tilde zijn skistokken op en dreef ze met een klap in de sneeuw. Daarna schudde hij zijn hoofd en keek naar de hemel. Lucy brulde. Een seconde later gleed ze schreeuwend opnieuw een paar meter omlaag. Christian negeerde haar. Hij draaide zich om en keek peinzend het dal in. Martin skiede naar Lucy toe. Toen hij dichterbij kwam, kon hij haar gezicht beter zien. Diepe lijnen van woede doorgroefden de huid. Haar rode wangen waren besmeurd met slijm en tranen. Draden speeksel hingen uit haar mond. Toen ze hem zag, stiet ze een vreemde grom uit, alsof ze in onzegbare ellende verzand was.

'Volg mij maar,' zei hij. 'Kijk alleen maar naar mijn ski's, nergens anders naar. Draai waar ik draai.'

Hij had er geen idee van of dit zou werken. Hij wilde haar alleen maar bevrijden van de haak van wat hem vaag voorkwam als haar vrouwelijkheid. Hij wilde hem uitkammen, de hele klit, tot hij weer recht en duidelijk was. Hij begon langzaam af te dalen. Hij keek om zonder te verwachten haar te zien, maar hij zag haar donkere gestalte achter zich opdoemen. Ze gleden langs Christian, die hen een paar tellen later inhaalde en in één ruk omlaag skiede. Hij stond bij het café naast de liften op hen te wachten. Lucy deed haar ski's af en waadde in haar laarzen door de sneeuw op hem af.

'Probeerde je me soms te vermoorden?' vroeg ze.

Martin bukte zich in de zon, maakte zijn ski's los en deed alsof hij niets hoorde.

'...geacht een vakantie te zijn,' zei Lucy, Christian voorbij marcherend naar het café. Ze gingen aan een tafeltje buiten in de zon zitten. Martin stak een sigaret op en deed zijn ogen dicht. Hier alleen al aan zou hij geweten hebben waar hij was, het gevoel van de koude zon die op zijn oogleden drukte en de scherpe randen van elk geluid en elke geur hier, het aroma van koffie en de heldere kreten van mensen die de berg afdaalden, het zachte zoeven van hun ski's als ze voorbijkwamen. Hij deed zijn ogen open en daar was Lucy, scherp tegen de blauwe hemel, ongecamoufleerd, gevangen in licht.

'Ik ben nog nooit in mijn leven zo bang geweest,' kwetterde ze. 'Ik snapte niet wat ik daar deed, tegen die ijsrots aangeplakt met twee planken aan mijn voeten.'

'Het was ook behoorlijk stom van me,' zei Christian, zijn vingers door zijn korte, lichtbruine haar halend. 'Van bovenaf gezien leek het makkelijk.'

'Ik zou iemand van wie ik hou niet die helling af gestuurd hebben,' zei Lucy.

'Ik wist het niet,' zei Christian. 'Ik kon niet zien hoe het lager was.'

'Godzijdank dat Martin voorbijkwam,' zei Lucy. 'Je was zo kalm, de manier waarop je het deed. Ik was er honderd procent zeker van dat ik me niet om zou kunnen draaien en toch deed ik het gewoon.'

'Je zou lessen moeten nemen,' zei Martin. 'Dan zou je aan het eind van de week elke helling af kunnen.'

'Dat weet ik,' zei Lucy. 'Maar dit is onze eerste vakantie sinds de tweeling. We wilden de tijd samen doorbrengen.'

De zon scheen recht in haar gezicht en ze kneep haar ogen tot spleetjes. Ze leek zich weinig op haar gemak te voelen in haar grote lichaam. Hij dacht aan zijn dochter en een algeheel gevoel van medelijden nam bezit van hem – met hen, met meisjes, met vrouwen. In zijn jeugd had zijn moeder mannen beschreven als starre wezens, onderdelen van een heel systeem van starheid waar vrouwen doorheen stroomden als water door een buizenstelsel. Je werd bepaalde richtingen op gedwongen, impliceerde ze, je handelde niet naar je eigen wil, maar uit een gevoel dat half verplichting en half dwangimpuls was. Ze praatte over jeugd en huwelijk alsof die hetzelfde waren of in elkaars verlengde lagen. Soms strafte ze hem met de geleende woede van zijn vader, maar meestal voelde Martin zich opgenomen in haar onderwerping, haar momenten van subversie, haar lange rechte stukken plicht. Dan liet ze hem plotseling in de steek; ze zocht haar genot zonder waarschuwing. Soms kwam hij een kamer in en zag haar en zijn vader elkaar omhelzen, en het leek een omhelzing van bergen, die twee lichamen die elkaar omklemden: het had iets catastrofaals. Een keer was hij, toen zijn ouders vrienden te eten hadden, stiekem uit bed gekomen en naar beneden gegaan met het idee dat hij zijn moeder als een vis aan de haak kon slaan en uit de roezemoezige kamer kon trekken. Ze was diep in gesprek met haar tafelgenoot en zag Martin niet, hoewel hij in de kamer was. De man zei iets en zijn moeder lachte zo hard dat Martin ervan schrok – ze lachte en gooide haar armen omhoog en het was net als de kurk die uit een champagnefles knalt. Hij had het gevoel dat hij haar gezien had zoals ze werkelijk was, dat alle andere dingen die hij van haar wist bedrog waren. Zijn ouders waren intussen gescheiden. Zijn vader was bij een andere vrouw gaan wonen, precies zoals hij vroeger elke dag naar kantoor ging. Zijn moeder zei dat ze zich vrij voelde. Ze zei dat ze zich in jaren niet zo goed had gevoeld. Martin had haar geloofd, tot hij op een weekend een nacht in het huis doorbracht en haar aan de andere kant van de muur in haar bed hoorde huilen. Ze jankte als een kind, of een dier dat pijn heeft.

'Is Josephine bij de anderen?' vroeg Lucy.

'Geen idee,' zei Martin.

'Ik had haar nog nooit ontmoet,' zei Lucy over de borstwering van haar koffiekopje. 'Ze lijkt best aardig. Ik geloof dat ze een beetje teleurgesteld was dat ze bij mij op de kamer slaapt.' Ze keek Martin veelbetekenend aan. 'Vind je haar knap?'

'Ik geloof het wel,' zei Martin.

'Als ik Jane was,' zei Lucy, 'zou ik mijn aantrekkelijke vriendinnen niet mee op vakantie nemen. Ze houdt Thomas voortdurend al die vrouwen onder zijn neus. Volgens mij doet ze dat om zijn trouw op de proef te stellen.'

'Dat weet je niet,' zei Christian.

'Ik wil alleen maar zeggen,' zei Lucy, 'dat ik het niet zou doen.'

Martin wilde de berg weer op. Hij voelde plotseling dat hij van een helling van tijd afgleed, de verkeerde kant uit. Hij wilde dat hij niet naar dit deel van de wintersportplaats gekomen was, dat hij aan de andere kant was gebleven, waar hij gelukkig was. Terwijl hij dit dacht, realiseerde hij zich dat gelukkig zijn een subversieve daad voor hem was. Dat de hele stroom van zijn leven in de richting van verwikkelingen vloeide. In het ziekenhuis, nadat de baby geboren en Dominique in slaap gevallen was, had hij met zijn dochter in zijn armen in een stoel naast het bed gezeten en keek ze met wazige, lege ogen naar hem op. En op dat moment voelde hij zich bezwaard door haar behoefte en door het besef dat hem een zware taak was opgelegd, doordat hij wakker was terwijl haar moeder sliep. Zijn dochter onderhield zich met hem, aannemend dat hij het belangrijkstein de wereld was. Ze was al bezig zichzelf op te bouwen op zijn fundament en het was te laat om haar tegen te houden. Later was hij degene die opstond, die de zanderige vloer van de nacht met haar bewandelde, terwijl haar eindeloze gehuil zich ontrolde. Dominique, altijd moe of met ergens pijn of om de een of andere reden ongelukkig, altijd uiteindelijk het slachtoffer van de dingen die ze had voortgebracht, scheen meer en meer in een staat van ongebreidelde emotie te leven. De baby werkte haar op haar zenuwen – zo praatte ze de laatste tijd. Het was net alsof de baby de culminatie was van haar relatie met concrete dingen – het spoorde haar aan, dit schepseltje dat uit haar binnenste was voortgekomen, alle verzet tegen haar gevoelens af te wijzen. Martin was aanwezig geweest bij de gewelddadige uitdrijving; hij had Dominique zien bevallen met het vreemde gevoel dat hij geen getuige was van de worsteling van creatie maar van afwijzing. En eigenlijk begreep hij ook niet hoe het anders kon. Hij had niet verwacht dat een bevalling zo afschuwelijk zou zijn. Hij was kwaad geweest, echt kwaad, vooral op de baby maar ook op zichzelf, want op de een of andere manier leek alles zijn schuld. Daarna pakte hij de baby zoals hij het bewijs van een misdaad gepakt zou hebben, met de bedoeling het te verbergen. Nu zag hij wel in hoe dom hij was geweest om te doen alsof hij zich ergens voor te verontschuldigen had. Dat gaf Dominique het idee dat haar onrecht was gedaan, een idee dat zich als een deur in haar hoofd geopend leek te hebben en al het andere onrecht, alle onrechtvaardigheid die haar in haar leven was aangedaan, naar buiten liet. Veel van dat onrecht was zijn schuld; hij herkende het, verbaasd, als oude aandenkens die ze bewaard had, terwijl hij

55

dacht dat ze allang verloren waren. Hij was tot de conclusie gekomen dat zijn vertrek noodzakelijk was geworden. Het zou een soort vasten zijn na een overdaad van emotie. Hij hoopte dat het de lijm zou zijn die het tweetal, Dominique en de baby, weer aan elkaar zou plakken.

Hij liet Lucy en Christian achter op het terras in de zon en nam de lift terug naar boven. De hemel was een hard, geëmailleerd blauw en het was druk op de pistes. Hij keek naar de andere mensen, naar de manier waarop ze skieden, zag hen in kleine kadertjes tegen de witte sneeuw, alsof hij ze gedurende die paar seconden uit hun leven tilde, een voor een. Begrip ontvouwde zich uit zijn hersenen en verspreidde zich naar alle kanten in de lege lucht. Hij voelde zijn geest andere geesten raken, de ene woordeloze ontmoeting na de andere. Hij vergat bijna dat hij gezegend was met spraakvermogen; de neerwaartse beweging, het wrijvingsvrije oppervlak van de sneeuw gleed als een methodisch strijkijzer over de kreukels van zijn bewustzijn. Laat in de middag kwam hij Josephine tegen. Hij stond in de rij voor de lift en zij ging voor haar beurt door achter hem te gaan staan, zijn naam te noemen en zijn arm te pakken. Hij was haar volkomen vergeten – hij wist niet wie ze was, hoewel ze in het heldere berglicht zo gedetailleerd overkwam dat ze bijna ondraaglijk echt leek. Hij zag elke streng van haar haar, elke porie van haar huid. De stem waarmee ze hem aansprak was een marteling. Al zijn zintuigen leken zeer te doen en heel even was het hem te veel, de baaierd van associaties; het was net alsof hij geslagen werd door duizend kleine hamertjes.

'Ik heb zojuist een botsing gezien,' zei ze toen ze naast hem op de lift zat. 'Drie man, allemaal van een andere kant. Béng.' Ze klapte in haar gehandschoende handen. 'Eentje vloog zeker drie meter de lucht in. Ik was ervan overtuigd dat hij het niet overleefd had. Ik ging even kijken en hij lag doodstil op zijn rug en staarde met een ongelooflijk vreemde blik naar de hemel.'

'Shock,' zei Martin.

'Waarschijnlijk,' zei Josephine. 'Ze kwamen hem met een draagbaar ophalen.'

Ze zaten zwijgend op de schommelende lift. De kabels strekten zich als een enorm halssnoer uit naar de top van de berg. De zon was achter een kam verdwenen en het middaglicht nam af. Een lemmet van kou verspreidde zich bleekjes door het dal. Het was bijna tijd om naar beneden te gaan.

'Dit is pas leven,' zei Josephine. Ze gooide haar hoofd in haar nek en deed haar ogen dicht. 'En vervolgens gaan we terug naar het zoveelste avondje huwelijksgeluk.'

Het sarcasme in haar stem irriteerde hem. Hij had vaker meisjes als Josephine ontmoet – honderden, leek het wel. Ze deden nooit iets echts, ze wisten nergens iets van, ze zaten er alleen maar bij als een verveeld publiek en fluisterden elkaar in de oren.

'Wat mankeert er aan het huwelijk?' vroeg hij.

Ze wendde zich naar hem toe met een uitdrukking van gespeeld ongeloof.

'Níéts,' zei ze. 'Het is alleen niet direct de spannendste kijksport ter wereld.'

'Dat is ook niet de bedoeling,' zei Martin.

'Ik ben een keer bijna getrouwd geweest,' zei Josephine even later. 'Ik had een verlovingsring en alles. Ik heb hem teruggegeven,' voegde ze eraan toe, 'voor het geval je je dat afvraagt.'

De zoemende kabels piepten zwakjes boven hun hoofden

en kwamen knarsend tot stilstand. De stoelen schommelden geluidloos in de lucht.

'Ik vond het min of meer een symbool,' zei ze.

'Waarvan?'

'Van – ik weet niet, van een transáctie,' zei Josephine, met haar gehandschoende handen gebarend. 'Het was net alsof iemand me een sticker had opgeplakt met "verkocht" erop. Persoonlijk,' zei ze, 'kon ik er niet tegen. Ik moest mezelf bevrijden van een hele manier van denken. Een hele denktrant.'

'Wat voor denktrant?' vroeg Martin.

'Tja,' zuchtte Josephine. 'Ik dacht waarschijnlijk dat het feit dat iemand me wilde hebben inhield dat ik iets waard was. Ik lijd aan afwijzingsangst. Maar ik wilde het ook meemaken, helemaal tot het eind. Als het eind van een verhaal. Het was mijn idee. Voor hem hoefde het niet. Hij had geloof ik het gevoel dat hij onder een trein gekomen was.'

'Arme kerel,' zei Martin.

'Och, het viel best mee,' zei Josephine. 'Het was een ervaring. Maar goed, ik ben niet de enige. Legio vrouwen zijn zo. En dat is de schuld van onze moeders. Die jagen ons eerst door school en universiteit heen en dan doen ze net alsof we mislukkingen zijn omdat we niet getrouwd zijn en geen kinderen hebben gekregen.'

Met een schok zetten de kabels zich opnieuw in beweging en de stoel zweefde verder door de koude, stille lucht.

'Maar baby's, da's wat anders,' zei Josephine. 'Dat zou iets heel anders geweest zijn. Ik heb een vriend, zijn vrouw heeft hem met twee kinderen laten zitten. Dat zou ik dus nóóit doen.'

Boven stapten ze uit op het moment dat de lift gesloten werd. Mensen daalden en masse vóór het blauwe avondlicht uit de berg af. Ver beneden hen waren de lichten in het stadje aangesprongen.

'Zullen we samen naar beneden gaan?' vroeg Martin. 'Je wilt niet verdwalen aan het eind van de dag.'

'Mij best,' zei Josephine.

Hij bleef de hele afdaling achter haar. Ze kon uitstekend skiën. Ze nam een moeilijkere route dan hij gekozen zou hebben. Na een poosje was hij alles weer vergeten en keek hij alleen nog naar haar kleine donkere vorm die tussen de bomen door zoefde en achtervolgde die met zijn ski's. Vlak voor het eind sprong ze van een hoogte, suisde joelend door de lucht en hief haar skistokken boven haar hoofd. Hij volgde zwijgend haar voorbeeld.

Die avond gingen ze naar een heet restaurantje in een zijstraat dat volle, vettige borden aardappelen, worst en kaas serveerde. Het slingerde als de romp van een schip door de luide stemmen en blozende gezichten van skiërs. Jane en Thomas praatten over hun dag; ze waren met de bus naar een ander deel van het skigebied gegaan en hadden daar geskied. Martin had vaag naar hen uitgekeken op de berg. Hij had verwacht dat hij een poosje met Thomas zou kunnen skiën, maar kreeg steeds meer het idee dat Jane Thomas weghield van zijn vroegere leven, alsof hij een verslaafde was en Martin een bron van verleiding. Jane irriteerde hem. Kauwend op het eten had hij het gevoel dat hij zijn mond vol had van haar. Ze hield haar hoofd scheef en keek hem scherp aan, zich intuïtief bewust van zijn antipathie.

'Hoe maakt Dominique het?' vroeg ze.

'Goed, denk ik.'

'Kolft ze al?'

Martin zou haar het liefst een klap gegeven hebben, haar er met geweld toe hebben aangespoord aan andere dingen te denken. Jane en Thomas debatteerden constant over het juiste moment om een baby te krijgen. Dat was over twee jaar, of misschien drie, dat wist Martin niet meer. Bij wijze van voorbereiding waren ze al bezig hun leven glad te strijken, hun jeugd, hun opwinding en hun spontaniteit te stijven, op te vouwen en weg te ruimen. Jane was bij Dominique in het ziekenhuis geweest. Dominique zei dat ze zich net een delinquente tiener voelde die door een sociaal werkster aan de tand werd gevoeld.

'Nee,' zei hij. 'Nog niet.'

'Mij is dat nooit gelukt,' zei Lucy. 'Ze gaven me zo'n apparaat, maar ik vond het vreselijk. Ik voelde me net een koe die gemolken werd.'

'Alsjeblieft,' zei Josephine, haar hand op haar maag leggend. 'Ik eet.'

'Het is anders heel natuurlijk, hoor,' zei Lucy. Haar gezicht was rood. 'Er is niets mis mee.'

'Nou, heb dan op zijn minst een beetje medelijden met deze arme man hier,' zei Josephine, terwijl ze haar hand lichtjes op Martins arm liet rusten. 'Die is helemaal naar Zwitserland gekomen om van dat gedoe af te zijn.'

De twee andere vrouwen keken Martin strak aan. Josephines hand was klein en gemanicuurd en ze droeg verscheidene ringen. Dominique droeg geen sieraden; haar handen waren groot en hoekig en zaten spaarzaam in het vlees. Dominiques handen biologeerden hem. Ze leken een verklaring over haar af te leggen, een zedelijke hoedanigheid; haar handen waren echt, ze waren onomkoopbaar.

'Ik moet zeggen,' zei Lucy even later, 'dat Dominique veel

relaxter is dan ik in dat stadium ooit geweest ben. Ik zou Christian niet uit mijn ogen gelaten hebben.'

'Aan de andere kant,' zei Jane, 'hebben vaders in het begin niet zoveel te doen. Eerst komt de band met de moeder. De rol van de vader begint later pas.'

'Wat maakt het ook uit?' zei Josephine. 'Op het laatst hebben ze de pest aan jullie allebei.'

'Dat is nou precies wat mijn zuster zou zeggen,' zei Lucy zuur.

'Dan moet ik haar nodig leren kennen,' zei Josephine.

'Alleen iemand zonder kinderen zou met zoiets voor de dag kunnen komen,' vervolgde Lucy.

'We hebben besloten dat Tom zijn vaderschapsverlof niet meteen op zal nemen,' zei Jane. 'Hij wacht tot later, als ik weer aan het werk ga. Op die manier kan hij de volle verantwoordelijkheid proeven.'

'Wat een idee,' zei Josephine.

'Ik regel het zo dat het samenvalt met het wereldkampioenschap,' zei Thomas.

'Je bent toch niet in verwachting, wel?' vroeg Lucy zacht.

'God nee,' zei Jane. 'Ik moet op zijn minst een jaar bij Browning werken om in aanmerking te komen.'

'Waarvoor?' vroeg Josephine. 'Een zwangerschapstest?'

'Zwangerschapsverlof,' zei Jane.

'Wauw,' zei Josephine, een worstje aan haar vork rijgend. 'Maar hopen dan dat de planeet voor die tijd niet veroverd wordt door buitenaardse levensvormen.'

Op weg naar huis bleef Martin staan bij de telefooncel. Dominiques moeder nam op. Dominique sliep. De baby maakte het prima, ze had haar net op schoot. Martin vroeg of ze genoeg slaap kreeg en ze zei: Niet veel. Ik kan mijn hele leven nog slapen, zei ze. Ze is een fuifnummer, die dochter van je. Daaruit maakte hij op dat Dominique nog steeds niet opstond om haar te voeden. Een steen van bezorgdheid nestelde zich in zijn borst. Dominique raakte vrijwel meteen over haar toeren als ze 's nachts wakker werd gemaakt. Dan lag ze op haar rug in het donker te huilen, terwijl de baby huilde in haar wieg naast hun bed. Martin stond tegenwoordig altijd meteen op om de baby weg te halen voordat ze Dominique wakker kon maken. Soms vielen ze samen in slaap op de bank. Hij gaf haar flesjes met babyvoeding die hij voor het naar bed gaan mengde en op een rijtje zette. Volgens de vroedvrouw zou Dominique er op die manier nooit toe komen haar de borst te geven, maar hij wist niet wat hij anders moest doen. Toen hij terugkwam in het appartement sliepen de anderen al.

Ze hadden nog twee dagen goed weer en daarna daalden de wolken neer over de berg en hulden de pistes en liften in mist. Martin zwierf alleen door het stadje, terwijl de rest ging schaatsen. Hij was op de een of andere manier losgeraakt van de groep. Lucy en Christian hadden zich bij Jane en Thomas aangesloten en gingen met de bus naar verre pistes. Ze brachten zelfs een middag met goed skiweer door in de dichtstbijzijnde stad. Thomas was een goede skiër. Martin snapte niet hoe hij het uithield, de opsluiting, de tijdverspilling. Terwijl hij in de etalages van snuisterijenwinkels staarde, voelde Martin zijn aanwezigheid op deze vakantie steeds onbuigzamer worden. Overal om hem heen zwichtten mensen voor elkaar, verloochenden ze zichzelf. Hij en Dominique hadden afgesproken dat zij anders zouden zijn. Het was een soort contract, omdat zij een baby wilde en hij niet, nóg niet althans – en ze had beloofd dat haar obsessie, de scherpe punt van haar vastbeslotenheid, snel en pijnloos en zonder schade aan te richten door hem heen zou priemen. Hij had beter moeten weten, maar hij geloofde haar. Hij dacht dat ze over geheime kennis beschikte, dat er, als een bleke wortel, een mysterieuze schat van vrouwelijkheid onder haar lag. Hij dacht dat ze iets anders geworden was toen ze niet langer zichtbaar voor hem was. In plaats daarvan had ze zich als een uitzinnige klimplant over elk beschikbaar oppervlak verspreid, hem overwoekerd met behoeftige ranken. Hij kon ze lostrekken, maar ze groeiden gewoon weer terug. Hij had haar eindelijk aan de telefoon gekregen – ze zei dat het borstvoeden niet gelukt was en dat ze het hele idee uit haar hoofd had gezet. In stilte voelde hij zich gekrenkt dat ze zomaar was opgehouden, zonder hem iets te vragen. Hij had het gevoel dat er tijdens zijn afwezigheid complotten tegen hem werden gesmeed. En hij vond dat hij zijn dochter te kort gedaan had. Op een gegeven moment was het ontstaan, dit gevoel, en nu hadden de uren van nietsdoen het tot wasdom gebracht. Als kind was hij een poosje gefixeerd geweest op het besef dat hij door een reeks ketenen aan zijn bestaan zat vastgeboeid. Zijn schaduw, zijn hartslag, de nietaflatende arbeid van zijn ademhaling, allemaal hadden ze hem een tijdlang gefascineerd en bedrukt. Soms probeerde hij niet te ademen. Soms klom hij op een muur of in een boom om te zien of zijn schaduw hem volgde. In zijn geest was een smal, hoog plekje waar hij genoeg aan zichzelf had.

's Middags gingen de liften weer open en trok hij de berg op. De mensen hadden de dag afgeschreven en de berg was vrijwel leeg. Hij skiede onder de touwen aan de rand van de skipiste door en ging de wildernis in. Daar hield hij het meest van, tussen de bomen door skiën. Vandaag nam hij risico's, scheerde rakelings langs rotsblokken en zoefde roekeloos niet aangegeven dalen in. Het was nog steeds mistig en hij had maar een paar meter zicht. Hij voelde een giftige onverschilligheid jegens zichzelf. Hij genoot van zijn vaardigheid en van zijn recht zichzelf te verkwisten. In brede zigzags daalde hij een lange, met bomen bezaaide helling af, kwam met grote snelheid beneden en skiede zonder te stoppen de volgende glooiing af. Die was kaal en erg steil en aan het eind ervan zag hij de lichten van het dorp. Hij suisde recht naar beneden, zich afvragend of het hem zou lukken het dorp in één ruk te halen. Hij ging zo hard dat hij bijna zijn ogen dichtdeed, als iemand die achter het stuur van een auto in slaap valt. Op hetzelfde moment kwam de grond plotseling omhoog onder zijn ski's, en voordat hij besefte dat hij op een pad gekomen was, was hij er al bijna overheen. Hij zette zijn ski's dwars, maar door zijn vaart schoof hij over het pad naar de lege diepte aan de andere kant. Hij wist niet wat er gebeurd was. Een uitstekende korst bevroren sneeuw hing boven het diepe ravijn naast het pad en op de een of andere manier was hij daar plat op zijn buik op terechtgekomen, zich vastklampend boven het niets. Iemand sprak hem aan in het Frans. Een skistok tikte tegen zijn gezicht en hij pakte hem vast en voelde zichzelf het pad opgetrokken worden. Zijn ski's was hij kwijt. Toen hij opstond, viel hij meteen weer op de grond. De man hielp hem overeind. Het was een skicontroleur. Hij schudde zijn hoofd en schreeuwde tegen hem. Martin kon geen woord uitbrengen. De man ging over in het Engels. U hebt bijzonder veel geluk gehad, zei hij. Ik volg u, u hebt bijzonder veel geluk gehad. Martin zei dat het hem speet. Getikt, zei de man, *fou*. Hij bood Martin aan hem naar het dorp te brengen, maar Martin wuifde hem weg. De schemering kleurde de berg blauw. Zijn benen trilden onbedaarlijk toen hij langzaam het pad naar het dorp afdaalde. Het was donker toen hij bij het appartement kwam. De anderen waren er niet. Hij kroop in bed, ging op zijn zij liggen en rolde zich op.

De volgende dag was de laatste. Martin huurde nieuwe ski's en ging met Christian naar boven. Lucy wilde niet mee. Ze wilde beneden blijven om in te pakken en cadeautjes voor de tweeling te kopen.

'Doe niet zo flauw,' zei Martin. 'Het is je laatste dag.'

Christian stond in zijn jack en sneeuwbril bij de deur. Hij zei niets.

'Nee, serieus,' zei Lucy. 'Volgens mij zou dat de goden verzoeken zijn. Ik heb het er tot dusver zonder iets te breken afgebracht. Dat zou typisch iets voor mij zijn.'

Martin zag dat ze niet van de vakantie genoten had. Ze kon niet wachten om naar huis te gaan. 's Avonds zou ze nog tijd genoeg hebben om in te pakken, maar ze wilde het nu doen, alsof ze hun vertrek wilde bespoedigen.

'Eerlijk gezegd,' zei Christian op weg naar de liften, 'vind ik het niet erg om een dag alleen te zijn. Het is behoorlijk vermoeiend om met iemand te skiën die het niet kan. De afstand die we deze week afgelegd hebben... lopen zou sneller geweest zijn.'

'Waarom heb je dat niet gezegd,' zei Martin. 'Dan zou ik een paar middagen met haar geskied hebben.'

'Ze had lessen moeten nemen,' zei Christian.

'Volgende keer misschien,' zei Martin.

'Ik geloof niet dat we er een van beiden veel aan gehad hebben. Wat behoorlijk stom is als je bedenkt hoeveel het gekost heeft. En we kregen niet eens de kans om op één kamer te slapen. Onze eerste vakantie sinds de kinderen en we kregen niet eens de kans om op één kamer te slapen.'

'Ik snap niet goed hoe dat gebeurd is,' zei Martin.

'Lucy wilde niet,' zei Christian op bittere toon. 'Zo is het gebeurd. Als ik tegenwoordig een hand naar haar uitsteek, weet ze niet hoe snel ze weg moet komen.'

'Het was slecht geregeld,' zei Martin.

'Ik realiseerde me niet,' zei Christian, 'dat het na de tweeling afgelopen zou zijn. Ik bedoel, ik hou van ze en zo, maar ik denk wel eens, God, wat is er met ons leven gebeurd? Was dat alles? Twee jaar af en toe een afhaal-curry halen – en de helft van die tijd brachten we door met discussiëren of we nu wel of niet kinderen zouden nemen, en wanneer, en hoe we ze zouden noemen. Achteraf gezien wou ik,' zei Christian, terwijl hij zich naast Martin op de liftstoel liet vallen, 'dat ik meer ondernomen had toen ik de kans had.'

De top van de berg, zijn steile hellingen, zijn pieken, stond als een klauw in Martins hart geslagen. Het was vreemd, maar na het ongeluk van de vorige dag verlangde hij er nog meer naar, wilde hij er alleen mee zijn. Zijn voetzolen jeukten van verwachting. Hij zei Christian gedag, beloofde vaag hem ergens beneden te ontmoeten en vloog weg in de witte lucht. Hij maakte een paar moeilijke afdalingen – hij had nog nooit zo goed, zo instinctief geskied – maar tegen de middag had het feit van zijn terugkeer definitief bij hem postgevat. Het stond als een muur voor hem. De realiteit van Dominique en de baby begon zich door de sluier van zijn afwezigheid af te tekenen, toonde zich in felgekleurde flitsen als door scheuren in zijn dromen. Hij probeerde de middag vlot te trekken, maar de gedachte aan wat hem te wachten stond, bracht hem vroeg naar beneden. Weer terug in het appartement pakte hij zijn spullen in en ging op bed liggen lezen. Na een poosje moest hij in slaap gevallen zijn, een grauw hazenslaapje waaruit hij gewekt werd door Thomas die een handdoek naar zijn hoofd gooide.

'Hoe laat is het?' vroeg Martin, terwijl hij overeind ging zitten.

'Showtime,' zei Thomas.

Josephine stond achter hem in haar skikleren. Haar ogen waren donkere, ondeugende spleetjes. Ze giechelde.

'Dit zal zo smakeloos zijn,' zei ze. Ze liep naar Thomas toe en legde haar hand op zijn schouder. Ze keken neer op Martin op het bed. 'Kom op, papa,' zei ze. 'Kom eens in beweging.'

'Waar gaan we naartoe?'

'De berg auf,' zei Thomas. 'In das dunker.'

De anderen waren naar de bioscoop. Thomas en Josephine hadden ze net gemist, zeiden ze. Martin zag dat ze het met opzet gedaan hadden en amper de moeite namen om dat te verbergen. De vakantieplaats organiseerde een evenement dat 'Skiën bij Maanlicht' heette. Ze hadden de liften geopend en schijnwerpers geïnstalleerd boven een van de pistes en speelden ingeblikte muziek door luidsprekers op de top van de berg. Martin pakte zijn skikleren uit. Het drietal liep door de natte sneeuw over de zwak verlichte weg. Martin maakte zich ongerust, alsof hij een passagier was in een auto die zich steeds verder van zijn bestemming verwijderde. Hij was voorbereid geweest op de terugreis en nu stond hij weer buiten met zijn ski's in zijn hand en zijn hele lichaam gespannen bij het vooruitzicht weer naar boven te gaan. Het had geen verschil mogen maken, maar dat deed het wel degelijk – hij had een gevoel in zijn borst alsof zich daar een diepe wond opende, een litteken waarvan hij zag dat het nooit zou genezen, omdat het, hoe zorgvuldig hij het ook dichtnaaide, boven een deel van zichzelf lag dat een wezenlijke behoefte aan beweging had. Nu de baby er was, zou zijn leven in toenemende mate beperkt worden.

Hij zag Thomas een handvol sneeuw oprapen, op Josephine afsluipen en de sneeuw achter in haar jack proppen. Ze stiet een kreet uit en heel even leek het alsof ze oplichtte, als door elektriciteit – Martin zag leven door haar heen stromen en het trof hem hoe egoïstisch het zijn weg zocht, die rivier van gevoel, hoe ijdel en tegelijkertijd hoe onweerstaanbaar de wens was om het te beteugelen. Te doen wat je wilde, terwijl er zo veel andere dingen te doen waren, terwijl alle schoonheid achter je lag, niet voor je – het was een soort wijsheid die zijn dochter hem al had bijgebracht, dat zijn wensen een soort illusie waren, een uitwas, zoals de vermoeide, overladen takken van een verwaarloosde tuin. De pijn van het snoeien teneinde opnieuw te beginnen: hij had het al vele malen gevoeld in haar korte leventje, had gezien dat dit werk hem zou redden, maar het bleef moeilijk. Want ondanks het feit dat haar kleine lijfje hem iets van zijn eigen verloren onschuld vergoedde, bleef hij volwassen, hield hij een zekere drang tot vrijheid. Dominiques ellende gaf hem het idee dat ze nooit vrij was geweest. De baby had haar als het ware verdrongen in de rij voor de aandacht van de wereld. Ze had nog niet wat ze wilde. De gedachte aan hoe ze het zou krijgen beangstigde hem.

Ze kwamen bij de liften en op de een of andere manier werden Josephine en Thomas gescheiden toen de stoelen om de carrousel kwamen. Josephine werd alleen het donker in gedragen, terwijl Martin en Thomas zich samen op één stoel persten. Martin zag een domme blik op Thomas' knappe gezicht, van verbazing en teleurstelling. Vóór hen zag hij vaag Josephines stille, roerloze gestalte, die aan niets in het ijskoude donker leek te hangen. Morgen zouden Jane en Thomas teruggaan naar hun appartement in Londen en zou Josephine van hen afvallen als een aardkluit die van een draaiend wiel geslingerd wordt.

'Dit is lekker,' zei Thomas, zacht wiegelend op zijn plaats.

'Ja.'

'Jij verlangt zeker al naar huis,' ging Thomas plotseling verder.

'Min of meer,' zei Martin op vlakke toon. 'Het was een vreemde gewaarwording, weg te zijn. Ik had het gevoel dat ik best zou kunnen vergeten om terug te gaan.'

Hij vertelde Thomas iets over Dominique en de problemen met de baby, en tot zijn verbazing werd Thomas ontkurkt en vloeide zijn essentie – wat hij vroeger was en wat hij, besefte Martin, nog steeds moest zijn – naar buiten. Martin praatte door en Thomas begon hem meer en meer een contactpunt te lijken dat zowel aards als goddelijk was, een in een lang gewaad gehulde vader naar wie Martin, de zwerver, de rusteloze ziel, was teruggekeerd om advies in te winnen. Samen stegen ze gewichtloos naar de kruin van de berg. De aanraking van het leven was nog nooit zo licht geweest. Hij voelde hem amper – het was net alsof de zwaartekracht de dingen die hij kende had losgelaten.

'Het is een soort arrogantie,' zei hij, 'om te denken dat je kunt kiezen wat je overkomt.'

'Dat dacht ik ook,' zei Thomas. 'Ik dacht dat het beter was om niets te doen, maar nu wil ik alles doen.'

'Wat is alles?'

'Jane zal minder vaak thuis zijn als we terugkomen,' zei Thomas. 'Ze moet macho-uren draaien in die nieuwe baan. En reizen, elke maand een week of zo. Ik vind dat goed. Ik denk dat dat een goede ontwikkeling is.'

'Waarom?'

'Al die tijd die je samen doorbrengt,' zei Thomas, 'en uiteindelijk heb je er toch niks van gemaakt.' Hij friemelde aan de lussen van zijn skistokken. 'En dus willen we nu geld. En we willen genieten.'

Ze stapten uit de lift. Er was vrijwel niemand. Ze zochten Josephine, maar die was al weg. Het geluid van pianomuziek, gerafeld door het gekraak van de luidsprekers, sijpelde uit de geluidsinstallatie. Er waren schijnwerpers in de sneeuw gezet en die vormden een gele rivier die kronkelend uit het zicht verdween. De berg leek etherisch nu het verbod van zijn duisternis was opgeheven. Martin voelde zich verbonden met een reeks momenten in zijn leven die zich steeds dieper in hem leken te onthullen, het ene na het andere, als een keten van lichten. Thomas ging als eerste weg, joelend en met zijn arm zwaaiend terwijl hij in grote slingers de spookachtige piste afdaalde. Martin keek hem na tot hij verdwenen was. De hemel was een koepel van sterren. Hij zou hier nooit meer terugkomen. Hij aarzelde als een duiker boven een stil wateroppervlak en lanceerde zichzelf.

3

De offers

In de zomer van 20– ging ik terug naar het oude huis. Het was een dag met saai weer, het soort grijze, windstille dag dat elkaar in die streek met eindeloze regelmaat opvolgt. Hoewel ik al twintig jaar niet bij het huis of in die streek geweest was, had ik de indruk dat het daar al die tijd op dezelfde manier gelegen had, als in trance onder een laaghangende, afgestompte hemel die niet te onderscheiden was van de hemel waaronder wij onze spullen hadden ingepakt en definitief vertrokken waren. Ik parkeerde mijn auto aan het begin van het met karrensporen doorploegde landweggetje en liep de rest. Ik wist niet wie er nu in het huis woonde. Onderweg zag ik delen van de voortuin, aan de andere kant van de bramenhaag naast de weg. De haag was wild en overwoekerd en de tuin dook voortdurend op tussen zijn takken en verdween weer. Er stond geen zuchtje wind. Alles stond roerloos en stil in het vlakke, grijze licht. Ik kwam bij het hek en zag de oprit, die veel kleiner leek dan ik me herinnerde, maar verder onveranderd was, alsof hij in de loop der jaren in mijn herinnering gegroeid was, als een levend ding. Aan het eind van de oprit stond het huis. Er stond een blinkende auto voor, maar verder leek het verlaten. Het staarde recht voor zich uit met de passieve oogopslag van een paard dat voor een wagen staat.

Het was een erg mooi huis, meer mannelijk dan elegant,

met een vierkante voorgevel en een vierkant portiek. Eromheen stonden hoge bomen, met daarachter de tuin, die groter was dan je van hieraf kon zien. Als kind bracht ik veel tijd door in de tuin, die bestond uit een groot aantal verschillende delen die allemaal klonken als de instrumenten in een orkest en samen een enorm kabaal maakten dat alleen ik kon horen. Ik liep het pad op dat het verlengde van het landweggetje was en keek over het hek. Mijn eerste indruk was geweest dat het huis verwaarloosd was, maar nu zag ik dat ik me vergist had. Naast de oude schuur was een kippenren gebouwd, waarin de vogels rustig rond pikten. Groenten stonden strak in het gelid en er was een nieuwe broeikas: door het glas zag ik stapels kleine potjes en gehoorzame rijtjes zaailingen, en aan een haak hingen een paar tuinhandschoenen en een hoed. Ik zag geen mens en na een poosje begon dit op de een of andere manier iets sinisters te krijgen. Ik wilde dat ik niet alleen was, niet omdat ik bang was, maar omdat het succesvolle imago van de keurige groenten en de pikkende vogels, de vreemde glanzende auto en de blakke stilte me het gevoel van een eigen identiteit ontnamen. Als kind koesterde ik een onuitgesproken wantrouwen jegens de stabiliteit van alledaagse dingen. Het leek me altijd mogelijk dat ik op een dag wakker zou worden en zou ontdekken dat alles wat me vertrouwd was een boosaardige gedaanteverandering had ondergaan. Dat leek me nu ook met het huis gebeurd te zijn. Mijn huis, het echte huis, was op mysterieuze wijze weggevaagd en vervangen door dit bedrieglijk glimlachende schijnbeeld. Ik was alleen, niet omdat ik dat wilde, maar omdat het me een goed idee geleken had om, nu ik plotseling zo veel tijd had, naar het huis te gaan kijken. Als ik het druk had gehad, zou ik er nooit aan gedacht hebben, hoewel ik met het klimmen der jaren steeds

meer het gevoel krijg dat iets in mijn verleden een magnetische aantrekkingskracht op me uitoefent. Ik verlies me steeds
vaker in bespiegelingen over dingen van lang geleden, dingen
die, net als sommige schilderijen, duidelijker lijken te worden
naarmate ik er verder vandaan sta. Als ik probeer de bron van
dit magnetisme te vinden, zie ik altijd het huis. Ik weet niet
waarom mijn geest besloten heeft zich op zoiets concreets te
fixeren. Het is net als met mensen van wie je ooit gehouden
hebt. Als je die opnieuw tegenkomt, zie je je gevoelens nog
steeds in hen gevangenzitten, onbruikbaar, als sieraden weg-
gesloten in een kistje.

Na een poosje liep ik het weggetje weer af richting het dorp.
Fulford stelt weinig voor. Het heeft alleen maar een winkeltje
dat pakjes en blikjes en snoepjes in potten verkoopt, en een
modern bakstenen café dat somber in een plas asfalt bij het
kruispunt staat. Het wordt omringd door vlakke weilanden
waartussen de wegen kaarsrecht naar de horizon lopen. Er zijn
een paar villa's die achter een sluier van bomen verborgen liggen, maar de meeste huizen zijn nieuw. Ze staan in bijna verlegen of weifelende groepjes in de stoppelige, zaaibare prairie
en zijn gebouwd rondom frisse zwarte doodlopende straten
vol bochten, hoewel elke andere weg in de buurt recht is. Als
kinderen wachtten we 's morgens altijd bij het kruispunt op
de schoolbus, en de weg was zo vlak en recht dat we de bus
van minstens anderhalve kilometer zagen aankomen, klein en
furieus als een kever over de grijze voor ploeterend.

's Winters lag het natte, donkergroene land peinzend in het
vochtig-grauwe licht dat uit een doorlopend door wolken
omzwachtelde hemel viel, maar 's zomers dreef er van de tar-
we- en maïsakkers een droge, bloemige nevel aan, zodat het
landschap bijna al zijn kleur verloor en de zon in een prachtig

waas aan de hemel hing. Bij vlagen streken lange warme winden door de gele en bruine vacht van de gewassen en maakten de zware bomen aan het ritselen. De vlakheid was immens als een oceaan. Als je op je rug ging liggen en je ogen dichtdeed, voelde je een trage beweging, als het wiegen van golven.

Ik woonde in het vierkante huis aan het eind van het kapotgereden landweggetje met mijn ouders en mijn tweelingzusje Lucy. Zij leken buitensporig groot in het vlakke landschap dat zo volledig verstoken was van voor de hand liggend vertier en waar de tijd zich traag en moeizaam voortsleepte, alsof elk uur met de hand werd gemaakt. Lucy is acht minuten ouder dan ik, een verschil dat ze in die tijd subtiel benadrukte door zich zo vaak mogelijk op haar kamer af te zonderen of moeder in de keuken dingen te helpen maken. Ze bakten koekjes en maakten lappendekens, collages, pepermuntsnoepjes, tarwepoppetjes en lavendelzakjes. Ze beschilderden dennenappels, schikten bloemen en praatten, gesprekken die in woordeloze cadansen als muziek over me heen spoelden. Ik luisterde niet naar wat ze zeiden, alleen maar naar het geluid van hun stemmen. Ik zag het huis beetje bij beetje vol schaduw lopen tot zijn kamers en gangen op de inktzwarte bodem van een put leken te staan en moeder het licht aandeed.

Mijn ouders hadden in die tijd een echtpaar in dienst, een echtpaar dat Jim en Sally heette. Ze woonden in het dorp, in een klein bakstenen huisje aan de weg die langs de verste grens van onze tuin liep. Daar was een hek waar Jim en Sally twee of drie keer per week door naar binnen kwamen, waarna ze over het gazon naar het huis liepen. Sally maakte schoon en Jim zorgde voor de tuin; ze waren een serviele versie van mijn ouders, een praktisch ingestelde vervalsing. Sally was klein en pezig en bruin, met een hoofdje als een walnoot. Ze

vertelde me gruwelverhalen over mensen uit haar kennissenkring, terwijl ze met haar blote, gespierde armen de badkuip
met een spons en bleekwater bewerkte. Een vriendin van haar
bleek zichzelf in de badkamer geëlektrocuteerd te hebben. Ze
had liggend in bad haar haar gedroogd en de föhn in het water laten vallen. Zoiets kon je met allerlei dingen overkomen,
zei Sally, een radio, een broodrooster, alles wat op elektriciteit werkte. Ik merkte op dat dit een goede manier zou zijn
om iemand te vermoorden en Sally beaamde dat.

Toen ik op een middag uit mijn slaapkamerraam de achtertuin in keek, waar Jim een bloembed aan het omspitten was,
zag ik hem ineens op zijn zij vallen. Het ging zo snel dat het
net leek alsof hij zich uit een of andere mysterieuze dwangimpuls ter aarde had geworpen. Hij bleef opgerold en roerloos
liggen. Zijn grote lijf leek even zacht en slap als het konijntje
dat onze poes pas geleden eerbiedig op onze drempel had ge-
deponeerd. Ik rende naar beneden om moeder te roepen en
Jim werd naar het ziekenhuis gebracht. Hij bleek een aanval
van duizeligheid te hebben gehad. Dat zit allemaal in je oor,
zei Sally. Als je oor uit balans raakt, draait de hele wereld zich
op zijn kop. Ze zei dat haar Jim inmiddels weer thuis was en
aan zijn bed genageld lag van angst. Ik bracht hem een bezoekje, enerzijds om hem een tuiltje door moeder in de tuin
geplukte bloemen te brengen en anderzijds om te zien of de
wereld in Jims kamer echt op zijn kop stond. In mijn gedachten zag ik hem in een bed aan het plafond hangen en zich in
doodsangst aan de lakens vastklampen. Wat ik niet verwacht
had, was een gevoel van schaamte en gêne toen ik voor het
eerst hun huisje binnenkwam en besefte dat ik eigenlijk nooit
echt had stilgestaan bij hun leven en huwelijk, en hoe bescheiden de omvang van dit feit was zoals gesymboliseerd

door de kleine bruine kamertjes waarin ze leefden. Sally nam de bloemen aan en gaf me een koekje uit een blik. Jim kon nog geen bezoek hebben, zei ze. Ik hoorde hem boven kreunen – hese, bovenmenselijke, woordeloze geluiden die het huis deden schudden.

De verveling verweerde mijn zusje en mij uiteindelijk als een geologische kracht tot verschillende vormen. Lucy, met haar interesses en handenarbeid, haar gesprekken met moeder en haar dringende bezigheden in haar slaapkamer, was beter beschut tegen de trage regen van de tijd dan ik. Lucy's slaapkamer lag vol met de vruchten van haar nijverheid. Ze had overal verzamelingen van: schelpen, postzegels, poppen, kleine porseleinen figuurtjes, allemaal op hun vaste, met militaire precisie gemarkeerde positie op de planken om elke poging tot binnendringen te verijdelen. Mijn eigen kamer was vol onderwaterlicht, waar ik vaak naar keek als het rond de muren zwom en vastliep in de schaduw van de boom voor mijn raam, wiens gevorkte vingers zich als rietstengels aftekenden. Ik deed er niet veel: ik lag alleen maar op mijn bed, luisterend naar de geluiden van de mensen in andere kamers en proberend aan de hand daarvan af te leiden wat ze deden en hoe laat het was. Soms deed ik alsof ik doof of blind was of sliep. Ik probeerde me voor te stellen hoe het voelde om dood te zijn.

Ik was dol op nietsdoen, maar mijn vormeloosheid bracht me voortdurend in aanraking met de grenzen van het ouderlijk gezag. Als een koe in een weiland zwierf ik doelloos rond tot ik berispt werd door de oplawaai van het schrikdraad. Een minuut later was ik het bestaan ervan alweer vergeten. Ik vertelde mijn echtgenoot, Robert, een keer over de sfeer van afkeuring die ik als kind over al mijn daden voelde hangen en dat ik me voortdurend verkeek op zijn stille aanwezigheid; dat ik hem op de onverwachtste momenten tot leven riep, zoals een hand een handschoen tot leven brengt. Ik had het gevoel dat dit misschien licht op onze problemen kon werpen, maar Robert scheen de relevantie ervan niet in te zien. Hij geloofde niet echt in de idee dat jeugdervaringen onuitwisbare sporen op je leven achterlaten, behalve, zoals hij het uitdrukte, in gevallen van uitzonderlijk trauma. Robert is specialist in het ziekenhuis; zijn medische opleiding heeft hem een onsentimentele kijk op de wereld gegeven. Maar tijdens mijn bezoek aan het oude huis vond ik het niettemin vreemd dat Robert nooit de plek had gezien waar ik opgegroeid was. Dat versterkte het gevoel dat ik al enige tijd had: dat ik uit dat huis was verbannen om mijn leven te slijten onder vreemden.

Ik fietste veel in die tijd en soms reed ik een van die rechte wegen op om te zien hoe ver ik kon komen. Ik geloofde niet dat ze eindeloos door konden gaan zonder ooit tot een zinvol einde te komen. Ik voelde dat er, als ik zo'n weg maar lang genoeg bleef volgen, zo lang dat ik uiteindelijk zelfs mijn laatste aanvechting om terug te gaan onderdrukt had, iets zou gebeuren. En het lukte me inderdaad een keer om door het vlies dat aan de uiterste grens van mijn ervaring leek te hangen, heen te breken. Ik fietste net zolang tot ik verdwaalde. Ik kwam op een kruispunt en vervolgens nog een en plotseling was ik in een onbekend plaatsje, met huizen die ik niet kende. Het was net zo'n dorp als Fulford, misschien iets kleiner. Het lag ingesloten tussen dezelfde vlakke velden. Ik voelde de ellendige zekerheid dat ik er op de een of andere manier in geslaagd was een dorp te vinden dat nog afgelegener was dan het mijne. Ik legde mijn fiets op de grond en ging troosteloos voor de telefooncel staan in de hoop dat ons telefoonnummer me te binnen zou schieten, want plotseling was ik doodsbang: niet alleen omdat ik verdwaald was, maar ook omdat narigheid in dat uitgestorven dorp een hand op mijn schouder legde en ik de woede van mijn ouders kon voelen als een verre aardbeving waarvan de schokken gestaag door het vlakke land op me af rolden. Ik begon te huilen, geen afzonderlijke tranen maar een massa water die pijnloos over mijn gezicht stroomde. Op dat moment kwam er een man uit een van de huizen. Het was een neger, niet oud, hoewel zijn kroezige haar grijs was. Hij droeg teenslippers en een gestreept overhemd zonder boord. Hij vroeg me of ik verdwaald was en waar ik woonde. Ik gaf hem de naam van het dorp en hij zei dat hij me naar huis zou brengen. Hij ging weer naar binnen en toen hij terugkwam had hij schoenen aan. Daarna haalde hij een rond ijzeren brilletje uit zijn borstzak en zette dat zorgvuldig op zijn neus. Het kostte hem enige moeite mijn fiets achter in zijn auto, een ietwat scheefhangende beige hatchback, te laden. Met een opgelaten gevoel zag ik hem ermee manoeuvreren. Hij slofte weer naar binnen en kwam terug met een balletje touw, waarmee hij de deur vastbond over het uitstekende achterwiel. Dit duurde allemaal vreselijk lang en ik werd met de minuut nerveuzer. Ten slotte rukte hij de passagiersdeur open en ging ik op de verende stoel zitten. Maak je maar niet ongerust, zei hij, terwijl we over de weg tuften, ze zullen dolblij zijn om je te zien. Ik wilde hem geloven; ik vroeg me zelfs af of hij als volwassene misschien enige invloed kon uitoefenen, maar toen we onze oprit in draaiden, kwam moeder naar buiten en werd haar gezicht verscheurd door woede. Zij en dr. Lakey, zoals hij bleek te heten, maakten een praatje op de oprit. Moeder was stijf van beleefdheid en dr. Lakey schudde zijn hoofd en zei voortdurend op een zangerig toontje 'Ach ja', en lachte steeds harder, terwijl mijn moeder steeds korzeliger werd. Bij zijn vertrek sloeg hij een arm om mijn schouder en trok me hard tegen zich aan, en zijn huid was zo heet en droog in de vochtige tuin dat ik de aandrang voelde naar hem over te lopen, weggevoerd te worden van het duistere vooruitzicht van moeders woede. Maar hij stapte weer in zijn autootje en reed weg, en ik kreeg klappen en werd naar mijn kamer gestuurd. Kort daarna hoorde ik mijn moeder met een vriendin in de keuken over dr. Lakey praten. Hij was kennelijk huisarts in de stad. De vriendin zei dat ze nooit naar hem toe zou gaan. Ze zei dat ze er niet aan moest denken dat hij haar aanraakte.

's Nachts lag ik in bed en projecteerde mijn geest zich als een lichtkegel in het landelijk donker, breder en breder wordend tot de duisternis hem opslokte. Vaak kon ik de slaap niet vatten en dan stond ik soms op en liep door de gang naar de kamer van mijn ouders. Ik stond naast hun bed en wilde hen wakker maken, maar het ontbrak me altijd aan de moed. Ik dacht dat ze, als ik maar lang genoeg bleef staan, misschien vanzelf wakker zouden worden. In hun slaap waren hun gezichten streng en gevoelloos. Hun lichamen waren gigantisch, onaandoenlijk, op de sokkel van het bed. Ik stelde me voor dat ik boven op hen zat, als een vogel op een monument. Dan kreeg ik het afschuwelijke idee dat ze zouden smelten, wakker worden, zodat ik na een poosje nog zachter dan ik gekomen was hun kamer weer uit sloop en terug naar bed ging.

Naar Robert heb ik ook gekeken als hij sliep. Hij slaapt als een inderhaast afgedankt en op de grond gesmeten voorwerp. Ongeacht op welk moment van de nacht je naar hem kijkt, hij ligt altijd in dezelfde houding als waarin hij neergekomen was.

's Morgens namen Lucy en ik de bus naar school in de stad, en na school ging ik soms naar mijn vriendin Roxanne, die aan de andere kant van het dorp in een luidruchtig rijk van vloerkleden met drukke spiralen en blaffende honden woonde. Roxanne had ook op school moeten zijn, maar ze was vaak afwezig. Ze ging laat naar bed en dan miste ze 's morgens de bus omdat ze zich versliep. Roxannes moeder heb ik nooit ontmoet. Ik weet niet hoe het met haar zat. Maar Roxanne had een oudere zus die Stacy heette en geacht werd voor haar te zorgen. Stacy was klein en gezet en had een plat, rond gezicht en een mond met opkrullende hoeken. Ze maakte haar ogen op zo'n manier op dat die ook opkrullende hoeken kregen. Stacy zat altijd op haar kamer, waar de laden uitpuilden van kanten ondergoed en alle oppervlakken vol lagen met mascararollers en nagellak en de speciale kammen waarmee ze haar haar bewerkte tot het in een kroezige wolk om haar hoofd stond. Roxanne en ik zaten altijd op Stacy's onopgemaakte bed, terwijl zij vakkundig haar haar opkamde en verhalen vertelde die mij nachtmerries bezorgden, over moorden en verminkingen en de vreemde, ironische manieren waarop je pech kon hebben. Stacy droeg kniehoge laarzen met een rits aan de zijkant. Ze moest ze aantrekken voordat ze 's morgens opstond. Als je opstond, zei ze, stroomde al je bloed naar je benen en werden ze dik. Ze moest ook gaan liggen om haar spijkerbroek aan te trekken. Soms moesten Roxanne en ik haar helpen; dan trok Roxanne de gulp dicht over Stacy's zachte witte onderbuik en probeerde ik de rits omhoog te trekken. Op een dag weigerde de rits dicht te gaan. We masseerden Stacy's buik en gingen boven op haar zitten, maar niets hielp. Stacy kondigde aan dat ze geen hap meer zou eten en geen slok meer zou drinken tot ze haar spijkerbroek weer aan kon.

Een paar weken later zei Roxanne dat Stacy zwanger was. Ik was bang dat de baby er gedeukt uit zou komen vanwege onze pogingen, die keer, Stacy's buik plat te drukken. De herinnering aan haar stevige, tegenstribbelende vlees achtervolgde me. Ik vond dat we iemand moesten vertellen wat we gedaan hadden. Op haar elfde verjaardag kreeg Roxanne een krat Babycham en een rood satijnen slipje van haar vader. Mijn bezoekjes aan Roxanne leidden steevast tot duister gemompel van mijn ouders, alsof ze een publiek waren dat het toneelstuk niet kon waarderen, maar toch vertelde ik hun wat Roxanne voor haar verjaardag had gekregen. Het gevolg was dat ze me verboden nog ooit bij Roxanne over de vloer te komen, zodat ik, precies zoals ik gehoopt had, van de plaats van de misdaad verwijderd werd. In stilte bleef ik me ongerust maken over de misvormde baby, maar het toeval wilde dat ik Stacy nooit meer tegenkwam.

Na school verdween mijn zus Lucy meteen naar haar kamer en deed de deur dicht. Ze troonde daar als een novice die op een openbaring wachtte. Ze was ingewijd in het wereldbeeld van onze ouders en wist dat deze openbaring zeker zou komen: ze wist dat het leven in het dorp een voorspel was en dat het echte leven nog moest beginnen. Ze wachtte in haar kamer op een nieuwe ontwikkeling. Ik heb het gevoel dat niemand mij ooit verteld had dat we naar kostschool gestuurd zouden worden, zoals ik ook het gevoel heb dat Lucy dat van meet af aan geweten heeft. Het was eerder iets wat zich langzaam aan me opdrong, zoals een verandering van seizoen. In het warenhuis in de stad kocht moeder nieuwe uniformen voor mijn zusje en mij, waarbij elk onderdeel na raadpleging van een gedetailleerde lijst werd aangeschaft. Ik begreep dat de oude orde vergaan was en, ondanks mijn incomplete ervaring ervan, werd weggevaagd. Het was net alsof iemand mijn bord had opgeruimd terwijl ik het pas half leeg had. Ik had het gevoel dat het me niet gelukt was de onbetwiste territoria van mijn gezinsbestaan veilig te stellen. Ik was er, met andere woorden, niet zeker van dat mijn ouders van me hielden: het leek me niet uitgesloten dat ze me, als ik me anders gedragen had, niet weggestuurd zouden hebben. Ik voelde dat ik verwijderd werd omdat ik niet voldeed, maar zag niet waar ik mijn kans had laten liggen of wat ik ermee had moeten doen als ik hem toevallig herkend had. Ik had die lange uren in het vlakke dorp en de vochtige groene tuin, in het huis met de ramen waarachter de wereld leek te slapen doorgebracht, zonder speciale verwachtingen, behalve dat ze altijd door zouden gaan. Nu werd ik gegrepen door een hunkering terug te gaan en ze opnieuw door te maken om te ontdekken waarom ze waren afgekapt.

Mijn nieuwe school was in een klooster, zodat ik tussen de nonnen zat. Hun oerlelijke gezichten, afstekend tegen het zwart van hun habijt, leken gezichten die onder een schijnwerper stonden en trieste monologen afstaken. Soms praatten ze over het leven waar ze van afgezien hadden – een leven van trouwen en kinderen – alsof het een overvolle toeristische attractie was die ze besloten hadden op hun reizen niet aan te doen. De nonnen hadden een soort koppigheid behouden die de andere volwassenen die ik kende niet bezaten. Ik heb deze eigenschap vaak in kinderen gezien. Het is alsof er een ijzeren staaf door hen heen loopt, die alleen maar door bepaalde ervaringen in het leven gebroken kan worden. Als kind had ik een poosje non willen worden, maar ik had een ander soort non in gedachten. In de schoolkapel, waar we 's morgens vroeg de mis bijwoonden, stonden vrouwenbeelden – heiligen en de Maagd Maria – waar ik altijd naar keek als hun stenen gestalten bij het opgaan van de zon, als de kapelramen het bleke licht distilleerden, uit het donker te voorschijn traden. Hun stomme, tedere gezichten, half zichtbaar alsof ze nog steeds in hun nachtelijke kerker zaten, vervulden me met gevoelens van troost.

Op school was ik zelden alleen: ik sliep, at en volgde de lessen naast andere meisjes. De druk van voortdurend samenzijn was zo groot dat het net leek alsof ik onder water leefde. 's Avonds lagen de andere meisjes in hun ondergoed in de slaapzaal, als groepjes verveeld blaffende zeehonden. Ze lakten hun teennagels uit kleine flesjes bloedrode nagellak. Ze voerden onbedreven gesprekken die onvermijdelijk tot wreedheid leidden. Een onderwerp dook tussen hen op als een wouddier dat een open plek betreedt, en zij omsingelden het, eerst speels, dan sarrend, tot ze het uiteindelijk met toenemende bloeddorst massaal afmaakten. Ik wilde naar huis. Als ik aan het huis van mijn ouders dacht, met zijn lege slaapkamers, kwam er een gevoel van verwachting over me heen, het gevoel dat de tijd waarin we bij elkaar woonden niet achter me lag maar nog moest komen. Ik vergat dat zij degenen waren die mijn zusje en mij hadden weggestuurd. In plaats daarvan kwam de herinnering aan ons gezin in me op als een briljant idee dat ik mijn ouders, als ik ze zag, altijd vergat te vertellen, hoewel ik ervan overtuigd was dat ze net als ik zouden vinden dat het alles zou oplossen.

Ik weet niet wat moeder de hele dag uitvoerde als vader op zijn werk was en wij op kostschool zaten. Wanneer ik nu aan alle uren denk die ze oppotte, heb ik het gevoel dat me een erfenis ontstolen is. Als ik op zijn minst gezien had hoe ze ze doorbracht, dan had ik ze misschien uit mijn hoofd kunnen zetten, maar nu verdenk ik haar ervan dat ze ze nog steeds heeft, ergens om zich heen – dat die uren, hoewel verborgen, nog steeds bestaan. Nu begrijp ik dat niemand ooit van me verwacht had dat ik hetzelfde soort leven zou leiden als zij. Mijn ouders verwachtten dat ik voor examens zou slagen en naar de universiteit zou gaan. Moeder probeerde, zonder veel overtuiging, de indruk te wekken dat haar kansen ontzegd waren waarvan ik me in de handen mocht knijpen dat ze mij wel geboden werden, maar eigenlijk denk ik dat ze vond dat ze het goed getroffen had. In haar eigen ogen was ze een succes, met haar man en kinderen en haar huis buiten. Een poosje, kort na het begin van mijn studie, toen ik het leven als een opwindend, uitnodigend feest door me heen voelde bruisen, beklaagde ik haar om haar beperkte bestaantje, maar in de jaren daarna draaide dat medelijden traag knarsend om zijn as tot het haar verloren gezag op het laatst herstelde – totdat zij degene was die medelijden had met mij.

Robert heeft een zoon die Joseph heet. Joseph woont bij zijn moeder, Samantha. Robert had Samantha leren kennen toen hij medicijnen studeerde. Ze werkte in een bar waar Robert op een avond terechtkwam. Hij heeft zich altijd bovenmatig geschaamd voor het feit dat hij en zijn collega-medici zich elke vrijdagavond resoluut en in hoog tempo vol lieten lopen om de uitputting en spanning van zich af te zetten. Robert is zich sterk bewust van zijn eigen waardigheid. Een van die vrijdagavonden eindigde in Samantha's bar, waarna hij in hetzelfde tempo en met dezelfde resoluutheid als waarmee hij dronk met haar naar huis en naar bed ging. Het was de enige nacht die ze samen doorgebracht hadden, zegt hij. De volgende morgen herinnerde hij zich amper wat er gebeurd was.

Enkele weken later nam Samantha via zijn faculteit contact met hem op om hem te vertellen dat ze zwanger was.

Samenwonen was van meet af aan uitgesloten. Ze kenden elkaar nauwelijks en bovendien voelde Samantha daar niets voor. Wel wilde ze dat Robert alimentatie voor het kind betaalde, in ruil waarvoor hij hem, als hij daar prijs op stelde, in de weekends kon zien. Samantha was vijfentwintig, Robert een jaar ouder. Hij beschouwde deze reeks gebeurtenissen als volstrekt catastrofaal, een gezichtspunt dat in de daaropvolgende jaren weinig veranderde, hoewel hij dol was op Joseph en hem regelmatig zag. Ik heb mezelf er nooit toe kunnen brengen hem te vragen waarom hij het zo'n tragedie vond. Het leek altijd iets te maken te hebben met die vroegere drinkgelagen – waar, tussen haakjes, meteen na die avond een eind aan kwam – en het daarmee gepaard gaande verlies van beheersing: alsof een verdekt opgestelde vijand op dat onbewaakte moment zijn duistere slag had geslagen.

Ondanks hun zakelijke afspraak begon Samantha na Josephs geboorte meteen eisen te stellen. Ze hing dag en nacht aan de telefoon om huilend te verklaren dat ze niet voor zichzelf instond als hij niet onmiddellijk kwam. Vaak vond hij de baby bij zijn aankomst krijsend in zijn wieg, terwijl Samantha in de andere kamer op de bank zat en een tijdschrift las of tv keek. Samantha parkeerde Joseph bij andere mensen, soms mensen die ze amper kende. Eén keer bracht ze hem naar de buurvrouw en toen ze terugkwam was de vrouw met baby en al vertrokken. Ze kwam die avond pas laat terug, toen Robert de politie al gebeld had. Na dit voorval werd Robert nog maanden door spanning en onzekerheid geplaagd als hij niet bij Joseph was, maar hij beschouwde Josephs bestaan als zo onberaamd dat hij het niet over zijn hart kon verkrijgen dit met Samantha op te nemen. Toen Joseph een peuter was, nam ze hem een keer mee naar het park, waar hij door een hond werd aangevallen. Samantha nam de benen. Later zei ze tegen Robert dat ze hulp ging halen, wat, neem ik aan, niet onredelijk is, maar ik blijf het moeilijk vinden het idee dat ze er zo schielijk vandoor ging uit mijn hoofd te zetten. Joseph had beten in zijn zij en zijn been die nooit helemaal genezen zijn. Als ik hem, toen hij kleiner was, toevallig naakt zag, stokte mijn adem bij het zien van de littekens. Hij was doodsbang van honden. Het maakte zijn vader razend dat hij zich geen tien meter alleen van het huis of de auto waagde voor het geval hij er een tegenkwam. Het vreemde was dat Samantha, toen Joseph een jaar of tien was, zelf een hond nam. Het was een klein wit keffertje, totaal niet vals, maar evengoed. Joseph deed alsof hij dat hondje leuk vond. Hij liet het zijn gezicht aflikken, waar blauwgrijze vetpuistjes door zijn huid heen begonnen te breken.

In de tijd dat Joseph geboren werd, woonde ik samen met een man die ik niet liefhad. Ik schepte een vreemd soort voldoening in die regeling, hoewel ik mezelf er, als hij me omhelsde of zei dat hij van me hield, voortdurend aan moest herinneren wat ik ook weer zo fijn vond aan het lege gevoel waarmee ik zijn liefde beantwoordde. Dan dacht ik aan moeders koude, slapende gezicht en de dag dat ik het huis uitgestuurd werd en daalde er een gevoel van rechtmatigheid en opluchting over me heen. Soms had ik het idee dat niet liefhebben mijn voornaamste levensroeping zou worden, zo gepast waren de gevoelens die het teweegbracht, en tegelijkertijd zo onovertuigend. Hoe vaak ik mijn neiging om liefde te ontkennen ook zou voeden, ze zou altijd terugkomen.

Mijn minnaar was geboren met een gat in zijn hart. Toen

hij achttien maanden oud was, werd hij geopereerd. Ik neem aan dat ze het gewoon dichtnaaiden. Er zat geen litteken of vlek op zijn huid waar het gebeurd was. Kort na deze operatie rende hij zich bewusteloos tegen een boom. Hij gaf me een foto van zichzelf die een paar seconden voor dat ongeluk in het park genomen was. Er stond een donkerharig, dapper en hoopvol glimlachend jongetje op, boven wiens hoofd de schaduw van de toekomst als een knuppel geheven werd. Vóór mij had hij met een andere vrouw samengewoond. Na vier of vijf jaar was ze naar Amerika verhuisd. Het is me nooit gelukt me een beeld van haar te vormen, hoewel ik foto's van haar gezien heb. We liepen allebei tegen de dertig en ik had altijd het gevoel dat we droomden: we werden omringd door een vlies van onwerkelijkheid. Ons leven met elkaar was een vreemde, emotieloze affaire, en hoewel hij beweerde over een duidelijker scala van gevoelens te beschikken, had ik, als ze ter sprake kwamen, het gevoel dat het over volslagen vreemden ging. We kochten een appartement in de Londense buurt waar hij opgegroeid was. Zijn moeder kwam vaak op bezoek en als haar zoon niet thuis was, praatte ik met haar. Ze was erg zacht, zijn moeder. Als ik naar haar milde schoot en volle boezem keek, kreeg ik sterk de aanvechting er mijn hoofd op te leggen. Ik hield van haar en ik geloof dat het wederkerig was. Ze zei vaak dat ze hoopte dat haar zoon me vast zou kunnen houden, alsof ik een vlieger was die woest aan zijn touw trok in de wind. Zo voelde ik me helemaal niet: meestal had ik het gevoel dat ik in een tranceachtige slaap verkeerde, zoals de sluimerende prinsessen in de sprookjes die ik vroeger las, die hun onschuldige vingers naar de wereld hadden uitgestoken en per ongeluk zijn gif hadden opgezogen.

Op een dag vroeg mijn minnaar of ik een kind wilde, en dat

was het moment waarop ik wakker werd. Het antwoord was nee. Ik maakte contact met deze zekerheid als een vermoeide zwemmer die de kust nadert en eindelijk de oceaanbodem voelt, en net als die zwemmer richtte ik me op uit het water en haastte me naar de droge glooiing van het strand, terwijl mijn oude leven in talloze straaltjes van me af liep en in de lucht verdampte.

In die tijd leerde ik Robert kennen. Ik was dertig. Ik had mijn eigen appartement gekocht. Ik had promotie gekregen op mijn werk en was vervuld van optimisme en opluchting, zoals iemand die zojuist van een ziekte hersteld is. Ik werkte bij een uitgeverij van kinderboeken, en een van de boeken die ik uit de stapel manuscripten geplukt had was een onverwacht succes geworden. Het was een verhaal over een aantal kapotte speeltjes die op een nacht besluiten weg te vluchten uit de speelgoedfabriek waar ze in een kartonnen doos zijn gesmeten. Ze klimmen door een open raam en trekken de wereld in om hun geluk te beproeven. Sommige sluipen winkeletalages in en verstoppen zich achter het andere speelgoed. Andere kruipen stiekem bij slapende kinderen in bed. Ze zijn op zoek naar liefde, met hun scheve ogen en slecht genaaide naden. Robert vertelde me dat hij een zoontje van vier had, wat me verbaasde maar niet ontmoedigde. Er was nog niets gebeurd dat me van de wereld van mijn jeugd had afgesneden. Ik wortelde er nog steeds in, als een verwaarloosde plant met meters steel voor elke bloem. Er was iets bruuts aan Roberts situatie dat me aantrok. Ik voelde dat hij zijn twijfels had over de manier waarop ik met mijn vorige minnaar gebroken had, en het was waar dat ik soms aan hem dacht zoals ik hem na mijn vertrek een keer in het donker op het voetpad voor mijn appartement had zien staan. Ik trok de gordijnen dicht en keek toevallig naar buiten. Hij had niets kwaads in de zin, hij was net een geest, iets waar je je hand doorheen had kunnen steken. Maar zijn aanwezigheid herinnerde me aan mijn mislukte pogingen tot liefde en overspoelde me met gevoelens van teleurstelling. Na verloop van tijd verdwenen die gevoelens en begon het feit van mijn falen zelf zich scherper af te tekenen, zoals het kille schijfje van de maan scherper wordt als de zon ondergaat.

Robert had veel verantwoordelijkheden en ontelbare bezittingen – boeken, een stationcar, een enorme verzameling klassieke muziek, een huisje op het platteland. Hij had zwart haar en het platte, bleke gezicht van een monnik. Zijn blauwe ogen hadden de vorm van amandelen. Zijn lichaam was slank en vreselijk harig. Hij had witte tanden en grote schone handen die altijd warm waren. In de weekends, als Joseph kwam logeren, zag ik Robert opgaan in de taken van het vaderschap en ging er iets in me open, als een vuist die zich ontspande in mijn borst. Ik kon Robert nooit eten voor Joseph zien koken of zijn kleren zien wassen of hem een spelletje zien bijbrengen zonder een siddering van ontroering, een vogel van paniek en verrukking, door me heen te voelen fladderen. Hij omweefde me met die zorgzaamheid; hij omringde me met een schouwspel van koestering waarin ik mezelf soms kleiner voelde worden, als een kind, terwijl hij groter werd en uitdijde tot een volledige dampkring.

Ik vertelde moeder over Robert. Op een weekend gingen we samen met Joseph bij mijn ouders op bezoek, niet in het huis waar ik opgegroeid was maar in een ander huis, waar ik altijd het gevoel heb dat mijn ouders er tijdelijk onderdak hebben gevonden en op de een of andere manier ontkracht zijn, beroofd van hun oude macht en al zijn invloedssfeer. In de keuken stonden mijn ouders en Robert bij elkaar, groot en imposant, als een groepje gigantische, verweerde standbeelden. Ze begroetten elkaar met de ontspannen vormelijkheid van naast elkaar wonende ambassadeurs. Later die middag pakte moeder Joseph op en hield hem als een baby op haar schoot.

'Je bent erg dapper,' zei ze tegen me aan de telefoon, 'om met een man te leven die nooit helemaal van jou kan zijn.'

'Ik heb mijn eigen leven,' zei ik.

'Er is een makkelijke manier,' zei ze veelbetekenend, 'om die situatie op te lossen.'

Ik ontmoette Samantha voor het eerst toen ik alleen in Roberts appartement was. Ik woonde er nog niet, maar had mijn eigen sleutels en ging er vaak naartoe als Robert werkte. In mijn eentje tussen zijn bezittingen voelde ik me veilig, alsof Robert niet meer bestond, alsof hij gestorven was en me niet alleen zijn spullen maar zijn eigen ik had nagelaten. De zon viel in grote schuine platen vol doelloos dwarrelende stofjes door de ramen. De banken en stoelen, de bleke kleedjes, de overvolle boekenplanken leken ingemetseld in stilte en zonlicht, de relieken van Robert. Toch voelde ik me in die witte vertrekken ook als een schaduw, zwart, scherp omlijnd, onstoffelijk, een zich oneindig projecterende vlek. Ik was nog steeds behept met iets van die koppige, onwrikbare slechtheid, en in de zuiverende zuilen van licht zocht ik een vorm van metamorfose, een reiniging, want het was me al duidelijk dat ik hopeloos verliefd was op Robert, en ik bad om een pakket deugden dat moest voorkomen dat hij me ooit weg zou sturen. De telefoon ging en daar was Roberts stem, die als een touw dat een schip met zijn anker verbindt door de diepten van de namiddag kronkelde. Hij zei dat er iets gebeurd was en dat hij laat thuis zou zijn. Hij had Samantha gevraagd Joseph bij het appartement af te leveren. Hij hoopte dat ik dat niet erg vond.

Ik was bang om Samantha te ontmoeten, hoofdzakelijk omdat ik een droom had waarin ik in het donker in bed lag en zij mijn uitgestrekte lichaam aanviel met een schaar. In de droom leek ze zowel het instrument van een algemene haat als iemand die haar eigen redenen had om me aan te vallen, niet omdat ik iets verkeerds had gedaan maar omdat ik een pechvogel was, omdat iemand – wie wist ik niet – in zijn zorg voor mij nagelaten had de vereiste waakzaamheid in acht te nemen. De Samantha van mijn dromen en de echte Samantha toonden weinig fysieke gelijkenis. Mijn onbewuste had haar gecreëerd uit aspecten van Josephs gezicht en de fragmenten van mijn herinnering aan Roxannes zusje Stacy, met haar krullende lippen en ogen.

Toen de bel ging, deed ik open en zag ik Joseph en een donkere vrouw in een tuinbroek voor de deur staan. Ze was slank en had volle borsten en bevallige voetjes in Indiase sandalen. Haar haren, die lang waren, waren opgebonden met een zijden sjaal. Ze droeg geen make-up, althans niet zichtbaar. Ze had een fijne, blanke, ietwat sproetige huid en de gelaatstrekken waar de schilders van de renaissance zo dol op waren – een kleine mond, grote, neergeslagen ogen en een rechte, magere neus die voortdurend naar zijn eigen bescheiden, gebeeldhouwde uiteinde leek te gebaren.

'Hallo,' zei ze. 'Eindelijk.'

Ze glimlachte over haar hele gezicht, terwijl ze in de deuropening stond. Ze had haar arm om Josephs schouders. Ik zag dat Samantha een merkwaardige gelijkenis vertoonde, niet alleen met haar zoon maar ook met Robert zelf. Ze waren

91

in dezelfde stijl gemaakt. Ze waren net een stel vazen, of een reeks schilderijen van dezelfde schilder.

'Kom binnen,' zei ik. Achter me leken Roberts kamers opnieuw onvervreemdbaar van hem, en ik voelde me net een inbreker die zo dom was geweest om bij het aanbellen open te doen.

'Ik ben altijd dol geweest op dit appartement,' zei Samantha, terwijl ze lichtvoetig naar het raam van de huiskamer liep.

'Het is prachtig,' beaamde ik.

'Ik heb een hoop op Robert aan te merken,' zei ze, terwijl haar ogen naar de boekenplanken gingen, 'maar hij heeft een verdomd goeie smaak.'

Ze sprak met een heldere, nadrukkelijke stem. Wat waren die aanmerkingen? Ik kon ze me niet indenken – ik dacht dat Robert onberispelijk was.

'Wat voor appartement heb jij?' vroeg ik.

'Het mijne is niets,' verklaarde Samantha. 'Ik wil ook niet dat het iets is. Ik heb op het moment heel andere dingen aan mijn hoofd.'

Ze glimlachte en ik glimlachte terug alsof ik eveneens vond dat ze heel andere dingen aan haar hoofd had.

'En jij?' vroeg ze. 'Wat wil jij van het leven?'

Ze ging op de hoek van de bank zitten en haalde haar vingers door Josephs haar. Hij liet zich gretig op zijn rug vallen en duwde zijn hoofd in haar handen, als een hondje. Hij was vijf jaar oud, maar bij zijn moeder leek hij van het pad der jaren af te dwalen en vormeloos te worden.

'Ik heb jaren met iemand samengewoond,' zei ik, als verklaring voor mijn volstrekte onvermogen haar vraag te beantwoorden.

'Waren jullie getrouwd?'

'Nee.'

'Slimme meid,' zei Samantha. 'Je rolt het huwelijk veel makkelijker in dan weer uit. En je bent zo verstandig geweest om geen kind te krijgen. Dan is het echt gebeurd. Dan zit je je hele verdere leven aan elkaar vast. Hoewel het ook zijn geweldige kanten heeft – je wilt het ook niet helemaal zonder stellen.'

'Nee,' zei ik.

'Ik heb niet de indruk dat Robert aan één genoeg heeft,' zei Samantha. 'Hij zal je zeker een baby geven. Hij is een goeie vader, goeie genen. Maar je zult hem van dat ziekenhuis weg moeten scheuren als je wilt dat hij je helpt. Mij is dat nooit gelukt, maar misschien jou wel. Ik heb veel intuïtie voor vaders, en Robert is goed materiaal. Ik ben grootgebracht door mijn vader en geloof me, díé was vreselijk. Mijn moeder stierf toen ik klein was –' ik zei niets, want dat wist ik al '– dus ik kan me haar totaal niet herinneren, wat ongetwijfeld een hoop verklaart. Mijn vader weigerde over haar te praten, niet één woord. Als ik naar haar vroeg, werd hij alleen maar kwaad. Ik wist niet eens hoe ze eruitzag, want hij had alle foto's opgeruimd. Hij had zich min of meer voorgenomen om zich dood te drinken. Tot op heden is hem dat niet gelukt, maar hij is hard op weg, de ouwe zak. Maar een paar jaar geleden vond ik die foto's. Hij had ze in een doos gestopt en achter in een kast gezet. Ik was door het dolle heen – ik weet niet meer waarom, ik weet alleen nog dat ik zo godverlaten kwaad was dat het me niet kon schelen wat hij deed. Ik sloeg het huis kort en klein om ze te vinden. Eindelijk vond ik die doos en in de doos vond ik een foto van een vrouw die met een baby op haar schoot op het strand zit. Ik wist dat zij het was, want ze leek sprekend op mij. Ze droeg zo'n ouderwets badpak en een grote hoed. En ze keek naar die baby met een ongelooflijke uitdrukking op haar gezicht – totale aanbídding gewoon. En heel even was ik vreselijk jaloers, het werd echt rood voor mijn ogen, maar toen realiseerde ik me dat ík dat was, dat ik zelf de baby geweest moet zijn. Ik herinner me nog goed dat ik het hardop tegen mezelf zei: *Ze hield van me.*' De woorden kwamen er fluisterend uit en haar ogen blikten dramatisch naar iets boven mijn linkerschouder. 'Al die jaren had ik daar niets van geweten, was er alleen maar een soort leemte in me, en toen was het er ineens, dat feit... Joe vindt me totaal geschift omdat ik voortdurend tegen hem zeg dat ik van hem hou, maar ik wil gewoon dat hij daar absoluut zeker van is, ábsoluut, want ik was dat niet en ik weet dat dat verdomde zeer doet. Je moet het elke dag zeggen, elke dag.' Ze gaf een klap op de arm van de sofa. 'Hij zegt alleen maar: "Dat weet ik, mama." En ik denk, dat weet je níét, je hebt er geen idee van wat een gódverlaten geluksvogel je bent.'

Robert kwam die avond pas laat thuis. Samantha was allang weer vertrokken. Ik herinner me dat ik Joseph zijn avondeten gaf, en hoewel hij me normaal gesproken niet vijandig bejegende, zat hij deze keer zwijgend aan tafel, propte het eten met zijn handen in zijn mond en bleef me onderwijl met kleine, venijnige oogjes aankijken. Ik liet hem zitten, sloot mezelf op in de badkamer en huilde. Ik huilde dikwijls in mijn leven met Robert. Als kind huilde ik ook vaak, en dat geeft me het gevoel dat die twee periodes van mijn leven zich in hetzelfde geografische gebied hebben afgespeeld, een plaats van vocht, van stromende rivieren. Kort na deze ontmoeting met Samantha verkocht ik mijn appartement en trok bij Robert in. Ik had hooggespannen verwachtingen omtrent die witte vertrekken. Ik las beloften van verlossing in hun zuiverheid. Ik voelde dat ik eindelijk mijn schaduw afgeworpen had, dat ik me er met een sprong, als over een afgrond, van had losgemaakt. Roberts leven, zo concreet, zo welomschreven, leek me een plaats om te ontsnappen aan alles wat krioelde aan de andere kant van die kloof. Als Joseph kwam logeren voelde ik ook zijn aanwezigheid als een soort schild. Hij was een talisman tegen een versie van mezelf die de neiging had wat echt was onecht te maken. Op mijn werk publiceerde ik een verhaal over een prinses die alleen maar oud kon worden en dood kon gaan als iemand verliefd op haar werd. Het probleem was dat de betovering inhield dat degene die verliefd op haar werd meteen zou sterven. Honderden jaren lang zwierf de prinses de wereld rond, gruwend van haar onsterfelijkheid maar tegelijkertijd bang voor de liefde die beloofde haar ervan te verlossen.

Robert was er niet bijzonder op gebrand om te trouwen, dat was duidelijk. Daar zag hij het nut niet van in. Ik kon hem niet uitleggen dat ik door hem bezeten wilde worden, en evenmin dat ik het vreemde gevoel had dat ik nog steeds het eigendom van mijn ouders was, hoewel ik die maar een paar keer per jaar zag. Moeder vroeg voortdurend of Robert en ik van plan waren ooit te gaan trouwen, en de manier waarop ze dat vroeg, alsof ze de echtheid van Roberts gevoelens voor me in twijfel trok, maakte me vreselijk benauwd. Op een dag zei ik min of meer bij wijze van grapje tegen Robert dat er, als hij niet met me trouwde, niets anders voor me op zou zitten dan weg te gaan en iemand te zoeken die dat wel zou doen, en hij keek verbaasd en volstrekt niet geamuseerd en zei dat hij erover zou nadenken. Kort daarna trouwden we inderdaad. We waren allebei drieëndertig: we hadden niet kunnen verwachten dat het veel verschil zou maken dat we getrouwd waren, en in het begin was dat ook niet zo, hoewel later duidelijk werd dat trouwen het eerste misverstand was op onze weg naar totale vervreemding.

Ik ging in die tijd vrij vaak naar mijn zuster Lucy, die samen met haar man Christian en hun tweelingdochtertjes in een huis niet ver van Roberts appartement woonden. Lucy's meisjes waren jonger dan Joseph, maar toch effende het feit dat ik plotseling de zorg voor een kind had het pad naar zo'n periode van intimiteit die ons van tijd tot tijd overkomt als onze verschillende wegen zich onverwacht kruisen. Lucy had een ander soort leven gekozen dan men op grond van haar schoolcijfers en studieresultaten verwacht had. Toen we allebei in de twintig waren, had ze me toevertrouwd dat het haar liefste wens was moeder te worden. Dat verbaasde me: zelf had ik daar totaal geen last van. Het was net alsof ze dit verlangen via een willekeurig selectieproces toebedeeld of door een onweerstaanbare sekte opgelegd had gekregen. Ze had afscheid genomen van haar ambities en prestaties en zich stil in het onbaatzuchtige witte gewaad van het ouderschap gehuld.

De mensen hebben altijd opgemerkt hoe sterk Lucy en ik van elkaar verschillen, zowel lichamelijk als qua karakter. Ze verwachten dat we, als tweeling, elkaars spiegelbeeld zijn, terwijl we in feite zo compromisloos anders zijn dat we net twee mensen lijken die uit de twee helften van één mens gecreëerd zijn. Misschien is dat de reden waarom we elkaar als volwassenen vermijden. Het zien van de ander maakt ons allebei duidelijk wat we missen en kan de onaangename verdenking teweegbrengen dat die hoedanigheden niet eerlijk verkregen maar gestolen zijn. Lucy heeft bijvoorbeeld legio vrienden en vriendinnen, een hele groep met wie ze naar feestjes en etentjes en op vakantie gaat, terwijl ik van alle talent voor vriendschap verstoken ben. Daar staat tegenover dat ik geen enkele angst voor ideeën heb, terwijl je Lucy al ongelukkig kunt maken door iets te berde te brengen waar zij het oneens mee is. Lucy is iemand die gevoelens ervaart binnen het drukvat van een innerlijke vernauwing. Zoals de wind soms meer vaart krijgt als hij door een tunnel waait, zo lijken Lucy's gevoelens loeiend door haar enge gangen te razen. Haar blij of verdrietig te zien is bijna ondraaglijk, zo primitief is dit mechanisme bij haar. Meestal sluit ze het af: ze heeft haar leven zo geregeld dat emotionele uitersten vermeden worden. In plaats daarvan heeft ze zich, als een haar omringende doornhaag, een achterdochtige natuur aangemeten. Je prikt jezelf voortdurend aan Lucy, al hoef je dat op het moment zelf niet altijd te merken. Je vindt de schrammen later – ze doen geen pijn maar je ziet ze wel.

Als Robert een weekend moest werken ging ik vaak met Joseph naar Lucy's huis. Lucy had medelijden met Joseph; met mij ook, maar om andere redenen. Het moet zó moeilijk zijn, zei ze vaak, haar ogen dichtknijpend. Ik heb haar nooit gevraagd wat volgens haar zo moeilijk was, maar ik heb het idee dat ze iets gezegd zou hebben over het feit dat ik wel de verantwoordelijkheid voor een kind had, maar niets van het plezier. Voor iemand als Lucy is liefde een soort zuurstoftank die haar in leven houdt in de verstikkende dieptes waarin zij leeft – een kunstmatig arrangement dat haar in staat stelt in haar onderwaterwereld te leven. Vaak vond ik het 't makkelijkst om van Joseph te houden als we een middag bij Lucy waren geweest. Als we over de lawaaierige, door dampen bezwangerde Londense trottoirs liepen genoot ik van de bloedeloze lichtheid van onze band – die een en al voorkeur en beleefdheid leek na die eengezinswoning met zijn bij elkaar passende gezichten en opdringerige lichamen, zijn patriottische wanorde, zijn sluier van voorschrift en binding waaronder ik altijd een niet aflatend geknars meende te horen, als van de machinerie van het leven.

Lucy werd in die tijd erg in beslag genomen door een wekelijkse krantenrubriek waarin de schrijfster – net als Lucy een moeder met kleine kinderen – haar gezinsleven beschreef als een soort televisieserie, een verhaal waarin continuïteit zwaarder woog dan het bereiken van een specifiek eindpunt en dat ondanks zijn gelijkenis met het echte leven feilloos alle actuele thema's wist aan te snijden. Ik had al van die column gehoord voordat Lucy erover begon. Hij zou beroemd worden, en haar belangstelling was het bewijs van de populariteit ervan. Zelf kon ik me er nooit toe brengen hem te lezen, hoewel iedereen me vertelde hoe onderhoudend hij was. Het is niet overdreven om te zeggen dat Lucy gefixeerd was, zowel op de column als op de vrouw, Serena Porter, die hem schreef. Zoals ik het begreep, lag Serena Porters succes in haar vermogen het dagelijks gezwoeg van gewone vrouwen een glamoureus tintje te geven. Ze gaf hun het gevoel dat ze wilden zijn wat ze al waren. Ze kroop op slinkse wijze onder het pantser van vrouwelijke twijfel en construeerde er een verdichtsel van huiselijke zaligheid. Het is een mysterie voor mij, dat fervente vergelijken waar mensen als Lucy zo gek op zijn. Waarom was het van zo'n belang dat ze meende dat die vrouw precies zo was als zij. Het enige antwoord dat ik kon bedenken was dat het kwam doordat de vrouw in werkelijkheid volstrekt niet op haar leek.

Hoe dan ook, toen ik 's middags een keer met Joseph bij Lucy kwam, was ze hoogst geagiteerd. Serena Porter, de rubriekschrijfster, bleek die dag onthuld te hebben dat haar man terminale kanker had.

'Dat is triest,' zei ik, terwijl ik achter haar naar de keuken liep.

'Is het niet vreselijk?' vroeg ze. 'Hun kinderen zijn drie en één jaar oud!'

Lucy praatte vaak in wat mij een soort code leek. Haar keuken, met zijn rijen ongewassen bekers en plastic kommen, zijn bekruimelde oppervlakken en muren vol chaotische kinderschilderingen, leek op een slagveld na een mislukte militaire campagne. Hij leek totaal niet op de keuken van onze jeugd. Je had de indruk dat er veel meer moeite voor gedaan was, maar ook dat het een veel daverender fiasco geworden was dan de vertrekken waar wij in opgegroeid waren.

'Het is zó deprimerend,' ging ze verder, terwijl ze zich met een ruk omdraaide om de ketel op te zetten. 'Ik denk de hele middag al: wat heb je eraan? Wat heb je eraan dingen te hebben als ze zomaar weggenomen kunnen worden? Mam is er helemaal stuk van,' voegde ze eraan toe. 'Ik heb een poosje geleden met haar gepraat.'

'O ja?' vroeg ik verbijsterd.

'En weet je wat het gekke was? Toen ik het las, was het eerste wat ik dacht: nou, in ieder geval was het niet een van de kinderen. Als een van mijn kinderen doodging geloof ik niet dat ik het zou redden. Terwijl als het Christian was, ik bedoel, ik zou nooit meer gelukkig zijn, maar ik zou verder leven. Maar goed, dat zei ik dus tegen mam aan de telefoon en we kregen er min of meer onénigheid over, want zij vond juist dat de dood van je man veel erger was dan van je kind.'

Ik zag dat Lucy met haar emoties worstelde. Joseph en ik zagen haar worstelen, in haar keuken. Haar brede, gewone gezicht was net een raam dat nooit gewassen wordt en besmeurd is met vegen moeheid en verveling. Achter dat raam leken morele gevechten plaats te vinden, equivalenten gezocht te worden, werd een leven van vlees omgewerkt tot een leven van rede. Op dat moment besefte ik hoe volledig Lucy opging in deze arbeid, die eindeloos doorging en nooit af zou zijn en doorlopend uiteen dreigde te vallen in zijn basiscomponenten – twee kinderen en een man, van wie ik wel eens dacht dat ze, terwijl Lucy even weg was om haar hart te raadplegen, haar geest geplunderd en stelselmatig verslonden hadden, zoals muizen zich door een provisiekast heen vreten.

'Ik zei het niet, maar ik betwijfelde of ze wel écht helemaal eerlijk was,' zei Lucy. Haar stem was verscheidene registers gestegen en haar wangen waren rood.

'Waarom zou ze niet eerlijk zijn?'

'Ik weet niet,' zei Lucy. 'Volgens mij bedoelde ze het op de een of andere manier als kritiek.'

'Op jou?'

'Op het idee dat je meer van je kinderen houdt. Joseph, zou je geen tv willen gaan kijken bij de meisjes? Ze zitten in de andere kamer. Als ze voor het scherm staan dan zet je ze maar gewoon opzij.'

'Oké,' zei Joseph.

Hij stond op, hoewel ik kon zien dat hij liever gebleven zou zijn om ons gesprek te horen. Joseph luisterde altijd naar de conversatie van volwassenen. Het was net alsof hij dacht dat hij daar misschien een verklaring zou horen voor wat hem overkomen was.

'Is dat goed?' vroeg ik.

'Ja hoor,' zei hij.

Ik vroeg me voortdurend bezorgd af of Joseph zich gelukkig voelde als hij bij mij was. Ik wist nooit hoe ik hem het best kon aanpakken; ik had geen zenuwen, geen instincten om op terug te vallen.

'Eigenlijk praat ze gewoon over zichzelf,' ging Lucy verder. 'Haar idee van een goed huwelijk is dat je man eerst komt en dan pas je kinderen. Toen ze hier een paar weken geleden was, leek ze echt geschokt dat ik me niet opmaakte voordat Christian thuiskwam.'

Ik lachte.

'Maar je gevoelens veranderen écht als je kinderen krijgt. Ik weet zeker dat Christian precies hetzelfde zou zeggen. Je kunt onmogelijk op de oude voet verdergaan.'

'Waarom niet?' vroeg ik.

'Dat kan gewoon niet,' zei Lucy. 'De kinderen gaan voor.'

'Bedoel je,' waagde ik het te vragen, 'dat het hebben van een kind je vermogen van andere mensen te houden aantast?'

'Ja, in zekere zin wel,' zei Lucy. 'Het komt gewoon doordat ze je zo nodig hebben en je zou alles voor ze doen, en ik bedoel echt alles. En dat laat niet veel ruimte over voor iemand anders. Het is een heel onzelfzuchtig soort liefde,' voegde ze eraan toe.

'Is het niet juist het tegenovergestelde? Is het eigenlijk geen vorm van eigenliefde?'

'Het is moeilijk te begrijpen als je geen kinderen hebt,' zei Lucy. 'Ik weet nog goed dat ik, toen de tweeling geboren werd, naar ze keek en tot een verbijsterend inzicht kwam – dat deze twee piepkleine mensjes belangrijker waren dan ik.'

'Belangrijker voor wie? Voor jezelf?'

'Zo'n gevoel is het,' zei Lucy. 'Ik geloof niet dat ik dat bij een man ooit gevoeld heb. Maar de kinderen zijn van allebei, dus dát heb je in ieder geval gemeen. Ik herinner me nog dat ik dacht: God, vanwaar al dat gedoe over romantische liefde! Dit is véél groter! Vroeger zat ik daar echt over in, maar tegenwoordig denk ik gewoon: waarom? Waarom zou je je ertegen verzetten? Christian en ik hebben onze tijd samen gehad en nu hebben we de kinderen – en die maken me gelukkiger dan alles wat de wereld te bieden heeft.'

Waarbij ik moet aantekenen dat ze geen bijzonder gelukkige indruk maakte.

'Dus wat ik over Serena Porter zeg,' besloot ze, 'is dat het heel erg triest is, maar dat ze er vast overheen zal komen.'

Op weg naar huis vroeg ik Joseph of hij graag naar Lucy's huis ging.

'Niet echt,' zei hij. 'Daar is niks te doen. En ik word altijd bij de kinderen gezet.'

Daarna zag ik Lucy minder vaak. Wat Serena Porter betrof had ze evenwel gelijk gehad: ze kwam eroverheen. Ze bleef schrijven, sommige mensen zeiden briljant, over de ziekte en uiteindelijke dood van haar man. Daarna volgde er een stilte die me ietwat bedacht voorkwam, als de georkestreerde pauze in een muziekstuk, en toen werd haar vertrouwde verslag over haar gezinsleven met schijnbaar algemene instemming hervat.

Maar mijn gesprek met Lucy bleef me bij en werd steeds duidelijker en nadrukkelijker naarmate de tijd verstreek. Ik had wel de spot gedreven met de spelletjes van leven en dood die ze met zichzelf speelde, maar op een andere manier speelde ik ze zelf ook. Ik begon tekenen te zien, in vrijwel alles wat hij deed, dat Robert meer van Joseph hield dan van mij. Op straat pakte hij Josephs hand, niet de mijne, en als hij van zijn werk thuiskwam, werd Joseph als eerste omhelsd en gekust. Hoe onschuldig deze dingen op zichzelf ook waren, toch tergden ze me met het schrikbeeld van een mislukte poging tot bezit. Ik zag er mijn leven onopgemerkt in voorbijgaan; ik werd vervuld door een vreselijke vertwijfeling dat ik er niet in geslaagd was een ander mens te vinden om mijn bestaan te bevestigen. Ik wilde een relatie waarin de liefde die geschonken werd gelijkstond aan de liefde die ontvangen werd. Ik wilde iets van mezelf.

'Denk je dat we ooit een kind zullen hebben?' vroeg ik hem toen we 's avonds laat een keer met Joseph slapend op de achterbank naar ons buitenhuisje reden.

We waren ongeveer drie jaar getrouwd. We hadden het geen van beiden ooit over kinderen gehad, iets wat ik op zich al steeds verdachter begon te vinden. Een baby, dacht ik, zou alles oplossen. Die zou het evenwicht herstellen. Dan hadden we ieder een kind. Dat was niet meer dan eerlijk.

'Ik heb al een kind,' zei Robert, terwijl hij recht voor zich uit naar het kronkelende, spookachtige wegdek keek.

'Maar ik niet.'

'Je hebt nooit gezegd dat je er een wilde.'

'Nou, nu wel.'

We hadden verscheidene van dit soort gesprekken, later gevolgd door andere waarin Roberts bezwaren steeds duidelijker werden, alsof we lagen verband verwijderden en uiteindelijk een nog ongenezen wond blootlegden. Hij zei dat één keer genoeg was. Hij zei dat zijn leven precies was zoals hij het zich wenste. Hij zei dat hij het toch al druk genoeg had. Dat het te moeilijk was geweest, de laatste keer. Hij zei dat hij er begrip voor zou hebben als ik zijn houding onaanvaardbaar vond – hij had zelf pas ontdekt hoe diep dit bij hem zat toen ik erover begon. Konden we niet gelukkig zijn, vroeg hij, zoals we waren?

Samantha had intussen wat geld geërfd en in South Kensington een bloemisterij geopend. Die bleek een doorslaand succes. Ik ging er op een middag naartoe om Joseph af te leveren en vond Samantha verdekt opgesteld tussen het natte, geurige gebladerte. Ze had haar haar opgestoken.

'Dit is de enige fatsoenlijke liefde die je ooit zult krijgen,' zei ze grinnikend toen Joseph zijn armen om haar beschorte middel sloeg en zijn gezicht zwijgend tegen haar borst drukte.

Die avond ging ik huilend tekeer tegen Robert, en hij lag naast me als een uit steen gehouwen beeld, hulpeloos. Mijn zevenendertigste verjaardag kwam en ging.

'Je zult er onderhand vaart achter moeten zetten,' zei moeder aan de telefoon.

Samantha leerde Harry kennen in de winkel. Harry was een figuur van obstinate evenwichtigheid. Hij was aristocratisch en rijk en deed zelden zijn mond open. Hij ging gehuld in een mist van vage jovialiteit. Zijn getekende gezicht deed vermoeden dat hij zichzelf op een gegeven moment ontmand had, dat er een stop bij hem was doorgeslagen – niets wat Samantha deed of zei kon de dode zenuwen van zijn idiote goedaardigheid tot leven brengen. Ze bleken perfect bij elkaar te passen. Ze trouwden en kort daarna kondigde Samantha aan dat ze in verwachting was. Ze produceerde een dochter, een jaar later gevolgd door een tweede. Zij en Harry kochten een huis in Zuid-Frankrijk en brachten daar hun vakanties door.

Op een avond, onderweg naar ons appartement, kwam ik mijn voormalige minnaar op straat tegen. Hij was amper veranderd. En ik, zei hij, evenmin. We waren allebei net veertig geworden. Dit feit kwam me ongelooflijk voor, daar op straat, hoewel ik dat niet zei. Toen ik in het gezicht van mijn oude minnaar keek, voelde ik mezelf een vreemde bocht door de tijd beschrijven, zodat alles wat er sinds ons afscheid gebeurd was, plotseling een droom leek. Ik had het idee dat ik alleen maar mijn arm door de zijne hoefde te steken om te ontdekken dat ik wakker en weer mezelf was geworden, dat de jaren die ik met Robert had doorgebracht louter projecties van mijn onderbewuste angst waren geweest.

'Woon je nog steeds in dezelfde flat?' vroeg hij.

'Ja.'

'Met, eh, was het Robert? En de jongen – hoe heet hij ook weer?'

'Joseph.'

'Joseph,' herhaalde mijn oude minnaar, met een zucht naar de donkere, bruine hemel kijkend. 'Ik heb vaak aan hem gedacht, de afgelopen jaren.'

'O ja?'

'Ik was in zekere zin jaloers op hem. De laatste keer dat we elkaar tegenkwamen,' ging hij verder, 'had je hem bij je.'

Dat was ik vergeten, maar het klopte. Dat was kort nadat ik bij Robert was gaan wonen. Toen ik nog gelukkig was. Ik rende de straat over met Joseph aan mijn hand en toen ik mijn oude minnaar zag staan voelde ik een wrede opluchting, alsof hij ver van de kust in een boot ronddobberde, een boot waaraan ik ontsnapt was door het stellen van een egoïstische maar noodzakelijke daad, hem achterlatend terwijl ik het vasteland weer opzocht, de drukke promenades van het leven.

'Ik dacht: hoe kan ze van het kind van iemand anders houden en niet van mij?'

'Wat doe je tegenwoordig?' vroeg ik.

'O, min of meer hetzelfde. Er is eigenlijk niets veranderd.

Ik ben heel lang ongelukkig geweest,' voegde hij er uitdagend aan toe, 'maar de laatste tijd voel ik me stukken beter.'

En dus werd me duidelijk dat ook die tijd een droom was geweest, een gevoelloze opsluiting, en plotseling strekte mijn hele leven zich achter me uit in een reeks bijlagen in de vorm van een zachte, doorzichtige tunnel. Ik ging naar huis. Robert was er niet. Ik liep door het appartement en keek naar zijn dingen. Het waren dezelfde dingen die ik in die eerste, eenzame, zonverlichte middagen bekeken had, toen ze me zo'n ontzag hadden ingeboezemd omdat ik dacht dat ik in deze wereld was aangekomen op het toppunt van zijn bloei, te midden van al zijn mogelijkheden. Terwijl ik in werkelijkheid, zoals iemand die zonder te weten dat het bijna sluitingstijd is een kunstgalerij binnengaat, al die dingen in hun herfsttij leerde kennen en alleen maar tijd kreeg voor een snelle blik op kamers vol schoonheid, voordat de deuren een voor een dichtgingen en al die schatten aan hun donkere uren van stille slaap werden overgelaten.

Ik vroeg me af of ik Robert over mijn ontmoeting met mijn oude minnaar zou vertellen, maar toen hij thuiskwam van zijn werk was hij somber en gepreoccupeerd. Even later vertelde hij me dat Samantha had aangekondigd dat ze van plan was definitief naar Frankrijk te verhuizen en Joseph mee te nemen. Hij had aangeboden Joseph hier te houden, maar Joseph wilde mee.

'Ik weet het niet, misschien hadden we toch kinderen moeten nemen,' zei Robert, terwijl hij zuchtend met zijn grote witte handen over zijn gezicht wreef. 'Dan had hij misschien meer het gevoel gehad dat we een echt gezin waren.'

Ik wendde me af en barstte in tranen uit.

Na een wandeling door Fulford keerde ik om en nam het landweggetje terug naar het huis. De zon was achter de wolken vandaan gekomen en mensen waagden zich hun tuin in met gieters en troffeltjes en klapstoelen. Ik had overwogen Lucy te vragen mee te gaan om het oude huis te zien, maar ze had het tegenwoordig erg druk. Toen de tweeling naar school ging, kreeg ze een baan bij de televisie. Nu verdient zij het geld, terwijl Christian thuisblijft en aan een boek werkt dat hij op een goede dag gepubliceerd hoopt te krijgen. Moeder was overstuur van deze ontwikkeling – Christians carrière in het financiële centrum van Londen was haar grootste trots. Toch heb ik de indruk dat Lucy zich bevrijd heeft. Ze heeft een authenticiteit gekregen waarvoor het verleden zich terugtrekt en vervaagt, zodat het nu fungeert als een in brede penseelstreken geschilderde achtergrond voor de beelden die ze erop verkiest te zetten.

Robert en ik waren net gescheiden in die zomer van 20–. Rond dezelfde tijd werd mijn vader ziek. Het was niet ernstig, maar toch maakten Lucy en ik ons ongerust dat moeder alleen voor zijn verzorging moest opdraaien. Moeder hield vol dat het een peulenschil was. Op een avond belde ik haar om te zeggen dat ik overwoog een tijdje verlof te nemen. Ik bood aan een poosje bij hen te komen logeren. O nee, zei moeder hevig geschrokken, dat is nergens voor nodig. Op dat moment begreep ik dat ze bang van me was: dat ze zich al die jaren zorgen had gemaakt dat de wereld mij op een dag zou retourneren, als een voorwerp dat defect was gebleken. Ik wilde haar vragen wat ze me aangedaan had; ik wilde de geheime kennis hebben die alleen zij bezat. Het is zo triest van jou en Robert, zei ze toen. Ik treurde ook over Robert, maar vreemd genoeg miste ik Joseph. Mijn handpalmen jeukten omdat ik zo gewoon was hem aan te raken. De afwezigheid van zijn smalle witte lijfje was als een gat dat vlak naast me in de grond was geboord. Als ik aan hem en zijn kleine zusjes dacht, verspreidde zich een gevoel in mijn borst dat half plezier en half verdriet was.

Je had kinderen moeten nemen, zei moeder. Die jonge vrouwen van tegenwoordig, jullie hebben het zo druk met je carrière dat je maar uitstelt en uitstelt tot het op een gegeven moment te laat is. Het kwam eigenlijk nooit gelegen, zei ik. Je kunt niet wachten tot het gelegen komt, zei ze. Je weet nooit wat er gebeurt. Neem mij bijvoorbeeld, zei ze, ik had altijd gedacht dat ik zes kinderen zou hebben, maar het leven loopt niet altijd volgens plan.

Ik wist niet dat je meer kinderen wilde, zei ik.

O, zeker, antwoordde ze.

Waarom heb je ze dan niet gekregen? vroeg ik. Wat is er gebeurd?

Ze zweeg.

We wisten niet dat jij er ook was, zei ze toen. Ze dachten dat er maar één baby was. Toen ze ontdekten dat er twee waren, moesten ze heel snel ingrijpen. Er ging iets mis en ze namen mijn baarmoeder weg. Het was een groot verdriet, zei ze. Je vader en ik wilden vreselijk graag een zoon. Maar zoals ik al zei, het leven loopt niet altijd volgens plan.

Ik kwam aan het eind van de oprit en daar was het huis weer, overgoten door zonlicht nu. Terwijl ik keek, ging de voordeur open en kwam er een dame naar buiten. Ze was in de vijftig en had donker haar dat grijs begon te worden. Ze droeg een lange rok en een lichte bloes en had een mandje met tuingereedschap in haar hand. Ze begon aan een van de bloembedden voor het huis te werken. Een licht briesje stak op dat de warme lucht in beweging bracht en de rok van de vrouw zacht opzij duwde. Even later kwam een man, haar echtgenoot, naar buiten. Hij had een mok in zijn hand, die hij aan haar gaf. Ik keek de tuin rond en zag geen tekenen van kinderen – misschien waren ze al volwassen en het huis uit. In dat geval zou dit echtpaar geen tekort aan logeerkamers hebben. Ze sliepen waarschijnlijk in de grote kamer die op de achtertuin uitkijkt, waar mijn ouders altijd geslapen hadden. Mijn kamer, die kleiner was, was waarschijnlijk niet in gebruik. Ik was ervan overtuigd dat dit echtpaar, die zulke aardige mensen leken, er geen bezwaar tegen zou hebben als ik naar boven ging om een kijkje te nemen. Ik zou naar binnen gaan en de deur dichtdoen. En zittend op het bed zou ik alle geluidjes om me heen horen, de geluiden van mensen in andere kamers, het geluid van de tv beneden en van de toebereidselen voor het avondeten in de keuken en het dekken van de tafel. Ik zou op mijn bed zitten, terwijl de middag buiten het raam in avond veranderde. Ik zou wachten tot ze me naar beneden riepen.

4

Mevrouw Daleys dochter

Mevrouw Daley was verbaasd te ontdekken dat de zinloosheid van een dinsdagochtend haar op haar eenenzestigste benauwender voorkwam dan ooit. Deze ontdekking, of de analyse van de betekenis ervan, waren geen vruchten van een bewust wetenschappelijk proces. Het was eerder zo dat ze van tijd tot tijd, in haar volle besef, een zekere verandering in haar omgeving bespeurde, een bepaald coloriet van de stilte, zoals een acteur op het toneel gewaarwordt dat het publiek vertrokken is – en op zulke momenten werd ze overvallen door twijfel of ze door moest gaan met haar rol spelen of het bijltje er beter bij neer kon gooien. De keukenklok kon urenlang op halfelf staan als een ochtend zo'n keer nam, en haar animo voor het leven, haar belangstelling – die de belangstelling was van iemand die ergens vlakbij staat – voor alle aspecten van zijn structuur, verdween zo volledig dat ze zich niet eens meer herinnerde wat haar door de tijd heen tot dit punt had gestuwd.

Mevrouw Daley had erg met zichzelf te doen op zulke momenten: ze bezag haar situatie met de sentimentaliteit van een moeder, alleen omgekeerd, want nu was zij het verdwaalde kind, zodat de bijpassende tranen in haar ogen sprongen. Zoals haar kinderen steevast bij haar te rade gingen als de draad der gebeurtenissen hun om de een of andere reden uit de vingers geglipt was, zo was het nu haar gewoonte een beroep op hen te doen om het stokkende drama van de dag weer op gang te brengen. Het bescheiden besef van macht dat ze aan deze contacten overhield, was voldoende om haar hart opnieuw te laten kloppen en de wijzers van de klok weer in beweging te zetten. Ze konden haar, afhankelijk van de kwaliteit van de shot, evenwel ook met een schuldgevoel, een soort kater opzadelen. Mevrouw Daleys telefoon, de weg waarlangs ze haar shot kreeg toegediend, was kortgeleden een week lang defect geweest – waarbij de mannen eerst niet kwamen en vervolgens wel kwamen maar er niet in slaagden hem te repareren – waardoor mevrouw Daley in de greep van onbeheersbare hartstochten was geraakt. Verwaaid door wind en regen was ze met het nieuws van haar rampspoed door het dorp gesneld: als ze niet met haar telefoon kon spreken was haar enige toevlucht er met andere mensen over te praten. Ze praatte en praatte, totdat het, alsof ze de gesprekken van een afstandje gadesloeg, langzaam tot haar doordrong dat datgene waar ze zo bang voor was dat ze elk vermoeden ervan terstond de kop indrukte – de mogelijkheid dat men haar uitlachte – in feite voor haar ogen aan het gebeuren was, en nóg kon ze niet ophouden. Aan het eind van die week gebeurde er nog iets, namelijk dat een gevoel van vrede, van bijna lijfelijke lichtheid, over mevrouw Daley neerdaalde. Gedurende een dag of twee hield ze op met de tijd lastigvallen en bracht de bezigheid van het bestaan een nieuw genot met zich mee. Ze voelde zich onbeduidend en vrij, zodat het haar tegen de tijd dat de mannen de telefoon gemaakt hadden misschien niet eens meer kon schelen of ze hem repareerden of niet – als ze zichzelf niet beter gekend had.

Het dorp lag op de bodem van een grote holte in het zuiden

van Engeland; steile heuvels rezen op aan alle kanten, zodat heel de horizon omringd werd door een hoge rug waarop een rij bomen in de schemering een aaneengesloten zwarte rand borduurde. Wie Ravenley uit wilde, ongeacht waarheen, moest altijd een van die heuvels beklimmen en aan de andere kant, waar het oog op de vergeten vlakten van de buitenwereld viel – aanlokkelijk, geplunderd, krioelend van leven – weer afdalen. Ravenley bestond uit een twintigtal huizen die onder diverse hoeken langs een smal weggetje stonden, een opstelling die arbitrair en op de een of andere manier bijna menselijk leek, alsof ze door een oude vloek waren vastgenageld in de tijd en veroordeeld waren tot een eeuwigheid van vluchtige familiariteit. In het weekend kroop het toeristenverkeer traag over de landweg en staarden onbekende gezichten uit autoraampjes alsof ze verwachtten dat er elk moment een kwaadaardige uitwisseling kon plaatsvinden. Allerlei soorten mensen kwamen op deze manier door Ravenley: bejaarde echtparen, grijs en stram en zwijgend, gezinnen wier gedempte chaos tegen het glas drukte, jonge geliefden, meisjes met lang haar en lippenstift, mannen met zonnebrillen, die elkaar aanraakten en glimlachend, intiem, met elkaar praatten. Ze stopten zelden, zelfs niet voor een bezoekje aan de kerk, die van Angelsaksische oorsprong was en vermeld stond in *Bijzondere kerken van Engeland*. Ze reden voorbij, teleurgesteld en opgelucht, zoals mensen in een boot een paradijselijk eiland voorbij zouden varen omdat ze sporen van menselijke bewoning hadden bespeurd.

Ravenley had geen café of winkel, geen parkeerterrein of speelplaats, zelfs geen telefooncel. Op het eerste gezicht was het al honderd jaar niet veranderd. De wereld eromheen hielp deze schijn hoog te houden op de manier waarop een hart-longmachine de slaap van een dode patiënt in stand houdt. Het was een duur proces dat geen enkel ander doel diende dan het sussen van bepaalde gevoelens. Aan de andere kant van de heuvel golden andere maatstaven. Hoogspanningsmasten marcheerden over grijze, rommelige weilanden. Woonwijken rezen bloederig op uit de grond. Wegen en rotondes, benzinestations, stortplaatsen, industrieterreinen en winkelcentra, allemaal in hun eigen stadium van een cyclus van verval, deden denken aan iets wat gewond was, onherstelbaar verminkt misschien, maar vooralsnog in staat om op eigen kracht verder te leven. Auto's kwamen discreet uit Ravenleys goed onderhouden percelen, klommen naar de horizon en verdwenen, om later beladen met eten en brandstof weer terug te keren. De huizen, zo onopvallend, leken de belichaming van pure emotie. Losgemaakt van hun materiële schaamte, zonder waarneembaar zweem van behoefte, wekten ze de indruk dat ze levens herbergden waarin feit recessief en gevoel dominant was, waarin gevoel wellicht de status van feit had bereikt en de lenigende kracht van het dagelijks bestaan was geworden.

De binnenkant van de kerk was koud en had de kleur van oude botten. Smalle houten koorstoelen stonden in rijen langs de twee muren. Als de zon scheen, dwarrelden stofspiralen doelloos in zijn stralen. In de kleine consistoriekamer klitten opgedroogde spinnenwebben in dikke lagen aan de hoge, verticale ramen. De dominee, die zijn diensten over parochies in de wijde omtrek verdeelde en derhalve een man leek die iets te verbergen had – altijd gehaast – stond elke veertien dagen precies de paar seconden die hij nodig had om zich van zijn toog te ontdoen in de consistoriekamer, liet de deur openstaan terwijl hij hem in allerijl over zijn hoofd trok en nam de benen terwijl de kleine, kuchende congregatie nog naar het lege altaar zat te kijken. Een aantal dorpsbewoners had een rooster opgesteld voor het luiden van de kerkklok. Soms was zijn aritmische gebeier 's avonds te horen, een verschijnsel waarvoor verklaringen voorhanden waren, hoewel het in het verleden altijd op een overlijden geduid had.

De weg, vol gaten, vuil, scheuren, overspoeld door modder en water, kronkelde de heuvel af, liep langs de kerk en slingerde aan de andere kant weer omhoog. Hij was zo smal dat twee auto's die elkaar in een bocht tegenkwamen vrijwel zeker in botsing zouden komen. De bewoners van Ravenley reden hard of slordig op dit weggetje, wat ze niet deden op de bredere, gemarkeerde weg waar hij aan het eind van de helling op uitkwam. Het was net alsof ze zich tijdens het rijden op deze zijtak onbespied waanden; ze namen de status aan van een privé-gedachte die ondoorgrondelijk door de tunnels van een brein snelt. Soms kwamen er diepe kuilen in de weg, en 's zomers lapjes gras, en 's winters bevroren zijn steile hellingen wel eens, zodat het dorp geheel was afgesneden van de warme, naar diesel ruikende plaatsen die maar zes of acht kilometer verderop hun onverstoorbare leven overpeinsden. Daar was niemand blij mee, want het deed het spookbeeld van verwaarlozing of onbelangrijkheid oprijzen. Men belde de provincie. Af en toe brachten nimmer waargenomen mensen hun rommel, hun oude sofa's en kaduke keukenblokken naar buiten en stapelden ze vlak buiten het dorp op in de weilanden langs de weg. Jongens uit de stad hadden een paar keer gestolen auto's verbrand in de bossen, en hun teerachtige, halfgesmolten skeletten lagen er nog steeds. De weg lokte zulke uitstortingen uit: hij leek los te staan van de wereld van wetten en represailles; hij was absolverend en privé, hij was weerloos. Dit maakte bepaalde mensen boos. De weg was een vorm van bewustzijn, een noodzakelijke foltering: Ravenley dankte zijn bestaan eraan en werd erdoor gekweld.

Mensen kwamen en gingen, en deze veranderingen – soms ten goede, soms minder – werden geabsorbeerd en veranderden het organisme langzaam en grotendeels ongemerkt, want de huizen in Ravenley waren duur en de onstabiele fase van het leven werd in het algemeen elders geleid. Kinderen groeiden op en vertrokken, en nieuws over hen kwam terug als nieuws van een verre oorlog waarin ze vochten en waaruit ze van tijd tot tijd met verlof kwamen; dan keerden ze een paar weken terug en zwierven door het dorp als in een luchtspiegeling van het verleden. Vaak leek het dat zij veranderd waren en Ravenley niet, maar tegen de tijd dat ze vertrokken was die indruk meestal omgedraaid. Geld bedekte alles als een nieuw stratum, het dramatische bewijs van een recente geologische gebeurtenis – het veroorzaakte een perceptuele vertraging terwijl men zich erdoorheen groef. De huizen in Ravenley waren vol licht en hitte, apparaten, nieuwe tapijten en verse verf, en het kostte tijd, vereiste een kortstondig wennen van de ogen, als aan het donker, om de oude vertrouwde dingen te zien. Ze waren er nog wel, maar in minder in het oog springend detail.

Mevrouw Daley woonde in Hill House, een vierkant, leistenen gebouw op een helling aan de rand van het dorp. Het was een huis met diverse vertrekken; mevrouw Daley kweet zich van haar plicht jegens die kamers alsof het betalende gasten waren: met trots maar zonder ongepaste genegenheid. Haar tijd bracht ze door in de keuken; hier, in een houten stoel met hoge rugleuning en met de waterketel onder handbereik, scoorde ze haar conversatiedrug. De sterkste dosis van deze drug kwam in de vorm van haar dochter Josephine, wat inhield dat mevrouw Daleys andere kinderen soms het geluk beschoren was haar in een luchtiger stemming te treffen, maar dat haar gesprekken met Josephine meestal gevoerd werden vanaf de bodem van de diepste put van anomie die een dinsdagmorgen te bieden had. Josephine was zowel gevoelig als koppig, zodat ze snel aangebrand was maar niet bereid om dat toe te geven, maar omdat haar leven vaak iets dramatisch had, moest een telefoontje naar Josephine omkaderd zijn met voldoende ruimte en tijd om haar moeders gevoelens over haar laatste wapenfeiten alle gelegenheid te geven zich te ontplooien. Omdat sommige van die gevoelens onverwerkt waren, deden ze dienst als verhaalgangen die zonder strikt genomen ooit ergens heen te leiden niettemin een hele reeks telefoontjes volgehouden werden. Als zich nieuwe en urgentere gevoelens aandienden, werd het deze standaardintriges toegestaan geleidelijk naar de achtergrond te verdwijnen, maar ze konden elk moment weer naar voren gehaald worden. Het lag echter heel gevoelig allemaal; je kon er makkelijk je vingers aan branden. Er waren lange periodes van stilzwijgen tussen mevrouw Daley en haar dochter geweest. Anders dan bij haar andere kinderen was het belangrijk dat Josephine besefte dat zij, mevrouw Daley, een menselijk wezen was. Josephine riep oprechte gevoelens in haar op – van onprettige aard. Dat waren schuldgevoelens, en het effect ervan op mevrouw Daley was dat ze vond dat ze Josephines slachtoffer was. Niets van wat ze ooit gedaan had, was goed genoeg voor Josephine. Gewapend met deze gedachte besloot mevrouw Daley zich in gekwetste afzondering terug te trekken, van waaruit ze zich doorlopend bezon op de vraag of haar stilzwijgen zijn doel, namelijk het straffen van haar dochter, al bereikt had.

Dit soort strafmiddelen was iets moeilijker toe te dienen sinds Josephine bij Roger woonde en zich zowel in praktisch als in spiritueel opzicht zo ver buiten mevrouw Daleys machtsgebied bevond dat ze, net als in het buitenland, onzeker werd van haar eigen uitspraken en hebbelijkheden. Vanaf haar voetstuk in het dorp Ravenley had mevrouw Daley geprobeerd een oogje te houden op Josephines doen en laten in Londen, waar ze het ene moment verloofd was geweest met een bijzonder aardige – hoewel op de een of andere manier, zoals mevrouw Daley nu betreurde bij haar vriendinnen te hebben laten vallen, niet echt geschikte – advocaat, en het volgende bij Roger was ingetrokken, wiens huwelijk, vermoedde mevrouw Daley, ze ontwricht had. Roger was een soortement kunstenaar. Hij had twee kleine kinderen die veel meer tijd bij hem door schenen te brengen dan gebruikelijk of, gezien de omstandigheden, wenselijk was. Als ze Josephine in het begin opbelde – stijf van afkeuring – maakten de menageriegeluiden op de achtergrond en de nieuwe sporen van problemen in Josephines stem haar oren zo aan het tuiten dat blinde beschermende gevoelens in haar opsprongen omdat het zo duidelijk een noodsituatie was. Meestal belde ze voor het gebruikelijke steekspel, maar deze situatie stond duidelijk een nieuwe openhartigheid toe. Eén keer vroeg ze waar hun moeder was, waarop het schokkende antwoord luidde dat Josephine dat niet wist. Ergens in Frankrijk, scheen het, op reis. Roger werkte aan een expositie, wat dat ook betekende, zodat Josephine voor twee kinderen moest zorgen met wie ze niets te maken had. Met het gevoel een reddende engel te zijn bood mevrouw Daley aan een kindermeisje voor hen te zoeken. We kunnen ons geen kindermeisje veroorloven, antwoordde Josephine. Bovendien, ging ze na een korte stilte verder, hebben ze al genoeg meegemaakt. We kunnen ze niet ook bij een volslagen vreemde achterlaten. Dit was het oude territorium, het oude gebied. Het gevoel van de vertrouwde bodem ervan onder haar voeten gaf mevrouw Daley de moed om te zeggen dat het David, de gedumpte advocaat, tussen haakjes bijzonder voor de wind scheen te gaan. Ze had iets over een rechtszaak van hem op de voorpagina van de krant zien staan. Kwam ze hem nog ooit tegen?

Josephine woonde inmiddels een jaar bij Roger. Zijn ex-vrouw bleef op vakantie, na door de rechter om redenen waar mevrouw Daley het fijne niet van kon achterhalen uit de voogdij over haar kinderen ontzet te zijn. (Hoeveel makkelijker zou het niet geweest zijn, dacht ze soms, hoeveel beter voor de buitenwacht, als ze gewoon gestorven was!) David de advocaat was doorgegaan met het ene succes na het andere te boeken. De dingen in hem die mevrouw Daley niet hadden aangestaan – zijn aversie voor geld (een advocaat!), zijn ongepaste toewijding aan bepaalde zaken: terroristen, immigranten en wat al niet – genoten nu het voordeel dat ze in een ander licht gezien werden, het licht van de moderne sympathieën die mevrouw Daley zich door Josephines onconventionele gedrag gedwongen had gezien te omarmen. Ze had Rogers kinderen, een jongetje van vijf en een meisje van drie, diverse malen ontmoet en de volle kracht van haar liefdadige natuur op hen losgelaten. Van Roger, diens vrouw en zelfs van Josephine, behalve in haar edele rol als hun verzorgster, voelde ze zich verplicht haar ogen af te wenden, maar voor die kinderen, '*die kinderen*' zoals ze ze op gedempte en eerbiedige toon in haar kennissenkring aanduidde, en voor David, behield ze een onwrikbare sympathie. Zij behoorden tot de rechtvaardigen, de armen, de onschuldigen der aarde. Zij waren de nieuwe martelaren; als ze over gebroken gezinnen praatte, wisten haar vriendinnen dat ze tegenwoordig, helaas, uit eigen ervaring sprak.

Mevrouw Daleys goede aard en openheid voor verandering zouden evenwel nog meer op de proef gesteld worden. Josephine was in verwachting geraakt; de geboorte zou over luttele weken plaatsvinden. Mevrouw Daley was dol op kleinkinderen – ze had er al verscheidene – in de normale context: ze zag graag dat haar kinderen gebonden werden door hún kinderen. Voor haar maakte dat allemaal deel uit van een groot wandtapijt waarop voortgeborduurd werd naar de toekomst. Het correct weven van dit tapijt stond en viel evenwel met het naleven van bepaalde conventies – niet veel, want ze was godzijdank niet behoudzuchtig, maar wel een paar! Dat Josephine en Roger niet getrouwd waren en ook geen plannen in die richting koesterden, was in strijd met een van die conventies. Dat ze arm en zelfs zo goed als berooid waren, stond haaks op een andere. De kwestie van die kinderen, Rogers kinderen, was een ander obstakel voor mevrouw Daleys geluk dat ze in alle tegenstrijdigheid min of meer voor zichzelf moest houden: want ze mocht ze nog zo hartverscheurend vinden, ze verwarde ze geen moment met familie. Uit artistieke overwegingen kon ze accepteren dat Josephine haar leven aan hun verzorging wijdde, maar wat ze niet kon aanvaarden was dat die situatie nakomelingen voortbracht. Te midden van dit alles een baby krijgen was twee dingen door elkaar halen: het eerste een leven waarin zonde en verdrietigheden door royale goede werken werden goedgemaakt, het tweede de gebruikelijker manier waarop twee onschuldige mensen andere onschuldige schepseltjes voortbrachten. Het eerste soort leven, had mevrouw Daley vaag het idee, was een leven van ideeën, van het intellect, en dit vond ze passen bij Josephine, die zo gecompliceerd en onafhankelijk was en bovendien de gewoonte had voor haar fouten te boeten door het verrichten van allerlei onbaatzuchtige en belangeloze werken. Mevrouw Daley kon dit leven accepteren zoals ze alle vormen van kunst accepteerde – zolang het geen echte en persoonlijke consequenties had. Toen ze bij Josephine op bezoek kwam en haar duidelijk zwangere lichaam zag, werd ze bevangen door gevoelens van geschoktheid, bijna van afkeer. Nog nooit had ze bij het zien van een zwangere vrouw een verband met de geslachtsdaad gelegd, maar nu was dat verband onontkoombaar, en alles leek met lange, beschuldigende vingers terug te wijzen op haar, mevrouw Daley. Het trieste ervan was, zei mevrouw Daley bij zichzelf, dat het door elkaar halen van al die dingen alles bederf, gevoelens bezoedelde. Ze kon geen enkel geduld meer voor Rogers kinderen opbrengen en was ervan overtuigd, nog voordat ze het onder ogen had gekregen, dat Josephines baby wellicht niet haar liefste kleinkind zou zijn.

'Ik was de achterkamer aan het opruimen,' zei Josephine toen mevrouw Daley na het draaien van haar nummer opmerkte dat het rijkelijk lang geduurd had voordat ze opnam. Josephine sprak met een hoge, jong klinkende stem die in tegenspraak was met haar hachelijke situatie. 'We gaan er een klein kantoortje van maken, voor mij.'

'Waarvoor?' Mevrouw Daley stiet een humorloos lachje uit. 'Je kunt werken wel vergeten als de baby er is. En trouwens,' voegde ze eraan toe toen Josephine niet van plan leek hierop te antwoorden, 'ik dacht dat het de babykamer zou worden.'

In werkelijkheid had Josephine dat nooit gezegd. Mevrouw

Daley had het bij een recent bezoek voorgesteld en Josephine had haar vaag afgewimpeld met het antwoord dat ze 'nog niet wisten wat ze ermee gingen doen', een formulering waarin veel aspecten van Josephines en Rogers huidige manier van leven tot uitdrukking kwamen en die mevrouw Daley meer irriteerde dan ze vermocht te verbergen.

'Welnee,' zei Josephine op verbaasde toon. 'Dat heb ik nooit gezegd.'

'Maar,' hield mevrouw Daley aan, 'waar zal de baby dan slapen?'

'Bij ons,' zei Josephine, opnieuw verbaasd, alsof ze niet inzag waar mevrouw Daley anders verwachtte dat dat slapen zou plaatsvinden.

'Bij jullie?' pareerde mevrouw Daley. Ze was diep verontwaardigd, haar hart klopte weer. De keukenklok stond op bijna elf uur, en dit was pas het begin. 'Je kunt geen baby in je bed hebben!'

Het werd even stil aan de andere kant van de lijn. In haar keuken, met haar wapens in de aanslag wachtend op de trekker van haar dochters antwoord, had mevrouw Daley heel even het rare gevoel dat ze viel.

'Ach,' zei Josephine vriendelijk, 'we zien wel. Waarschijnlijk heb je gelijk. Hoe staat het leven bij jullie? Hoe maakt pap het?'

Mevrouw Daley, die sinds ze hem die ochtend om halfnegen gezien had geen seconde meer aan haar echtgenoot had gedacht, zag zich gedwongen te antwoorden dat hij het goed maakte, maar Josephines ommekeer stak als een mes in haar borst. Haar aanbod van confrontatie was afgewezen: dat was zelden, misschien zelfs nog nooit gebeurd. Wat moest dat betekenen? Ze deed haar mond open om het te vragen, maar

Josephine scoorde verscheidene voltreffers door te informe-
ren naar het weer, de tuin en de avondcursus aquarelleren die
ze volgde. Pas toen ze naar de Porters vroeg en of die zich al
een beetje thuis voelden in Ravenley, zag mevrouw Daley
haar kans schoon om terug te slaan.

'O!' riep ze uit. 'Dat is zo'n lief gezinnetje! Het is zo'n wel-
daad voor het dorp dat ze besloten hebben zich hier permanent te vestigen, hoewel ik niet kan zeggen dat ik verbaasd
ben – Londen is echt geen plaats om kleine kinderen groot te
brengen. Al dat vuil en lawaai!'

'Het moet fijn zijn om wat jongere mensen in de buurt te
hebben,' zei Josephine. 'Wat nieuw bloed.'

'Je doet net of we een zwerm vampiers zijn!' riep mevrouw
Daley. 'We zijn allesbehalve tweede keus voor mensen als de
Porters, hoor. Je moest eens weten wat de huizen hier tegen-
woordig kosten!'

'Dat weet ik,' zei Josephine. 'Afschuwelijk.'

'Ik zie niet in wat daar zo afschuwelijk aan is,' zei mevrouw
Daley. 'Als mensen heel hun leven hard gewerkt hebben,
hebben ze recht op een beetje rust en gemak.'

'Wat zijn het trouwens voor lui?' vroeg Josephine. 'De Porters?'

'Een heel interessant stel,' zei mevrouw Daley vertrouwelijk.
'Hij is advocaat – ik ben al een hele tijd van plan om hem te vragen of hij David kent. Ik weet zeker dat ze elkaar op de rechtbank tegengekomen zijn. En zij – tja, van haar weet je alles af.'

'Ik weet dat ze een column schrijft,' zei Josephine. 'Maar ik
geloof niet dat ik hem ooit gelezen heb.'

'O, maar die is echt in!' zei mevrouw Daley. 'Het hele land
praat erover. Arme meid, volgens mij is ze helemaal beduusd
door al die aandacht!'

'Ik weet zeker dat ze het heerlijk vindt,' zei Josephine. 'Waarom zou ze het anders doen?'

'Zo'n type ís het niet,' zei mevrouw Daley nadenkend. 'Ze heeft nogal een triest leven achter de rug. Je hebt op slag met haar te doen als je haar ziet, het is zo'n klein, broos ding. Ik weet nu al dat ik haar erg aardig zal vinden,' ging ze verder, terwijl ze door de stilte, het donker van de telefoon, naar haar dochters onzekere gevoeligheid tastte zoals een pianist naar een klavier. 'Ze is waarschijnlijk ongeveer van jouw leeftijd, vrij knap en vreselijk intelligent. Als je haar ziet zou je nooit zeggen dat ze twee kinderen heeft – waarschijnlijk lag heel Londen aan haar voeten! Maar ze kon het idee dat de kinderen daar moesten opgroeien niet verdragen. Ze zei pas nog tegen me, Barbara, ik wil gewoon dat ze een échte jeugd hebben, net als jouw kinderen gehad moeten hebben. Ze heeft heel uitgesproken meningen, maar dat zou je nooit zeggen, het is zo'n charmant, vrouwelijk persoontje.'

Dit verslag kwam niet honderd procent overeen met mevrouw Daleys ware gevoelens over Serena, of hoe ze zich ook noemde, wier schoonheid en succes, die van een soort waren die niet strookten met mevrouw Daleys smaak, in haar ogen volstrekt niet tot aanbeveling strekten en wier opvattingen haar tot een zeker gevaar bestempelden. Haar verslag van Serena's opmerkingen droeg eveneens het waarmerk van verdichting; afgaande op wat haar verteld was, had mevrouw Daley eerder de indruk dat Serena teleurgesteld was in Ravenley, terug naar Londen wilde en dat binnenkort waarschijnlijk ook zou doen, welke vluchtige hoedanigheid haar bij uitstek geschikt maakte voor mevrouw Daleys fictieve doeleinden. Ooit had ze hoge verwachtingen van Josephine gehad: de persoon die ze als Serena Porter beschreven had, was in werkelijkheid een compromis tussen die verwachtingen en de feitelijke mogelijkheden die Josephine bood.

'Ze klinkt interessant,' zei Josephine, en mevrouw Daley, die een gekwetst toontje in haar stem meende te bespeuren, voelde de vlucht en de vaart van de overwinning, gevolgd door de vreemde vloed van tedere bezorgdheid. Ze maakte zich op voor de volgende fase, waarin ze medelijden kreeg met haar prooi, haar bombardeerde met aandacht en haar de prijs van zelfonthulling afdwong.

'O, dat is ze zeker!' riep ze uit.

'Wat is er?' vroeg Josephine.

Mevrouw Daley hoorde deze vraag zo zelden dat ze meteen overwoog te antwoorden: *alles.* Maar Josephine had het niet tegen haar – ze had alleen maar nagelaten haar hand op de hoorn te leggen. Er klonk een klap op de achtergrond, gevolgd door het huilen van een kind, en tot haar verdriet en verrassing zei Josephine: 'Sorry, mam, ik moet gaan', en was verdwenen.

Het was alleen vlak na gesprekken zoals dit dat mevrouw Daley zich realiseerde dat de overwinning die ze met zo veel elan nastreefde in feite niet bestond. Zelfs als ze Josephine wist af te troeven voelde ze na afloop alleen maar verdriet, een verdriet dat begon als regen, waarin haar liefde voor Josephine ergens buiten was blijven staan. Maar het lag niet in haar aard om te tobben over deze merkwaardige glimpen van haar leven die ze af en toe op die manier opving. Ze wijzigde gewoon de opstelling van haar stukken, schoof er een paar naar voren, trok er een paar terug en wachtte tot meneer Daley binnenkwam om hem de laatste stand van zaken mee te delen.

Drie weken later zaten meneer en mevrouw Daley op een koude herfstochtend in hun auto op weg naar Londen om hun dochter te bezoeken. Dit bezoek was niet met de geestdrift gekomen die mevrouw Daleys vriendinnen of haar echtgenoot verwacht hadden. De reden ervoor, de geboorte van Josephines baby, was al verscheidene dagen voorhanden. Het enige wat mevrouw Daley als verklaring kon aanvoeren was dat Josephines baby nogal wat eerder gekomen was dan zij, mevrouw Daley, voorzien had en dat men niet van haar kon verwachten dat ze er meteen alles bij neer zou gooien. Ze was een drukbezet persoon; ze had plannen gemaakt.

'De stoelen,' merkte ze op, 'lijken minder comfortabel dan vroeger.'

'De stoelen,' antwoordde meneer Daley, 'zijn exact hetzelfde.'

Ze reden met hoge snelheid over de autoweg. Meneer Daley zwenkte met een ruk de andere rijstrook op om een kleine bestelwagen die een grote zwarte rookpluim achter zich aantrok te passeren, wat hem op een fanfare van claxons kwam te staan. Mevrouw Daley zag de bestelwagen achteruit schuiven langs haar raampje, merkwaardig dichtbij, alsof hij weggewassen werd.

'Het enige wat ik weet,' zei ze, heen en weer schuivend op haar stoel, waardoor ze plotseling scherp moest inademen, 'is dat mijn been gevoelloos begint te worden, terwijl we pas' – ze raadpleegde haar horloge – 'iets meer dan twintig minuten in de auto zitten.'

'Dit is een splinternieuw model van dezelfde auto,' zei meneer Daley. 'Als de stoelen al anders zijn, zijn ze op zijn hoogst comfortabeler.'

'Ze lijken harder.'

'Als ze al anders zijn,' herhaalde meneer Daley, 'zijn ze op zijn hoogst comfortabeler.'

Mevrouw Daley deed er het zwijgen toe, draaide zich naar links en rechts en begon de met tapijt beklede ruimte onder haar voeten af te tasten alsof ze hoopte dat die op miraculeuze wijze zou groeien. Toen ze haar been diagonaalsgewijs strekte, grimaste ze van pijn en stiet een kreetje uit.

'Neem me niet kwalijk,' zei ze tegen haar echtgenoot.

'We zullen om moeten draaien,' antwoordde hij dramatisch, zijn handen van het stuurwiel nemend en ze weer terugleggend, alsof hij van plan was deze manoeuvre terstond dwars over de drie drukke rijbanen van de autoweg uit te voeren. 'We hebben nog zeker een uur te rijden. Zeg het alsjeblieft als je liever hebt dat ik omdraai,' voegde hij er even later aan toe.

'Het enige wat ik weet,' herhaalde mevrouw Daley, 'is dat ik pijnscheuten in mijn been krijg.'

'Je kunt de rugleuning naar achteren zetten,' verklaarde meneer Daley bot. 'Dit is een splinternieuwe auto. De stoelen zijn verstelbaar.'

Mevrouw Daley zuchtte en tastte naar de grond onder de stoel.

'Links van je zit een knop,' zei meneer Daley. 'Als je met die knop draait, gaat de rugleuning naar achteren.'

'Ik doe mijn best,' pufte mevrouw Daley.

'Er zitten palletjes aan,' zei meneer Daley. 'Als je hem forceert, gaat hij kapot.'

'Ik maak hem heus niet kapot,' zei mevrouw Daley. 'Misschien kun jij het beter doen als je daar zo bang voor bent.'

'Ik rij,' antwoordde meneer Daley zonder zijn hoofd om te draaien.

Uit het raampje kijkend observeerde mevrouw Daley de

toendra van pakhuizen, parkeerterreinen, benzinestations en hoogspanningskabels die het uitzicht bepaalden.

'Het is zo triest,' zei ze, 'wat ze met het platteland gedaan hebben.'

Van tijd tot tijd permitteerde mevrouw Daley zich dit soort revolutionaire uitspraken, in de stellige wetenschap dat haar echtgenoot haar toch zou tegenspreken, ongeacht het maatschappelijk, politiek of geografisch onderwerp waar ze toevallig haar mening over gaf. En dat terwijl hij in zijn eigen woede en teleurstellingen steevast op haar medelevende instemming kon rekenen, zozeer zelfs dat het haar opgevallen was dat als ze in het openbaar haar mond opendeed, ze daar de opinies van haar echtgenoot uit hoorde komen in plaats van de hare. Dat was niet omdat ze onder de plak zat, maar meer omdat ze vond dat ze in zaken aangaande de wereld zowel qua intelligentie als qua informatie de mindere was van haar echtgenoot. Ze zei dingen tegen hem in de oprechte hoop dat hij haar zou vertellen waarom ze zo waren, zoals een leerling iets aan een leraar zou vragen. Haar onwetendheid deed haar pijn, want ze vond het echt triest dat het platteland zo geschonden was en snakte naar een verklaring die dat verdriet zou verdrijven.

'De mensen hebben ruimte nodig voor hun bedrijven,' antwoordde meneer Daley, wat mevrouw Daley bijna verloste van haar gevoelens, waarvan het residu achterbleef en zich vermengde met haar vermoeden dat haar echtgenoot haar opmerkingen irritant vond.

'Ik verlang er zo naar die baby te zien,' zei ze, toen de dichter wordende bebouwing haar het idee gaf dat ze Londen naderden. Er lag iets weemoedigs in haar opmerking, waarop ze geen speciaal antwoord verwachtte. Ze verlangde er inderdaad naar de baby te zien, maar het was een vreemd verlangen, een verlangen naar het onmogelijke. Onreine krachten hadden zich rondom de baby verzameld, op soortgelijke wijze als de smerige uitlopers van Londen. Mevrouw Daley koesterde de wens, die als de baby ouder werd wellicht tot een plan kon uitgroeien, het kind uit haar onverkwikkelijke omgeving te verwijderen en terug te brengen tot wat gepast en goed en correct was, vooropgesteld dat ze – niet ondenkbaar tegen die tijd – niet te laat zou zijn. 'Wat een plek om geboren te worden,' voegde ze er met een zucht aan toe, toen ze de beroete ingewanden van een tunnel binnenreden.

'Maak het,' drong meneer Daley plotseling aan, wiens grote lichaam in de elektrische verlichting van de tunnel de strepen van een tijger kreeg, 'Josephine niet te moeilijk.'

Mevrouw Daley deed haar mond open om te antwoorden, maar er kwam geen geluid uit. Ze liet zich in gekwetst stilzwijgen meevoeren, met af en toe een grimas bij een onverwachte steek in haar rug. Het leek erop dat de wereld zich onverhoeds tegen haar had gekeerd. Deze sfeer, van tegenslag, van laster, van ongegronde beschuldiging, maakte haar duidelijker dan enige wegenkaart ooit zou kunnen dat ze in de buurt van Josephines huis kwamen: haar dochter droeg hem als een penetrante geur met zich mee, als een kracht die alles kon omdraaien. Het verkeer viel, zoals meneer Daley even later opmerkte, niet tegen. Al spoedig reden ze door grauwe, vervuilde straten die mevrouw Daley alleen maar van andere grauwe, vervuilde straten kon onderscheiden door het feit dat ze haar vaag bekend voorkwamen. Meneer Daley sloeg de straat van Josephine en Roger in, reed hun huis finaal voorbij en stopte aan het eind.

'Wat doe je nu?' riep ze, bang dat zich een nieuw drama ging ontspinnen, terwijl ze amper voorbereid was op het eerste, het oorspronkelijke drama.

'Ik wacht tot er een plekje voor het huis vrijkomt,' zei meneer Daley, terwijl hij de auto keerde, 'zodat ik de auto kan zien als ik binnen zit.'

Tien minuten lang reden ze de straat op en neer, en flitste Josephines voordeur keer op keer voor mevrouw Daleys ogen voorbij.

'Kun je mij er niet uit laten?' smeekte ze ten slotte. 'Ik wil zo graag de baby zien.'

Op dat moment kwam er een geschikte plaats vrij en manoeuvreerde meneer Daley de auto erin. Na het uitstappen liep hij helemaal om de auto heen op een manier die mevrouw Daley verontrustend aan het gedrag van een hond deed denken. Ze belden aan en even later deed Josephine zelf open met de witte bundel van de baby in haar armen. Ze slaakte een kreet toen ze hen zag, rende naar hen toe en sloeg vurig een arm om haar moeders hals.

'Voorzichtig,' kweelde mevrouw Daley nerveus.

'Wil je haar vasthouden?' vroeg Josephine, met de bundel gebarend.

'Zullen we daarmee wachten tot we binnen zijn?' zei mevrouw Daley.

'Staat mijn auto veilig daar?' vroeg meneer Daley, die op het stoepje bleef staan, zodat niemand hem hoorde behalve zijn vrouw, die het niet kon bommen of de auto veilig stond of niet. Hoe kon hij aan zijn auto denken als er nieuw leven gaande was? Ze volgde de bundel door de gang naar de huiskamer. Rogers huis was groot, maar maakte, zoals mevrouw Daley Josephine meermalen had ingeprent, slecht gebruik van de ruimte die het had. De benedenverdieping was één gigantisch vertrek met rijen doeken tegen de muren en vreemde lappen stof op de bank en de stoelen. De keuken was piepklein en stonk naar gas en verschaald eten en was, vermoedde mevrouw Daley, niet brandschoon. Er waren geen kastjes: alles stond schots en scheef op planken, waar het een bijzonder kleverig soort stof vergaarde. De tuin was weinig meer dan een handvol plavuizen, met daarachter Rogers atelier. Hij had het huis gekocht, had hij mevrouw Daley uitgelegd, vanwege het atelier, en mevrouw Daley had zichzelf ervan weerhouden – althans grotendeels – te antwoorden dat een tuin voor een gezin met twee kinderen in haar ogen niet alleen nuttiger maar zeker ook aantrekkelijker geweest zou zijn. Ze had dat atelier in gedachten al diverse malen afgebroken en vervangen door een grazig gazonnetje waarop die kinderen, die zoveel hadden doorgemaakt, konden spelen. Nu, met de nieuwe bundel wit erin, vond mevrouw Daley het huis beslist niet door de beugel kunnen. Ze keek herhaaldelijk naar haar echtgenoot om te zien of hij tot hetzelfde inzicht gekomen was, maar meneer Daley was opgesprongen van zijn plaats naast haar op de doorgezakte bank en reikhalsde uit het raam om naar zijn auto te kijken.

'Nou,' zei ze gezellig. 'Het ziet er hier in grote lijnen allemaal hetzelfde uit als altijd. Waar zijn de kinderen?'

'Bij Raine,' zei Josephine. 'Ze komt ze later terugbrengen.'

Raine was de naam van Rogers ex-vrouw. Mevrouw Daley had vergeefs naar een andere gevist, en aangezien ze deze niet over haar lippen kon krijgen beperkte ze zich in gesprekken waarin dit onderwerp ter sprake dreigde te komen noodgedwongen tot zinnen waarin Raine geïdentificeerd kon worden aan de hand van de aanduiding 'ze'. Mevrouw Daley had er vage bezwaren tegen dat de kinderen hun moeder zagen. De hele situatie kwam haar voor als vlees noch vis.

'Woont ze tegenwoordig in Londen?' vroeg ze.

'Ik geloof,' zei Josephine, 'dat ze hier alleen maar een weekend is. Wil je haar niet vasthouden?' vroeg ze, opnieuw met de bundel gebarend.

'In mijn ervaring,' zei mevrouw Daley, 'hebben baby's even tijd nodig om aan nieuwe gezichten te wennen. Ze houden er niet van als het te snel gaat.'

'O, ze is dol op nieuwe gezichten,' riep Josephine uit.

Mevrouw Daley snapte niet hoe Josephine daar na iets meer dan een week zo zeker van kon zijn, maar kwam tot de conclusie dat het huis vol volk was geweest en de baby als een pakketje van hand tot hand was gegaan.

'En waar is Roger?'

'Aan het werk,' zei Josephine. 'Maar straks komt hij eten.'

Bij dat laatste woord, dat, zo had mevrouw Daley opgemerkt, een magnetische aantrekkingskracht op hem uitoefende dat uitsluitend geëvenaard werd door die van zijn auto, trok meneer Daley zich terug van het raam en ging weer naar de bank.

'Mag ik?' vroeg hij, terwijl hij zijn armen uitstak en Josephine daar tot mevrouw Daleys verbazing de baby in legde. 'Heeft ze al een naam?' informeerde hij vrijmoedig.

Dit was iets waar mevrouw Daley danig over in had gezeten. In haar keuken in Ravenley had ze het gewikt en gewogen en was ze er elke dag meer van overtuigd geraakt dat het iets van heiligschennis begon te krijgen dat de baby nog steeds naamloos was. Het probleem was dat mevrouw Daley wist dat de naam, als die eenmaal gekozen was, haar niet zou bevallen, zodat ze die dagen wat deze kwestie betrof had doorgebracht in dat vreemde rijk van het onmogelijke, in de intense pijn van onvervulbaarheid die alleen Josephine haar kon aandoen.

'We denken,' zei Josephine, 'dat ze Juno heet.'

'Hallo, Juno,' zei meneer Daley stompzinnig.

'Wat een rare naam,' zei mevrouw Daley met verstikte stem. Nu wenste ze dat zij de baby vast had, want het werd duidelijk tijd dat ze ingreep. De kleine beweginkjes en geluidjes waren dichtbij, maar niet dichtbij genoeg. Ze stak haar armen uit, maar omdat meneer Daley niet reageerde, was ze gedwongen languit over hem heen te gaan hangen om de bundel op zijn schoot aan te spreken. 'Wij vinden dat een heel rare naam, hè, kleintje?'

'Misschien wel,' zei Josephine. 'Maar ik vind dat hij precies bij haar past.'

Mevrouw Daley lachte schamper.

'Het idee,' zei ze 'dat iets bij een zeven dagen oude baby past!'

'Nou ja,' zei Josephine, 'je begrijpt wat ik bedoel.'

Dat deed mevrouw Daley niet. 'Mag ik haar vasthouden?' vroeg ze aan haar echtgenoot. Op het gebied van kinderen verwachtte mevrouw Daley dat haar echtgenoot zich aan haar onderwierp, zoals zij dat op alle andere gebieden aan hem deed. Hij liet de bundel gaan alsof het een buitensporige hoop was waarvan het hem niet verbaasde dat hij verijdeld werd. Toen ze de baby in haar armen nam, voelde mevrouw Daley tranen in haar ogen springen. 'Arm hummeltje,' mompelde ze. Het gevoel van nieuw leven! De kleine armpjes die door het niets maaiden; het vreemde beven en mekkeren, het vochtig gapende mondje. Josephine had haar in ieder geval in witte kleertjes gestoken die de indruk wekten dat ze schoon waren. Kijkend naar de baby werd mevrouw Daley herinnerd aan de bijna lelijke rauwheid van pasgeborenen, hun half-af-stotelijke wriggelende blindheid.

'Wat is dat in haar haartjes?' vroeg ze dramatisch aan Josephine, want ze had donkere, klitterige vlekken op het donsachtige schedeltje van de baby bespeurd.

'Bloed,' zei Josephine bot, 'van de geboorte.'

'Wat, heb je haar hoofdje niet gewassen?' riep mevrouw Daley.

'Nee,' zei Josephine. 'We hebben haar nog niet gebaad. Je wordt geacht te wachten tot de navelstreng er afvalt. En het is slecht voor hun huidje. Maak je maar niet ongerust,' zei ze, 'ze houdt er heus niks aan over.'

'Maar baby's zijn dol op hun badje!' zei mevrouw Daley. 'Dat mag je haar niet ontzeggen!'

Het idee dat het substanties van de geboorte, de gebeurtenis die het grootste obstakel vormde voor haar geloof in de fundamentele onschuld van een baby, werd toegestaan ongereinigd op haar huidje te blijven kleven, trof mevrouw Daley als schokkend en stuitend. Frequente onderdompelingen in zeepwater waren de manier om een nieuw leven stevig in een schuldeloos rijk te verankeren, ver van de handelingen waaruit het voortgekomen was.

'Mag ik haar niet even wassen?' vroeg ze.

'Nee, mam,' zei Josephine vriendelijk.

'Alsjeblieft,' smeekte ze. 'Laat me haar alsjeblieft mee naar boven nemen. Het is zo gebeurd. Je kunt haar,' verklaarde ze, Josephine aankijkend, 'niet opgescheept laten zitten met bloed in haar haar.'

'We doen het zodra de navelstreng er afvalt,' zei Josephine. 'Dat heeft de vroedvrouw gezegd.'

Mevrouw Daley nam dit op als een persoonlijk affront.

'Ik heb drie kinderen gehad,' zei ze, 'en ik heb nog nooit van mijn leven zo'n onzin gehoord.'

Ze hoorden gekletter bij de achterdeur en zagen de donkere gestalte van Roger in het glas. Terwijl mevrouw Daley naar hem keek, was ze heel even vergeten of hij vriend of vijand was, maar toen schoot het haar te binnen dat deze kwestie nog niet helemaal opgehelderd was. Haar echtgenoot hees zich overeind, maar zij bleef zitten waar ze zat, met de baby op haar schoot, zich ietwat ingesloten voelend. Roger droeg altijd een spijkerbroek, hoewel hij al minstens veertig was; nu ook, met een overhemd vol verfvlekken. De smalheid van zijn heupen in die spijkerbroek en de contrasterende breedte van zijn schouders waren mevrouw Daley al eerder opgevallen. Hij had grote handen die mevrouw Daley heimelijk mooi vond, alhoewel het haar een raar idee leek om zoiets over handen te denken. Het was, dacht ze vaak – eveneens heimelijk – zo jammer dat Rogers connectie met de familie zo onbevredigend, zo onconventioneel was. Ze zou hem graag hebben vastgepind, gevangen in de positie van respect voor haar die ze als essentieel onderdeel van de gebruikelijke schoonzoonrelatie beschouwde. Mevrouw Daley wist niet precies wat ze met hem zou doen als ze hem zo gevangen had, maar zijn leeftijd, zijn vorige huwelijk en kinderen, zijn ongehuwde status met betrekking tot Josephine en nog iets, iets waar ze niet precies de vinger op kon leggen, stonden garant voor zijn vrijheid en boezemden haar soms zelfs een beetje ontzag in. Ze vroeg zich af of Josephine dat ook ooit voelde en op een duistere manier hoopte ze eigenlijk van wel. Ze wilde dat ze kon opstaan – zittend, zei haar ijdelheid, was ze in het nadeel. Hij bukte zich en kuste haar wang, en een lok van zijn donkere haar viel zwaar tegen haar voorhoofd.

'En wat vindt u van haar?' vroeg hij, het gezichtje van de baby strelend met een vinger waar blauwe verf op zat.

'Tja!' zei mevrouw Daley, enthousiast maar vrijblijvend.

'We hebben al vastgesteld dat ze artistiek van aard is,' zei hij. 'Ze reageert positief op opera's en kent het verschil tussen Verdi en Wagner.'

'Baby's zijn dol op muziek,' beaamde mevrouw Daley, die dit soort uitspraken uit Rogers mond niet lachwekkend scheen te vinden, hoewel ze onwrikbaar van mening was dat je een zeven dagen oude baby geen persoonlijkheid kon toeschrijven. 'Wil je haar hebben?' vroeg ze ten slotte, terwijl ze hem de baby, die, voelde ze, op het punt stond om te gaan huilen, aanreikte.

'Ja,' zei Roger. 'Ik heb de hele morgen aan haar lopen denken. Tenzij Josephine haar wil voeden – Jo, ga je haar voeden?'

'Ja,' zei Josephine, terwijl ze zich naast mevrouw Daley op de bank liet zakken.

Roger trok zich terug naar de keuken en kwam terug met een fles wijn.

'Het idee,' zei mevrouw Daley met luide stem, zodat hij haar kon horen, 'dat je vader zou weten of een van jullie gevoed zou moeten worden, of wanneer!'

Ze stond op het punt om in deze geest verder te gaan, maar werd tot staan gebracht door de aanblik van Josephine die naast haar op de sofa de knoopjes van haar bloes begon los te maken.

'Voed je haar zelf?' vroeg ze geschrokken, toen Josephines grote dooraderde borst publiekelijk tentoon werd gespreid.

'Jazeker,' zei Josephine.

'Zou je dat niet liever ergens doen,' vervolgde mevrouw Daley, haar stem dempend ter indicatie van het afgedankte begrip discretie, 'waar je een beetje meer privacy hebt?'

'Nee hoor,' zei Josephine. 'Waarom, heb je er last van?'

'Ik dacht alleen maar dat het ergens anders misschien – comfortábeler voor je zou zijn.'

Roger gaf haar een glas wijn, en toen ze opkeek zag ze haar echtgenoot voor de open haard staan, met het witte vertrek achter zich. Plotseling vond ze het vreemd dat hij hier was, lijfelijk, terwijl zijn bestaan doorgaans iets leek te zijn wat zich binnen haar eigen hoofd afspeelde, wat ongezien haar doen en laten bepaalde. Hij was als een natuurmonument waar ze, omdat ze er vlak naast woonde, zelden naar keek. Hij was niet altijd een monument geweest: vroeger had hij bewogen en ademgehaald, had hij los van haar geleefd, maar in de loop der jaren was dit leven uit hem verwijderd en naar haar eigen innerlijke wereld getransplanteerd, waar het met duizend haarvaten en draden verankerd lag. Meestal kon ze dit tweeledige bewustzijn uit elkaar houden, maar soms raakte ze erdoor in de war.

'Het is Josephines huis,' zei haar echtgenoot nu. 'Ze mag doen wat ze wil.'

'Dank je, pap,' zei Josephine zacht.

'Ik dacht alleen maar,' riep mevrouw Daley, 'dat ze liever alleen wilde zijn!'

'Het is volstrekt natuurlijk,' verklaarde meneer Daley plechtig.

'Toen de onze zo klein waren praatte je heel anders,' riposteerde ze. Het bloed was naar haar gezicht gestegen. 'Toen mocht het niet – toen zei je dat je het niet wilde hebben!'

'Waarom zou ik dat gezegd hebben?' vroeg meneer Daley, iets onzekerder nu. 'Maar ik had je trouwens toch niet tegen kunnen houden. Je kon doen wat je wou.'

'Je praatte heel anders,' herhaalde mevrouw Daley, 'in die tijd.'

Meneer Daley deed er het zwijgen toe. Zijn gezicht stond gekwetst. In al die tweeëndertig jaar had ze hem nog nooit zo tegen haar in zien gaan – ze dacht althans van niet. Hij leek op mysterieuze wijze tot een heel nieuw stelsel van geloofsregels bekeerd te zijn. Op het slagveld van de herinnering kon mevrouw Daley elk treffen winnen: haar versie van het verleden was al jaren geleden door hen allebei aanvaard als de geautoriseerde tekst, en ze wist dat hij er toch niet veel meer van wist, van het verleden, deels omdat hij niet genoeg had opgelet en deels omdat hij zo vaak haar beschrijving van iets had gehoord dat het originele voorval meestal tussen de kopieën verloren was gegaan. Nu vroeg ze zich af of hij dit origineel niet op de een of andere manier in handen had gekregen. De waarheid was dat ze zelf ook niet goed meer wist wat er gebeurd was; wat door de jaren heen naar haar herinnering terugkeerde, kwam niet in duidelijke beelden maar in vlagen van vertrouwde emotie. Deze vlagen konden krachtiger zijn dan de gebeurtenissen zelf, want ze getuigden van de tragisch solitaire aard van het menselijke gevoel: details vervaagden, andere mensen losten op en verdwenen, de minuten ervoor en de minuten erna vervlogen in de ether, en mevrouw Daley bleef achter met de rancunes van dertig jaar geleden die nog even vers waren als de dag waarop ze ze voor het eerst had gevoeld.

'Hoe maken de kinderen het?' vroeg ze aan Roger, plechtig de stilte verbrekend die over het sjofele vertrek was neergedaald. Ze luisterde echter niet naar zijn antwoord, en toen meneer Daley opnieuw het woord nam, merkte ze dat ze niet klaar voor hem was.

'Ik moet zeggen dat ik je bewonder,' zei hij, kennelijk niet tegen haar. 'Ik kan me niet eens indenken hoe moeilijk het geweest moet zijn om het gezin bij elkaar te houden. Mensen van onze generatie hebben heel weinig begrip voor jouw soort situatie.'

'Dat is erg vriendelijk van u,' antwoordde Roger. 'Maar het is allemaal de verdienste van Josephine.'

'Ik ben het er niet mee eens,' zei mevrouw Daley, 'dat mensen van onze generatie geen begrip hebben. Het is waar dat onze ouders niet gescheiden zijn, maar het gezinsleven was geen peulenschil, geloof mij maar!' Ze hoorde haar eigen stem door het grote vertrek schallen. Als mevrouw Daley sprak, had ze vaak het gevoel dat ze zich in triomf door een situatie bewoog. Haar echtgenoot was niet iemand die de kunst van het converseren verstond: hij dacht dat gesprekken dingen waren die je moest winnen. 'Als kind zag ik mijn vader vrijwel nooit. Mijn moeder was weken achter elkaar alleen, zoals een heleboel vrouwen in die tijd, tijdens de oorlog. Ergens was ze gewoon een alleenstaande ouder,' voegde ze er dramatisch aan toe. Ze begon een beetje dronken te worden.

'Mijn moeder werd als kind geëvacueerd,' zei Roger. 'Tussen haar vierde en haar achtste zag ze haar ouders amper. Ik ben het met u eens, ik heb vaak gedacht dat er parallellen zijn tussen haar ervaring en die van Jack en Poppy.'

'O, de evacués!' riep mevrouw Daley hartstochtelijk uit. Ze had juist willen zeggen wat een plaag die waren. 'En wat was,' vroeg ze in plaats daarvan, 'je moeders ervaring?'

'Ze had het erg moeilijk,' zei Roger. 'Het gezin waar ze was ondergebracht behandelde haar heel onheus. Ik geloof niet dat ze daar ooit overheen gekomen is. Ze vond het erg moeilijk om ons, toen wij kinderen waren, onze eigen emoties te laten hanteren.'

'O, dat is rampzalig!' zei mevrouw Daley.

'Ach, ze deed haar best om het te overwinnen,' zei Roger. 'Ze leerde ons onszelf uit te drukken als een manier om haar te helpen. Ze was ergens best een pionier.'

'Maar wat een last,' zei mevrouw Daley, 'voor jullie.'

Josephine schilderde Rogers moeder, die een of ander soort therapeute was, altijd in de meest gloedvolle bewoordingen. Mevrouw Daley vermoedde dat ze alleen maar zo gloeiden omdat ze opgestookt werden met haar eigen fouten.

'Nou, als dat waar is,' lachte Roger, 'dan moet ze daar nu voor boeten.'

'Jack en Poppy zijn bij Rita in counseling,' legde Josephine uit, haar naakte borst nog steeds open en bloot alsof het de normaalste zaak van de wereld was. 'Ik geloof dat ze daar echt mee geholpen zijn.'

Mevrouw Daley voelde een hevige vlaag van ongeduld. Instinctief zocht ze de vertrouwde vorm van haar echtgenoot, haar natuurmonument, als om zich ervan te vergewissen dat ze niet verdwaald was, dat haar oriëntatiegevoel, haar idee van wat hoorde, nog steeds juist was. Hij leek echter verdwenen te zijn.

'Hou het in de familie,' zei hij nu, kennelijk in een poging tot humor.

Een saai, grijs licht vulde de kamer. Van tijd tot tijd reed er een auto voorbij het voorraam, waarvan het geluid zijn weg naar mevrouw Daleys omfloerste bewustzijn vond. Ze keek naar de vreemde voorwerpen die haar omringden, de doeken met hun kleine baaierds van verf, een paar stukken houtsnijwerk die op ergerlijke wijze vormen suggereerden zonder ze echt te zijn, een schemerlamp met scheve kap, een licht vloerkleed van een ruw, onafgemaakt weefsel op de vloer – en het leek haar toe dat ze een wereld afbakenden die opgehangen was in een lang moment van kwaadaardige apathie, een adempauze met aan gene zijde alleen maar het vooruitzicht op achteruitgang en bederf. Waar waren de hoop, de vreugde, de belofte, wier aura de zuurstofrijke atmosfeer van mevrouw Daleys leven vormde? Ze probeerde een spoor van zichzelf, van haar invloed, in de kamer te vinden en zag niets: hij bewees haar geen eer en bood haar geen toegang. Roger stond op en torende boven haar uit toen hij zich met de fles over haar glas boog. Zijn heupen waren zo dichtbij dat ze ze aan had kunnen raken – daar zouden ze van opkijken, dat zou ze wakker schudden!

In het sombere waas van de middag werd eindelijk het eten opgediend, en de olieachtige schotels vol koude, buitenlandse groenten en de vreemde, platte schijven brood en de kazen, penetrant, inzakkend, zichtbaar rottend, kwamen mevrouw Daley voor alsof ze haar in een kosmische ruimte omcirkelden, alsof het haar taak was elk voorwerp te grijpen en tot de zwaartekracht terug te brengen voordat het haar vrij stond terug te keren naar de wereld van concrete eigenschappen – die haar op dit moment een wereld van kleur leek, terwijl deze gebukt ging onder monochromie. Ze wilde per se weg zijn voordat Raine en de kinderen terugkwamen. Haar toverkracht was uitgeput: haar vermogen tot transmutatie, tot verzoening, was weggeëbd. Ze zou onder de voet gelopen worden. Beroofd van het bolwerk van haar echtgenoot werd mevrouw Daley overvallen door een duizelingwekkend gevoel van verlies. Nu raakte hij in vervoering over het eten, welks weerga hij beweerde nog nooit in zijn leven geproefd te hebben. Ze wist niet hoe ze zichzelf ervan moest weerhouden op te staan en buiten in de auto te gaan zitten: tussen deze onenigheden voelde ze zich in elk geval veilig.

'Mag ik haar vasthouden?' flapte ze eruit. Haar stem klonk vreemd; ze zag Josephine zich met een bezorgd gezicht omdraaien. Het leek gepast dat Josephine zich zorgen maakte. De baby kwam op haar af alsof ze door de lucht vloog. Mevrouw Daley zat met de flauwe warmte van het kind in haar armen. Ze boog haar hoofd en rook aan de huid van de baby. De zoetig-zure lucht was er niet een die ze herkende en ze voelde een verwarrende wezenloosheid, alsof ze terug naar af was gestuurd zonder te weten waarom haar antwoord niet voldaan had.

Op de terugweg in de auto maakte meneer Daley een koele indruk.

'Ze leek best aardig,' zei mevrouw Daley.

'Wie?' vroeg meneer Daley.

'Raine,' stamelde mevrouw Daley dapper, met zichzelf ingenomen dat ze het woord kon uitspreken nu ze bekend was met het voorwerp dat ermee aangeduid werd. 'Het is een erg knappe meid,' voegde ze eraan toe.

Mevrouw Daley had het voldane gevoel haar echtgenoot een vlieg afgevangen te hebben. Rogers ex-vrouw was op komen dagen in de rommelige laatste fase van de middag om de kinderen terug te brengen. Mevrouw Daley, die zo tegen deze ontmoeting had opgezien, vond de ervaring tot haar verbijstering niet alleen pijnloos, maar had er zelfs de mogelijkheid van genoegen in bespeurd. De ex-echtgenote – ze was per slot van rekening de eerste, de ware echtgenote – kwam haar voor als de noodzakelijke, de juiste en gepaste decentraliserende invloed om de macht uit het middelpunt van Josephine weg te trekken. Ze was als een zuil van harde feitelijkheid in de mist van betrekkelijkheid, van al die treurige praat over problemen en counseling, van meneer Daleys patheti-

sche geestdrift en haar eigen eeuwigdurende ballingschap uit
het warme, complotterende hart van haar dochters bestaan –
hier was eindelijk iemand met wie ze kon opschieten! De on-
orthodoxheid van de connectie streelde mevrouw Daleys gevoel voor dramatiek. Ook had ze genoten van hoe Josephine
door de mand was gevallen: het lichaam, het bewijs, had voor
haar gestaan. Ze had beleefdheden, en meer, uitgewisseld met
dit lichaam, dat klein en slank en blond was en dat, vond ze,
een hoognodige scheut avontuur aan het gebeuren toevoegde.

'Vond je ook niet?' drong ze aan, omdat haar echtgenoot
niet gereageerd had.

'Het is me,' zei hij, 'niet opgevallen.'

'Ik vraag me af,' vroeg mevrouw Daley zich hardop af, 'wat
er tussen haar en Roger verkeerd is gegaan. Ze moeten een bui-
tengewoon aantrekkelijk stel geweest zijn! Het is vreselijk
triest. Ik hoop echt,' voegde ze er voorzichtig aan toe, 'dat Josephine niet ondeugend is geweest. Vooral omdat er kinderen bij
betrokken zijn. Ik moet zeggen dat ík niet blij zou zijn met zo'n
knappe eerste echtgenote in de buurt. Vooral niet met een
nieuwe baby – dan ben je niet bepaald op je aantrekkelijkst!'

Meneer Daley reed resoluut verder. Werkelijk, dacht mevrouw Daley, hij gaf haar zo weinig aandacht dat ze echt zou
kunnen zeggen wat ze wilde.

Maar dat kon ze niet; ze was niet zo vrij van verplichtingen
als ze zich soms voelde, wanneer ze in gedachten verwijlde bij
de ondankbaarheid waarmee haar gezin met het feit van hun
biologische schuld aan haar omging. Amper twee weken na
hun bezoek aan Londen vertelde haar echtgenoot dat Josephine gebeld had om te zeggen dat zij en de baby kwamen logeren. Mevrouw Daley was weg toen ze belde: als ze thuis

was geweest, zou ze, in tegenstelling tot haar echtgenoot, niet voor dit verzoek gecapituleerd zijn. Ze had geen trek in Josephine; ze was nog steeds verzadigd van het middagmaal dat ze in dat rommelige huis opgediend hadden gekregen. Bovendien was het december, de maand van Kerstmis en van de jaarlijkse borrel van de Daleys. Mevrouw Daley gaf deze twee gebeurtenissen graag ruim baan – ze vertegenwoordigden een verandering van haar vaste dieet van beslommeringen. Josephine, die dagelijkse kost was, beschouwde ze als een obstakel tot dit genoegen. Toch was haar dochter gekomen, even onweerstaanbaar als een naar het zuiden overwaaiende besmetting, en had bezit genomen van de logeerkamer, waar ze de afgelopen vijf dagen in sombere wanorde had doorgebracht, tot ver in de ochtend in bed bleef en amper de moeite nam om de spullen van de baby op te ruimen. Mevrouw Daley was dit bastion maar één keer binnengedrongen – door Josephine te overreden in bad te gaan – en had in haar afwezigheid ontdekt dat de lakens vol grote gele vlekken zaten. Ze was zo geschrokken dat ze even niet kon bedenken wat dat kon zijn. Ten slotte besefte ze dat het melkvlekken waren; op hun manier even walgelijk als de andere soort, want Josephine liet de baby bij haar in bed slapen en wilde niet horen van een fatsoenlijke wieg voor het kind. De prullenmand zat vol vieze luiers en overal slingerden T-shirts met hoogwaterlijnen op borsthoogte.

Maar vandaag was Josephine afgedaald naar de keuken, waar ze, na zich met de baby op schoot en haar bloes open aan tafel geïnstalleerd te hebben, haar moeder prompt had gevraagd of ze er ooit aan gedacht had het huis weg te doen.

'Ik woon al bijna achtentwintig jaar in dit huis,' zei mevrouw Daley, 'en ik ben vast van plan om er dood te gaan!'

Mevrouw Daley had deze uitspraak, of een versie ervan, al eerder gedaan – het getal veranderde, ondanks de exactheid van dat 'bijna'. Haar bewoning van het huis was iets grandioos, iets mythisch.

'Ik dacht alleen maar,' zei Josephine, 'dat het misschien te veel voor je werd. Het lijkt zo groot voor twee mensen.'

'Twee mensen!' antwoordde mevrouw Daley vol ongeloof. 'Was het maar waar! Er is dit jaar amper een weekend voorbijgegaan zonder dat een van jullie hier was, op zoek naar frisse lucht en eigengemaakt eten! Ik zou een bord buiten moeten hangen – Hotel, alles vol!'

Mevrouw Daley herinnerde zich een ander huis, een kleine, moderne bakstenen woning aan de zuidkust, of in ieder geval bijna. Nog maar kort geleden had iets haar aan dat huis doen denken. Josephine had de fotoalbums van het gezin voor de dag gehaald omdat ze foto's van zichzelf als kind wilde zien en tot mevrouw Daleys verbazing werd ze geconfronteerd met het onweerlegbare bewijs dat niet alleen zij ooit in dat huis had gewoond, maar haar kinderen ook. Ze had zo vaak gezegd dat ze haar kinderen in Ravenley gekregen en grootgebracht had dat ze echt opkeek bij de ontdekking dat dit niet het geval was.

'Ik zou nooit terug kunnen,' zei ze nu, 'naar die tijd in Boxborough, toen jullie met zijn drieën op één kamer sliepen. Het bad stond in de keuken! Als ik op mijn gemak een kopje thee wilde drinken, moest ik buiten op de stoep gaan zitten.'

'Ik snap niet hoe je het volhield,' zei Josephine.

'O, het waren gelukkige tijden!' verzekerde mevrouw Daley haar. 'Ik denk wel eens,' zei ze weemoedig, 'dat die jaren in Boxborough de gelukkigste van mijn leven zijn geweest. Als ik eens één dag terug kon krijgen!'

'Wat was er dan mee,' vroeg Josephine, 'dat ze zo gelukkig waren?'

Mevrouw Daley was er niet aan gewend zo plompverloren ter verantwoording geroepen te worden. Het gebeurde zelden dat mensen haar vroegen wat ze voelde of dacht.

'Ik weet het niet,' zei ze nu. Ze zocht en zocht. 'We hadden zo weinig,' begon ze. 'En nu hebben we zo'n overvloed.'

'En toch was je toen gelukkig,' zei Josephine. 'En tegelijkertijd zeg je dat je nooit terug zou willen.'

'Och, je kunt nu eenmaal niet terug,' zei mevrouw Daley. Ze had het gevoel dat dit meer dan voldoende was over dit onderwerp.

'Ik weet wat je bedoelt,' zei Josephine. 'Als ik aan het verleden denk, lijkt het bijna alsof ik iemand verloren heb. Dat de persoon die ik toen was dood is en dat het mijn enige wens is om haar weer te zien, al was het maar, zoals jij zei, voor een dag.'

'Ik weet niet zeker,' zei mevrouw Daley, 'of ik dat ook zo voel. Ik weet alleen maar dat ik, hoe gelukkig we in Boxborough ook waren, nooit weer in een kleiner huis zou willen wonen.'

Josephine scheen sinds haar aankomst duidelijk behoefte te hebben aan praten, vooral over het verleden. Mevrouw Daley had geen concreet bezwaar tegen over het verleden praten, behalve dat het haar ietwat uit haar evenwicht bracht. Het verleden was een plaats waar ze veel nadrukkelijker aanwezig was geweest dan in het heden. Ze bekeek het bij voorkeur van een afstand, want dat gaf haar het vage maar strelende gevoel dat ze belangrijk was geweest. Van dichtbij gezien drongen de diverse onderdelen zich te veel op, en al die details werkten ontmoedigend en zadelden haar op met schuldgevoelens die haar herinnerden aan de ergste kanten van het dragen van verantwoordelijkheid voor een huis, drie kinderen en een man.

'Wilde je kinderen hebben?' vroeg Josephine.

'Natuurlijk!' zei mevrouw Daley. Wat een vraag ook! Dat was tegenwoordig modern, vragen naar de fundamenteelste dingen van het leven, alsof je die voor het kiezen had. Ze had er evenwel geen bezwaar tegen modern te zijn, vooral over dingen die zo lang geleden gebeurd waren dat het niet uitmaakte wat je ervan zei. 'Er zat niets anders op,' voegde ze eraan toe.

'Maar wilde je ze echt hebben?'

'Tja.' Mevrouw Daley dacht na. 'Die dingen dééd je gewoon, in die tijd.'

'Ik heb nooit een kind gewild,' zei Josephine.

Mevrouw Daley, die al spoedig tot het onwrikbare inzicht was gekomen dat Josephines bezoek volkomen normaal was, en vervolgens dat het niet alleen normaal maar even onafwendbaar was als de seizoenen van het jaar dat een nieuwe moeder enige tijd – het door mevrouw Daley uit de lucht geplukte cijfer was twee weken – bij haar eigen moeder kwam doorbrengen, begon zich nu af te vragen of Josephines gedrag wel een ingeburgerd aspect van deze traditie was.

'Maar natuurlijk wel,' was ze zo vrij om te zeggen. Het was immers overbodig om op te merken dat het, ongeacht Josephines vroegere opinies over het krijgen van kinderen, inmiddels te laat was om de klok terug te zetten. 'Het is maar goed dat ons lichaam niet altijd naar ons verstand luistert,' voegde ze eraan toe.

'Soms kijk ik naar haar,' zei Josephine langzaam, 'en dan denk ik: waar ben ik aan begonnen?'

'Het is volstrekt natuurlijk,' zei mevrouw Daley, 'dat een jonge moeder een periode van rouw doormaakt.'

Ze wist niet waar ze deze uitspraak vandaan had. Hij leek uit de waterketel gekomen te zijn, die al een hele tijd aan de kook was en een dun pluimpje stoom uitblies.

'Echt waar?' vroeg Josephine.

'Ehm – ja,' zei mevrouw Daley. 'Alles lijkt een poosje op zijn kop te staan. Ik weet nog goed dat ik tranen met tuiten huilde toen ik Christopher gekregen had! Als je vader 's avonds van zijn werk kwam, lag ik nog steeds in bed mijn ogen uit te huilen.'

'Wat erg,' zei Josephine.

'Het enige wat hem interesseerde was zijn avondeten,' zei mevrouw Daley met een bitter lachje. 'Hij zocht het hele huis af en als hij het niet vond, dreigde hij me terug te sturen naar mijn ouders.'

'Niet te geloven,' zei Josephine hoofdschuddend.

Mevrouw Daley, tevreden dat ze Josephine stof tot nadenken gegeven had, stond op om koffie te zetten. Ze hoopte Josephine en de baby voor elf uur het huis uit te hebben. Mevrouw Walcott kwam schoonmaken.

'Waarom heb je me dat nooit eerder verteld?' wilde Josephine weten.

'Je hebt er nooit naar gevraagd,' snufte mevrouw Daley.

'Omdat ik er nooit over nagedacht heb,' zei Josephine verwonderd. 'Ik heb nooit nagedacht over jouw leven voordat je mij kreeg.'

'O, aan leven geen gebrek,' zei mevrouw Daley met een kort lachje.

'Praat je er nu ooit over, met pap?'

'Waarover?'

'Over dat huilen.'

'Je vader praat niet graag over het verleden. Waarschijnlijk weet hij het niet eens meer,' zei mevrouw Daley. 'Hoe kon je hem vergeven?' vroeg Josephine. 'Hield je nog steeds van hem?'

'Tja, ik ben er nog steeds, dertig jaar later,' zei mevrouw Daley. 'Zo werkt een huwelijk niet,' voegde ze eraan toe, aangezien deze uitspraak wat weinig overtuigend klonk. 'Je hebt je ups en downs, maar je wilt het niet allemaal weggooien om wat een van de twee op een gegeven moment doet. Je kunt niet egoïstisch zijn in een huwelijk. Ik zeg niet dat het niet moeilijk is, maar als iets de moeite waard is, dan hou je het vast, in voor- en tegenspoed.'

Na deze kranige woorden zag mevrouw Daley tot haar verbazing dat Josephine haar hoofd op de keukentafel had gelegd en huilde. Ze keek naar de klok en zag dat het tien voor elf was. Na vijf dagen Josephine en de baby in huis was mevrouw Daleys gastvrijheid tot dicht bij het nulpunt gedaald. Ze had mevrouw Walcott nodig om haar systeem te reinigen. Ze moest wissen om opnieuw te kunnen beginnen.

'Waarom leg je de baby niet in de kinderwagen,' zei ze, 'dan kun je een fijne wandeling gaan maken. Daar zul je zeker van opknappen.'

Mevrouw Daley had de vooruitziende blik gehad om voor de komst van Josephine bij Vanessa Healey in het dorp een kinderwagen te lenen met het idee om, als het juiste moment zich voordeed, een incidentele pittoreske wandeling over hun weggetje te maken. Deze regeling was praktischer gebleken dan ze eigenlijk bedoeld had: Josephine had niet één stukje babyuitzet meegebracht en Vanessa Healeys kinderwagen, die mevrouw Daley uiteindelijk te ouderwets en niet al te

schoon vond en die ze derhalve tactisch in de garage had geparkeerd, was sindsdien weer te voorschijn gehaald.

'Ik ben zo moe,' huilde Josephine zonder haar hoofd op te
tillen. 'Ik ben zo vreselijk moe.'

'Na een wandeling zul je je stukken beter voelen. Over vijf
minuten komt mevrouw Walcott,' zei mevrouw Daley ten
slotte, toen het ernaar uitzag dat Josephine niet van haar stoel
zou komen. 'Ik neem aan dat je niet wilt dat ze je zo van
streek ziet.'

Toen Josephine vertrokken was en het geluid van de stof-
zuiger boven en de geur van bleekmiddel en boenwas volgens
vast stramien in troostende golven over mevrouw Daley heen
dreven, liep ze naar de tuin om haar echtgenoot te zoeken.
Mevrouw Daley betrad de tuin zelden. Voor het huis lagen
bedden en een met grind bestrooide cirkel waar bezoekers
hun auto's parkeerden, en bij gelegenheid, als het weer goed
was en het plaatje dat ze in haar zonnehoed en handschoenen
maakte haar beviel, wilde mevrouw Daley daar wel eens lief-
hebberen. Als ze op zo'n moment bezoek kreeg, was ze blij
dat men haar aldus had aangetroffen. De achtertuin, met zijn
grote vierkante gazon, zijn cipressen, zijn vreemde planten en
heesters, was buitenlandser terrein: daar stond meneer
Daleys schuurtje en had alles in mevrouw Daleys ogen een
mannelijk aroma, een onelegante vrijpostigheid, een sober en
flegmatiek karakter aangenomen. Meneer Daleys schuurtje
was een klein houten optrekje dat in de verste hoek van het
gazon naast een verwilderde laurier stond. Hij had het gekocht toen hij met pensioen ging en bracht er nu zijn kan-
tooruren door. Mevrouw Daley vond dit een verstandige regeling. Zij en haar echtgenoot schenen het er stilzwijgend
over eens te zijn dat het, aangezien hij nooit overdag thuis

was geweest, vreemd zou zijn als hij daar plotseling mee begon. Hun leven was in een gereguleerd klimaat geëvolueerd: hun echtelijke dag was kort. Tussen negen en vijf bestonden ze niet voor elkaar – in die tijd waren ze vreemden. Mevrouw Daley was bang geweest dat ze de persoonlijke vrijheid van deze vervreemding, die als een long de perifere intimiteit voedde, zou verliezen. Maar haar echtgenoot hakte de knoop door, hij was trots: ook hij had kennelijk geheimen. In zijn schuurtje luisterde hij naar de radio en rookte sigaren en loste cryptogrammen op en de laatste tijd, had ze uit haar incidentele invallen daar opgemaakt, was hij aan het lezen geslagen, dikke boeken met raadselachtige omslagen die hij neerlegde als ze door het raam keek, en het residu van een uitdrukking op zijn gezicht nalieten die mevrouw Daley onbekend was. De stilzwijgende afspraak was dat zij hem in zijn schuurtje niet zou lastigvallen. Dat was een erezaak. Hij zat daar als een rat in de val, met zijn hele waardigheid op het spel – ze werd geacht hem met rust te laten. Tenzij het belangrijk was, natuurlijk; de bewijslast in dezen rustte op mevrouw Daley, net als in de tijd dat ze hem opbelde op zijn werk. Dan vroeg hij vaak of ze alleen maar gebeld had om te vertellen wat ze hem zojuist had verteld. Het kon haar niet schelen of dat zo was, maar dat zei ze nooit.

'Ik had zojuist,' deelde ze hem nu theatraal mee, 'een huilende Josephine in de keuken.'

Meneer Daley legde zijn boek neer. Het was koud in het schuurtje. De scherpe lucht van sigarenrook drong haar neusgaten binnen. Alles leek bruin. Dit was wat er van mannen werd, zonder vrouw erbij.

'Heb je haar van streek gemaakt?' vroeg meneer Daley waarschuwend.

'Ze maakte zichzelf van streek,' zei mevrouw Daley. 'We zaten gewoon over koetjes en kalfjes te praten en plotseling kreeg ze het te kwaad. Ik heb haar naar buiten gestuurd voor een lekkere wandeling met de kinderwagen. Straks is ze er gewoon weer bovenop.'

Mevrouw Daley zou het liefst meteen weer naar binnen zijn gegaan. Haar man was waardeloos als ontvanger van nieuws. Niet alleen absorbeerde hij dingen zonder de geringste echo terug te geven, ze had ook de indruk dat hij, als ze hem iets vertelde, iets heel anders hoorde. De telefoon, ze wilde de telefoon. Ze had zich vergist. Ze moest nodig terug.

'Je kunt haar beter achternagaan,' zei meneer Daley, 'om er zeker van te zijn dat alles goed is.'

'Waarom zou het niet goed zijn? Er kan haar niets gebeuren in Ravenley.'

'Josephine staat onder grote druk. Ze heeft hulp nodig.'

'Ze mankeert helemaal niets,' zei mevrouw Daley geërgerd. 'Ze is gewoon zoals iedere andere moeder met een nieuwe baby. Onder wat voor druk zou ze in godsnaam moeten staan? Ze heeft één klein baby'tje en iedereen loopt zich de benen onder het lijf vandaan om haar te helpen. Ik heb nooit iemand gehad die zich zorgen maakte dat ik onder druk stond of met mijn welzijn begaan was.'

Tot haar verbazing voelde mevrouw Daley tranen in haar ogen springen. Het was te deerniswekkend! Was het waar? Ze pijnigde haar geheugen. Het moest waar zijn – waar zou ze het anders vandaan hebben?

'Jij was anders,' verklaarde meneer Daley.

'Hoezo was ik anders?' wilde mevrouw Daley weten.

'Jij was sterker,' zei meneer Daley na een korte stilte.

Deze opmerking maakte mevrouw Daley tijdelijk sprakeloos. Haar echtgenoot kwam overeind.

'Waar ga je naartoe?' riep ze.

'Kijken of ik haar kan vinden,' antwoordde hij.

Ze holde achter hem aan over het gazon; ze wilde niet alleen in zijn hol blijven. In de gang vond ze mevrouw Walcott die bezig was de lijsten van de schilderijen af te stoffen.

'O, mevrouw Walcott!' riep ze uit toen ze de voordeur achter haar man dicht zag vallen. 'We maken ons vreselijk ongerust over Josephine! Ze is in een afschuwelijke staat met de baby gaan wandelen! Mijn man is haar achterna – o, ik hoop zo dat alles goed is!'

Vaag registreerde ze mevrouw Walcotts zachte, bleke, bezorgde gezicht. Ze zag geen enkele reden waarom het huispersoneel niets van het wel en wee van het gezin zou mogen weten. Het was allemaal onderdeel van het menselijk drama, deel van het leven. Dat idee dat je alles voor jezelf moest houden – waarom eigenlijk? Wat hadden ze nu te verbergen?

Even later kwam meneer Daley samen met Josephine terug. Ze was bleek maar niet zichtbaar overstuur. Meneer Daley verklaarde diverse malen dat ze het koud had en ging naar de huiskamer om de haard aan te steken.

'Waarom heb je geen jas aangedaan?' vroeg mevrouw Daley.

'Dat was ik vergeten,' zei Josephine. 'Zou je het erg vinden om haar eventjes over te nemen?'

Ze offreerde de baby, gekleed in een felgekleurd gewatteerd pakje, aan mevrouw Daley, die haar mond opende om te zeggen dat ze het eigenlijk heel erg druk had en hem toen weer dichtdeed. Hoewel ze het niet met zoveel woorden tegen Josephine gezegd had, voelde ze dat ze op het gebied van de verzorging van de baby in een soort impasse geraakt waren. Zoals ze, buiten gehoorsafstand, door de telefoon tegen haar vriendinnen gezegd had, kon men niet van je verwachten dat je voor een baby zorgde als je haar niet kon voeden, en ze hadden beaamd dat dit moeilijk was. Voordat Josephine kwam, had mevrouw Daley overwogen het heft in eigen hand te nemen. Met dat voor ogen had ze zuigflesjes en een blik babyvoeding gekocht en die met gemengde gevoelens over de gevolgen van mogelijke ontdekking op een hoge plank in een van de keukenkastjes gezet. In werkelijkheid had ze weinig met de baby te maken gekregen. Ze had er niet echt een emotionele band mee gevormd, vertelde ze haar vriendinnen. De baby leek erg eenkennig. Ze wilde bij haar moeder zijn, een houding die mevrouw Daley zowel correct leek als opluchtte, maar die ze haar niettemin kwalijk nam, omdat ze al vijf kleinkinderen had die er geen van allen bezwaar tegen schenen te hebben om bij haar te zijn – als ze zo onbeleefd waren geweest om een mening uit te spreken, misschien nog wel liever dan bij hun eigen ouders. Met haar ervaring voelde ze het meteen als een baby haar niet mocht, zelfs als ze maar vier weken oud was. Dit exemplaar had naar mevrouw Daleys smaak al veel te vaak haar zin gekregen. Ze nam de baby mee naar de keuken en verwijderde haar buitenste laag. Het kind sloeg haar met heldere, achterdochtige oogjes gade. Ze schrok bij het zien van het kleine, knokige lijfje, de gerimpelde paarse handjes, de onnatuurlijke draaiing van de beentjes, het kale, veel te grote hoofdje. Het kronkelde in haar armen en maakte kleine niesgeluidjes. Haar tongetje, scherp, gekruld, kwam uit het mondje en proefde de lucht, en de bevende sirene van haar gehuil ontrolde zich erachter. Mevrouw Daley ging onmiddellijk op zoek naar Josephine, maar vond de weg naar de huiskamer versperd door haar echtgenoot.

'De baby heeft honger,' zei mevrouw Daley.

'Josephine slaapt,' zei meneer Daley, 'op de bank. Ik heb een deken over haar heen gelegd.'

'Nou, ik ben bang dat ze wakker zal moeten worden,' zei mevrouw Daley.

'Kun je haar niet iets te eten geven?' vroeg meneer Daley, en mevrouw Daley snoof van triomfantelijke vreugde.

'Het idee,' zei ze, 'dat je een vier weken oude baby iets te eten geeft.'

Eerlijk gezegd wist ze zelf ook niet meer precies wanneer baby's vast voedsel begonnen te eten, maar ze dacht niet dat het met vier weken was.

'Tja, dan moet ze maar huilen,' zei meneer Daley grimmig. 'Daar zal ze heus niet van doodgaan. We zullen Josephine om' – hij raadpleegde zijn horloge – 'drie uur wakker maken. En probeer haar tot die tijd buiten gehoorsafstand te houden.'

Mevrouw Daley ging terug naar de keuken. De klok stond op halftwee. Mevrouw Walcott was boven de bedden aan het opmaken. Ze kon elk moment Josephines bevlekte lakens ontdekken. Het huilen van de baby was intussen zo luid dat het weer op stilte begon te lijken: het vulde de keuken als water, het vormde een element waarop mevrouw Daleys geest ronddobberde en van tijd tot tijd kopje-onder ging. Ze tilde de baby rechtop op en legde haar tegen haar schouder. Het lijfje verstijfde in verzet. Mevrouw Daley begon te lopen. Een klein melodietje kwam in haar hoofd. Ze begon het te neuriën en liep op de maat door de keuken. Na twee rondjes om de keukentafel leek het geluidsniveau af te nemen. Het lijfje bood iets minder weerstand. Mevrouw Daley omcirkelde de tafel nog een paar keer, besloot toen van parcours te veranderen en beschreef twee zijden van een vierkant langs de keukenkastjes. Het niveau nam weer toe; ze keerde terug naar haar ronde circuit. De baby voelde mager en knokig tegen haar schouder – ze had altijd al vermoed dat ze bij die manier van voeden te kort kwamen! – en daarom trok ze, toen ze voorbij een lade kwam, behendig een handvol schone theedoeken te voorschijn en legde die tegen het ruggetje van de baby. Even later hield het huilen op. Mevrouw Daley bleef rondlopen; ze was nog niet buiten gevaar. Ten slotte bleef ze staan en strekte wiegend van voet tot voet haar hals om naar het gezichtje van de baby te kijken. Die lag met gesloten oogjes tegen haar schouder. De oogleden waren dun en blauw. De kleine, scherp getekende gelaatstrekken waren stil.

Met de warme klem van de baby op haar schouder liet ze zich langzaam in een stoel zakken. Vreemde gevoelens klommen als slingerplanten door haar lichaam. Het bracht haar in de war Josephines baby zo intiem vast te houden, alsof ze Josephine zelf in haar armen hield. Ze had Josephine als baby niet vaak vastgehouden, of zelfs maar aangeraakt. Ze had haar onrecht aangedaan. Dat wist ze toen en dat wist ze nog steeds, want ze had het nooit goedgemaakt, hoewel ze dat wel van plan was geweest. Elke dag dat ze naliet het recht te zetten leek een garantie voor de volgende, en de volgende, totdat de onrechtvaardigheid jaren oud was, tot ze Josephine haatte omdat ze de kans gemist had van haar te houden. Door niemand gadegeslagen, alleen thuis met haar kinderen, had ze met Christopher gespeeld, terwijl Josephine huilde in haar bedje in de andere kamer. Ze had Josephine beschouwd als een aberretie, een duistere twijfel in mevrouw Daley die in haar vlees tot uitdrukking was gekomen. En daarom was mevrouw Daley ook aberrant: ze behandelde haar slecht en Josephine scheen die duisternis aan te voelen, er deel van uit te maken. Het was een vorm van zelfverachting. En ergens was het een spelletje, want wat had ze anders te doen, hoe moest ze zichzelf anders uitdrukken als ze vrijwel nooit met een andere volwassene praatte, als ze niets anders deed dan de hele dag schoonmaken en koken en voor de kinderen zorgen? En nu Josephine volwassen was, speelden ze dit spelletje – het onthouden van liefde – met elkaar. Heel soms had mevrouw Daley het gevoel dat ze zich spoedig gewonnen zou geven, maar doorgaans maakte Josephine haar strijdlustig, al was het een vreemde agressie, want ze hoopte Josephine er zo ver mee te krijgen dat ze haar kwetste en haar het gevoel zou geven dat ze niet Josephines kweller maar haar slachtoffer was.

De baby bewoog in haar slaap en begon aan haar schouder te knagen. De klok wees twee uur aan. Haar echtgenoot hield, voorzover ze wist, nog steeds de wacht bij de huiskamerdeur. Mevrouw Daley klopte de baby op haar rugje en begon weer te neuriën. Hoe kon iemand die haar nu zag, zeggen dat ze slecht was? Ze had Josephine gebroken zoals ze in het huis van iemand die ze niet goed kende een kostbare porseleinen vaas gebroken zou kunnen hebben: per abuis en ongezien. En omdat ze zich te veel schaamde om het op te biechten had ze de scherven opgeraapt en verborgen. Soms ving ze in haar gevoelens voor haar dochter een glimp van deze geheime waarheid op alsof die iets nieuws voor haar was, en die glimp onderstreepte haar gevoel van onschuld en werd toegevoegd aan het grotere verhaal, aan de overtuiging die in de loop der jaren steeds steviger bij haar had postgevat, dat ze gewoon pech had gehad, dat ze meer medelijden verdiende dan blaam, dat als er iémand beschadigd of gebroken was of onder druk stond, zij dat zelf was. Mevrouw Daley verstevigde haar greep. Zij en deze kleine baby, alleen op de wereld, onbemind!

'Nu zijn we de pineut,' zei ze tegen de baby, wier hoofdje machteloos op haar schouder bonkte. Ze knaagde op haar vuistje – ze verging van de honger! 'Zullen we eens gaan kijken wat oma voor jou heeft?' zei ze, terwijl ze overeind kwam.

Gek genoeg vergat je het nooit: met de baby op één arm maakte ze het flesje open met haar andere hand, alsof ze de vaak geoefende passen van een oude dans ophaalde. Ze deed er een paar extra schepjes poeder in voor de zekerheid. De baby dronk het flesje tot de laatste druppel leeg. Mevrouw Daley had het gevoel dat ze een gevaarlijk kruispunt overgestoken waren en de open weg bereikt hadden. Ze wist niet wat deze baby zonder haar zou moeten. Nu ze haar buikje vol had, was het tijd om te slapen. Mevrouw Daley wist zeker dat ze voorlopig niet wakker zou worden. Bij gebrek aan een wieg zag mevrouw Daley zich ten slotte gedwongen van theedoeken een nestje voor haar te maken in de vieze oude kinderwagen die Vanessa Healey haar geleend had en die ze nu naar binnen bracht en in de keuken op een paar kranten zette. Terwijl de baby sliep, zou mevrouw Daley hem een goede schoonmaakbeurt geven.

De uitnodigingen waren allemaal op de post, behalve die van meneer en mevrouw Porter, die mevrouw Daley besloot persoonlijk te gaan bezorgen. Ze was nog nooit in hun huis geweest, een groot roze geval naast de kerk, en voorzover ze wist gold dat voor iedereen in het dorp. Ze werden zelden gezien maar gingen druk over de tong. De gesprekken gingen natuurlijk vooral over haar, met haar naam elke week in de krant.

Volgens mevrouw Daley had nog niet de helft van de mensen die haar column zo de lucht in prezen hem ook echt gelezen. Zelf had ze een paar keer de krant gekocht, maar het scheen altijd de verkeerde dag te zijn.

Ze trok haar kemelsharen jas en marineblauwe pumps aan en besloot, hoewel het vlakbij was, de auto te nemen, maar aangezien de voortuin van de Porters nat en verwilderd was en ze geen pad naar de voordeur kon vinden, waren haar schoenen toch geruïneerd. Ze klopte aan en even later deed Serena open. Ze was helemaal in het zwart en haar rode haar hing los langs haar gezicht. De kleur, die mevrouw Daley van zo dichtbij meteen herkende als vrijwillig, was in ieder geval dramatisch, hoewel hij haar bleke huid alleen maar accentueerde. Ze keek mevrouw Daley aan met de grote, starende ogen van een poes. Heel strikt genomen had mevrouw Daley Serena nog niet ontmoet, maar ze had haar dikwijls met grote snelheid voorbij Hill House zien rijden met twee kleine kinderen in zitjes op de achterbank die, had mevrouw Daley het idee, ietwat treurig uit het raampje keken.

'Ik was al een poosje van plan om eens aan te kloppen om te zien of u zich hier al een beetje thuis begon te voelen,' zei ze, 'maar u weet hoe het is – drukke levens!'

Ze lachte vrolijk en de schaduw van haar lach trok over Serena's scheve mond.

'Ik ben een grote fan van uw column,' vervolgde mevrouw Daley. Plotseling vroeg ze zich af of ze lipstick op haar tanden had.

'Kom binnen,' zei Serena.

'Ik wil u niet ophouden,' zei mevrouw Daley, terwijl ze achter haar aan de gang door en de keuken in liep. 'Ik vind het vreselijk als mensen zo maar áánkomen, u niet? Wat dat betreft is de telefoon werkelijk een fantastische uitvinding – het is veel makkelijker om mensen af te wimpelen als ze niet zien wat je aan het doen bent. Ik breng mijn léven door aan de telefoon! Mijn man wordt er razend van – hij zegt dat het net is alsof hij een gek in huis heeft, omdat hij steeds maar één helft van het gesprek kan horen. Ik geloof dat mannen gewoon niet dezelfde behoefte hebben aan persoonlijk contact, dacht u wel?'

'Waarschijnlijk niet,' zei Serena nadenkend.

'Wáár denkt u dat mannen over praten als ze bij elkaar zijn?' vroeg mevrouw Daley. Ze vond Serena nogal mager en lusteloos, en de keuken was een slagveld: overal stapels vieze borden en kranten en de vloer bezaaid met kinderspeelgoed. 'Ik moet ze vaak genoeg hebben horen praten, maar als ik me probeer te herinneren waar het over ging of hoe ze het zeiden, heb ik echt geen idee. Soms doe ik een spelletje met mijn man. Dan besluit ik om mijn mond te houden en te kijken hoe lang het duurt voordat hij zelf iets zegt, en hij wint altijd. Soms zou ik niet eens weten wat hij zou móéten zeggen. Als ik het gesprek niet gaande hield, zouden we volgens mij de hele verdere rest van ons leven in stilzwijgen doorbrengen! Dat zou overigens een prima onderwerp voor een van uw columns zijn, dacht u niet?' zei ze, haar hoofd scheefhoudend, want Serena kwam haar voor als iemand die hulp nodig had. 'Dat vrouwen de hele last van de menselijke conversatie op zich nemen. U zou het zoiets kunnen noemen als' - ze keek naar het plafond voor inspiratie – ' "Praten met onszelf"!'

'Dat is een goed idee,' zei Serena.

'"Praten met onszelf",' fluisterde mevrouw Daley. 'Ja, ik kan me voorstellen dat een heleboel mensen dat interessant zouden vinden. Vróúwen, bedoel ik dan natuurlijk! Ik heb me altijd afgevraagd of mijn dochter Josephine schrijfster zou worden,' vervolgde ze. 'Ze is erg emotioneel – dat heeft ze van mij – maar het ontbreekt haar aan ambitie. Ze ziet altijd overal de schaduwzijde van. Alles is een probleem voor haar. Ik zeg tegen haar: Weet je, zo verlies je nog eens al het positieve – en je jaagt mensen weg. Niets is volmaakt!'

'Nee,' zei Serena.

'Niets is volmaakt,' herhaalde mevrouw Daley. 'Als je het mij vraagt, heeft dat Dolle-Minagedoe meisjes tegenwoordig de meest onmogelijke verwachtingen gegeven. Ze willen alles hebben en als ze het krijgen, weten ze niet wat ze ermee moeten doen omdat het niet volmaakt is. Maar mannen zíjn niet volmaakt. Kinderen zíjn niet volmaakt. Ze passen niet altijd in je plannen. Mijn dochter vraagt me altijd: Mam, hoe kréég je het voor elkaar? En ik zeg: We dachten er gewoon niet bij na. We accepteerden ons lot en probeerden de zonnige kant ervan te zien. We verwachtten van niemand bedankjes, maar we beklaagden ons evenmin. Ik weet nog goed,' ging ze nadenkend verder, 'dat er toen ik in verwachting was van mijn eerste een meisje bij ons in de buurt woonde waar ik veel contact mee had. Ze had al twee kinderen en ik dacht dat we vriendinnen konden zijn. Maar telkens als ik haar zag, klaagde ze dat het allemaal zo zwaar was en zo oneerlijk, en hoe moeilijk ze het vond om alleen thuis te zijn met de kinderen – de arme hummeltjes! – dat haar man haar niet begreep, hoe depressief ze was en God weet wat nog meer. Uiteindelijk nam ik een besluit. Ik dacht: waarom zou ik dit meisje alles voor me laten bederven? En weet u wat ik deed? Ik ging gewoon niet meer naar haar toe, en als ze bij mij kwam, deed ik alsof ik niet thuis was. Ik wilde dat meisje niet om me heen hebben als mijn baby ter wereld kwam. Later ontdekte ik dat iedereen er hetzelfde over dacht. Dat meisje had niet één vriendin meer over!'

Op dat moment kwam een man van wie mevrouw Daley wist dat het Victor Porter moest zijn, hoewel hij er niet uitzag als de Victor Porter die ze zich had voorgesteld, de keuken binnen met de twee kinderen die ze door de raampjes van Serena's auto gezien had.

'Dit is mijn man,' zei Serena. 'En dit is – neem me niet kwalijk, ik ben uw naam vergeten.'

'Barbara Daley,' zei mevrouw Daley. 'Ik zei net tegen uw vrouw wat een enorme fans we hier allemaal zijn! Ze ligt op ieders lippen – overdrachtelijk gesproken!'

'Hoe maakt u het?' vroeg Victor Porter. Verder zei hij niets. Hij oogde bepaald onappetijtelijk, besloot mevrouw Daley. Hij kon hoogstens een jaar of drieënveertig zijn, maar hij zag eruit als een oude man. Hij was mager en knokig en had een hoge rug en zo te zien vrijwel geen haar meer.

'En dit zijn de kinderen!' riep ze.

In reactie staarden de kinderen, en hun ouders, haar aan met ogen waaruit, zo kwam het mevrouw Daley als van een afstand voor, onvoldoende aanmoediging sprak om haar bezoek nog veel langer te rekken. De gedachte diende zich aan dat ze het gezin Porter niet onverdeeld sympathiek vond, maar die opinie was op dit moment zo weinig in zwang dat ze de gedachte niet afmaakte. In plaats daarvan borg ze hem op voor de toekomst, wanneer hij wellicht ooit van pas zou kunnen komen. Modes veranderden tenslotte. Toen ze naar huis reed, besefte ze dat ze vergeten was hun de uitnodiging te geven. Ze nam haar voet van het gas en de auto hobbelde langzaam verder. Ze zou hem op de post doen. Ze drukte weer op het pedaal en reed snel de heuvel op naar huis.

'Volgens mij,' zei meneer Daley, 'moeten we de dokter erbij halen.'

'Ik zou niet weten waarom,' zei mevrouw Daley. 'Je kunt niet zeggen dat ze echt ziek is.'

'Zoiets moet de dokter beslissen,' zei haar echtgenoot, die midden in de kamer stond en nu in de richting van de deur liep. Hij was net een vis die voortdurend van de haak gleed; alleen door het woord weer te nemen kon ze hem terughalen.

'Je gáát niet naar de dokter omdat je ongelukkig bent,' zei ze met een lachje dat aanvoelde alsof het 't begin kon zijn van een diepere, hardere lach, maar het niet was. 'Het idee alleen al!'

'Depressie is een erkende medische aandoening,' antwoordde haar echtgenoot.

Die lach die er niet van gekomen was rolde rond in haar binnenste. Nu en dan steeg hij op naar haar keel en deed haar borst krampachtig samentrekken.

'Ik geloof dat ik het heus wel zou weten als Josephine depressief was,' zei ze. 'Ze wil alleen maar aandacht – meer niet. Dat is volstrekt normaal als je pas een baby hebt en ik kan het weten. Je bent je hele leven het middelpunt van de aandacht geweest en plotseling is er zo'n klein wurm waar de mensen veel meer belangstelling voor hebben dan voor jou – dat klinkt dwaas, maar neem maar van mij aan dat het heel erg moeilijk kan zijn.'

Tijdens dit verhaal begon haar echtgenoot weer in de richting van de deur te schuifelen.

'Ik denk dat je de baby beter naar boven kunt brengen,' zei hij met zijn hand op de deurknop.

'O, nog even!' zei mevrouw Daley, de baby tegen haar borst drukkend. Ze had besloten haar Daisy te noemen – voor zichzelf, uiteraard. 'We hebben het zo gezellig, hè, schat?'

'Ze hoort bij haar moeder te zijn,' zei meneer Daley.

'Ik heb niet de indruk,' antwoordde mevrouw Daley, 'dat het Josephine een zier zou kunnen schelen als ze deze baby nooit meer zag.'

Uitdagend beantwoordde ze de blik van haar echtgenoot. Zijn hand viel weer naar beneden.

'Dat mag je niet zeggen,' zei hij.

'Als ik haar binnenbreng, begint Josephine steevast te huilen!'

'Ze moet haar zien,' zei meneer Daley. 'Dat is essentieel.'

'En dit kleine hummeltje dan? Ik zie niet in waarom zij zou moeten lijden. Bovendien,' voegde ze eraan toe, 'kun je niet zeggen dat ze haar echt nodig heeft. Ze heeft er geen enkel bezwaar tegen om haar melk van mij te krijgen.'

'Hoe minder daarover gezegd wordt,' zei meneer Daley, 'hoe beter.'

'O ja? Wat verwachtte je dan? Dat ik haar liet verhongeren?'

'Ik weet het niet,' zei meneer Daley. Hij zette zijn bril af, zodat hij eruitzag als een grote dikke mol, en wreef in zijn ogen. 'Ik weet het ook niet.'

Meneer Daley zei de laatste tijd iets te vaak naar mevrouw Daleys zin dat hij het niet wist. Wát wist hij niet?

'Ik verwacht geen bedankjes,' zei ze. Het lachje kroop weer omhoog en fladderde woest in haar keel. 'De hemel weet,' voegde ze eraan toe, 'dat ik geleerd heb geen dank te verwachten. Maar ik verwacht wel dat je aan mijn kant staat. Ik zit de hele dag met een baby opgezadeld, het hele huis staat op zijn kop en overmorgen krijg ik veertig mensen op de kerstborrel, dus als jij een oplossing weet zou ik die graag vernemen. Maar doe alsjeblieft niet alsof ik iets verkeerds gedaan heb als ik alleen probeer te doen wat voor iedereen het beste is!'

Ze had het niet beter kunnen zeggen: al dat vervelende gepreek, dat gepraat over problemen, en dat met Kerstmis! De waarheid was gewoon dat haar echtgenoot er de afgelopen dertig jaar geen flauw idee van had gehad hoe zij haar tijd doorbracht en daar totaal niet rouwig om leek te zijn – voor hetzelfde geld was ze een winkeldievegge of moordenares geweest, maar zolang zijn avondeten op tafel stond als hij thuiskwam van zijn werk, kon ze zijn wat ze wilde.

'Geef me de baby,' zei meneer Daley, zijn handen uitstekend.

'Ik breng haar wel naar boven,' zei mevrouw Daley, 'als je erop staat. Als je maar niet verwacht dat ik blijf als Josephine een scène schopt.'

Ze stond op en liep de kamer uit. Op de trap bleef ze staan om te zien of hij haar achterna kwam, maar dat gebeurde niet. Ze klom geruisloos over het dikke tapijt naar de overloop. De deur van Josephines slaapkamer was dicht. Het zien van die deur – zo zelfverzekerd, zo agressief gesloten! – riep in mevrouw Daley een verlangen op tot beuken en breken. Waar haalde Josephine het lef vandaan die deur, die niet eens van haar was, dicht te doen? Mevrouw Daley gooide hem met een ruk open en rammelde aan de deurknop in de hoop haar wakker te schrikken, maar de deurknop zat te goed vast om lawaai te maken en het tapijt was dik. Er hing een warm, zuur luchtje in Josephines kamer. De gordijnen waren dicht. Haar dochter lag in een slordige hoop onder de dekens.

'Wakker worden!' beval ze, terwijl ze de deur achter zich dichtdeed.

'Ik ben wakker,' mompelde Josephine.

Mevrouw Daley beende door de kamer en rukte de gordijnen open. Josephine verroerde zich niet.

'Ik heb genoeg van deze onzin!' zei mevrouw Daley met schrille stem. Ze wist niet dat ze dit zou gaan zeggen. Ze scheen vreselijk boos te zijn. En ze had het gevoel dat ze, als ze Daisy niet in haar armen had gehad, op Josephines liggende lichaam ingeslagen zou hebben. Dat ze een regen van klappen op haar dekens zou hebben laten neerdalen tot ze er bevend onderuit kwam. 'En nu kom je onmiddellijk dat bed uit!'

'Dat kan ik niet,' zei Josephine.

'Eruit!' riep ze. 'Eruit!'

Mevrouw Daley wierp zich op haar dochter en rukte de dekens van haar af. Josephine lag op haar zij in een gekreukte nachtjapon. Haar lichaam schokte van het snikken. Bij het zien van dit lichaam zakte mevrouw Daleys woede en werd ze bang. Ze ging op de rand van het bed zitten en nam de situatie in ogenschouw.

'Ik weet niet wat ik moet doen,' zei ze. 'Ik ben ten einde raad.'

Het was allemaal hoogst verwarrend. Heel even wist ze niet meer wat echt was en wat niet. Ze hoorde voortdurend dingen die ze meende dat andere mensen gezegd hadden, nare dingen die ze zich verbeeld moest hebben, zo naar waren ze. En een arm klein kind dat geslagen werd terwijl ze in haar bedje lag! Dat was ze helemaal vergeten! Was zij dat? Ze was er in ieder geval bij geweest. Waarom had ze daar niet eerder aan gedacht? Dat had misschien geholpen – wie weet zou het alle verschil gemaakt hebben! Het was in een kamer met een behang met een roze patroontje. Ze voelde een overweldi-

gend medelijden met zichzelf, zelfs toen het haar heel kortstondig te binnen schoot dat het Josephines kamer was, in het
oude huis, en dat zij, Barbara Daley, degene was die het kind
onder de dekens geslagen had. En toch leek het niet zo, toch
leek het andersom. Ze hoorde de deur opengaan; ze voelde de
klappen. Wat het al niet van je vroeg om een moeder te zijn!
Het had haar veel meer pijn gedaan dan hen, alles, duizend
keer meer!

'Ik geloof dat we Roger beter kunnen bellen,' zei ze zwakjes.

'Ik wil Roger niet,' snikte Josephine. 'Ik wil hem nooit
meer zien.' Ze begroef haar hoofd in haar armen en kreunde.

'Waarom niet in vredesnaam?' vroeg mevrouw Daley geschrokken.

'Kan ik niet gewoon bij jullie blijven?' vroeg Josephine, althans dat was wat mevrouw Daley meende te verstaan; Josephine had haar hoofd nog steeds in haar armen begraven en
haar stem klonk gesmoord. Mevrouw Daley keek met afkeer
naar haar slonzige lichaam. Josephine was aangekomen. Haar
huid was mollig en glad en gaf een muskusachtige geur af.
Warrige strengen zwart haar vielen over haar gezicht. Mevrouw Daley wendde zich af. De kamer was een puinhoop.
Ze legde de baby, die in slaap gevallen was, aan het andere
eind van het bed en damde haar in met kussens. Kleren, die
er allemaal ietwat ongewassen uitzagen, lagen her en der op
de grond – mevrouw Daley raapte ze met afgewend gezicht
op en smeet ze op de overloop. Ze zette de flesjes en potjes op
de toilettafel in nette rijtjes. Overal lagen propjes tissuepa-
pier, die mevrouw Daley zonder ze aan een nader onderzoek
te onderwerpen in de prullenmand gooide. Even later, toen
alles opgeruimd was en ze het raam een paar centimeter open

had gewrikt, moest ze noodgedwongen terugkeren naar het feit van haar dochter.

'Als we nu eerst eens rechtop gingen zitten,' zei ze grimmig.

Tot haar verbazing volgde Josephine deze instructie heel gewillig op, zodat mevrouw Daley alleen maar haar vingers op haar schouder hoefde te leggen. Josephine greep ze met een hete hand beet en mevrouw Daley trok ze haastig terug. Ze had altijd vermoed dat Josephine wulps was in haar relaties met mannen. Dat vermoedde ze al toen Josephine klein was. In Rogers huis had mevrouw Daley op weg naar het toilet bijvoorbeeld schunnige tekeningen gezien waarvoor Josephine vermoedelijk geposeerd had. Ze kon er niet bij waarom die tekeningen niet beter verborgen waren. Wat voor soort sfeer was dat om kleine kinderen in te laten opgroeien? Afgezien van het feit dat ze ongepast waren – Josephines specialiteit – hadden die tekeningen ook iets bevestigd waarvan mevrouw Daley altijd gehoopt had het ontkend te zien worden zodra haar dochter de wereld in trok, namelijk dat andere mensen Josephine aantrekkelijk vonden en dat de eigenschap die mevrouw Daley afkeer inboezemde voor iedereen onzichtbaar was. Ze had gehoopt dat Josephine onder afwijzing te lijden zou krijgen, maar dat was niet gebeurd. Ze was keer op keer geaccepteerd, en als ze die mannen die beweerden van haar te houden zelf afwees, dacht mevrouw Daley onveranderlijk – en zei ze vaak   dat die kwalijke gewoonte haar nog eens op zou breken en dat ze op de lange duur helemaal alleen zou komen staan. Maar dat gebeurde nooit; er was altijd weer een ander. Mevrouw Daley had zich afgevraagd of Roger dat patroon kon doorbreken. Hij was kunstenaar – iedereen wist hoe die waren. Nu tekende hij Josephine, maar je wist nooit wie hij op een goede dag nog meer zou willen tekenen. Mevrouw Daley hield zichzelf voor dat ze strikt genomen niet wilde dat haar dochter ongelukkig werd. Ze had alleen het gevoel dat een lange leugen, een wond van ongerechtigheid die haar leven vergalde, ontmaskerd zou worden als Josephine gedwongen werd elders rekenschap af te leggen. Als alvast maar bewezen werd dat Josephine moeilijk was, hoeveel makkelijker zou het mevrouw Daley dan niet vallen om van haar te houden!

'Ik denk dat we dat haar beter even kunnen borstelen,' zei ze. Josephine zat met een behuild gezicht op het bed. Een grote traan rolde uit haar oog en over haar wang. 'Daisy doet een heerlijk dutje!' riep mevrouw Daley gezellig.

'Wie?' vroeg Josephine.

'Ik bedoel de baby!' riep mevrouw Daley. 'Hoe kom ik daar nu bij? Ik had jou altijd Daisy willen noemen,' ging ze verder, terwijl ze Josephines haar, dat een droge, onaangename lucht verspreidde, borstelde. 'Maar je vader wilde er niet van horen. Hij zei dat dat niet samenging met Daley. Ik vond het zo'n mooie naam voor een klein meisje.'

'Wat voor verschil zou het gemaakt hebben?' vroeg Josephine.

'O, geen enkel natuurlijk!' zei mevrouw Daley haastig. 'Maar op het moment zelf lijken dit soort dingen altijd van levensbelang.'

'Het enige wat ik me herinner,' zei Josephine, 'is dat ik altijd het gevoel had dat ik iets fout gedaan had. Ik wist alleen nooit wat.'

'Waar heb je het in vredesnaam over? Als kind?'

'Het is gek,' zei Josephine. 'Ik dacht altijd dat die dingen, als ik ouder werd, minder belangrijk zouden worden. Maar dat is niet zo, het is precies andersom. Toen de baby geboren werd, dacht ik dat ik dood zou gaan, want ik had zó het gevoel dat er iets afgelopen was. Het was net of ik in een grote cirkel had rondgedraaid en weer bij het beginpunt was aangekomen. Maar ik ging niet dood.'

'Natuurlijk niet!' beaamde mevrouw Daley. 'Mensen sterven godzijdank niet meer in het kraambed.'

'En toch,' zei Josephine, 'ben ik weer hier. Terug bij het begin,' voegde ze eraan toe, voordat mevrouw Daley tijd kreeg om te vragen waar. 'Het is bijna alsof ik weer een baby ben. Ik wil alleen maar huilen en slapen. Is het niet triest, de manier waarop baby's huilen? Het is net alsof ze iets weten wat wij allemaal vergeten zijn.'

'Maar–'

'En ik kan de gedachte niet uit mijn hoofd zetten dat ik daar heel binnenkort achter zal komen.'

'Waar achter zult komen?'

'Ik weet het niet. Wat er in het donker zit. Iets ergs.'

'Josephine,' zei mevrouw Daley, die deze ontwikkeling steeds zorgwekkender begon te vinden, 'ik geloof dat je echt moet proberen een beetje tot jezelf te komen.'

Tot haar ontsteltenis wierp Josephine zich opzij, legde haar hoofd in mevrouw Daleys schoot en sloeg haar armen om haar middel.

'Alsjeblieft,' snikte ze. 'Dwing me alsjeblieft niet om terug te gaan!'

Mevrouw Daley bleef bewegingloos zitten. Haar handen verstijfden in kleine poses boven Josephines hoofd. Ze maakte zich ongerust over haar rok, die nieuw was en waar Josephine haar gezicht tegenaan drukte.

'Is het Roger?' vroeg ze. 'Heeft hij iets verkeerds gedaan?'

Josephine draaide haar hoofd om op mevrouw Daleys schoot. Haar armen bleven hardnekkig om haar middel geklemd.

'Ik wil niet dat hij me mijn baby afneemt,' zei ze.

'Kom, daar is niet veel kans op, wel! De baby is hier!'

'Hij heeft het al eerder gedaan,' zei Josephine. 'Hij heeft Raines baby's afgepakt. Hij vindt dat ze van hem zijn. Hij zei dat ze gek was en dat zal hij van mij ook zeggen.'

Mevrouw Daley keek vertwijfeld uit het raam, alsof ze de tijd, met zijn last van onverrichte taken, daar fysiek voorbij zag trekken. Het sneeuwde. De vlokken vielen recht naar beneden uit de effen grijze lucht. Ze had dringend behoefte aan hernieuwd contact met praktische dingen, aan het creëren van toekomstige gebeurtenissen om de dag te stabiliseren. Ze begon te vergeten wie ze was – ze voelde zich afgerold worden, als een lange draad die van zijn spoel wordt getrokken. De wereld bedreigde haar met zijn op handen zijnde instorting.

'Waarom kom je niet mee naar beneden,' zei ze, met het gevoel dat haar gezicht aan scherven zou vallen als ze nog één woord moest zeggen, 'dan kun je me helpen in de keuken. Ik krijg overmorgen veertig mensen op de kerstborrel en door het een en ander ben ik vreselijk achterop geraakt.'

En zo trof meneer Daley hen een poosje later aan, samen zoete pasteitjes makend in de keuken, met de baby ondersteund door kussens in haar kinderwagen – wat een plaatje waren ze, dacht mevrouw Daley, als je de donkere kringen onder Josephines ogen wegdacht en haar een beetje opknapte! Toch was ze zich er stiekem van bewust dat ze, ondanks de schijn van het tegendeel, daarboven niet, zoals haar echtgenoot verwacht had, efficiënt tegen Josephine was opgetreden.

Al die praat dat zij een baby was en Roger een soort kinder-
ontvoerder! Toch vroeg mevrouw Daley zich af of ze al niet
op eigen kracht aan de beterende hand was. Josephine had
een ferme aanpak nodig – dat was altijd al zo geweest. Het
leek haar niet uitgesloten dat Josephine, als ze maar genoeg
verdriet leed, radicaal zou veranderen: dit was een theorie die
ze er tijdens Josephines jeugd op na gehouden had en op
grond waarvan ze haar handen enigszins van Josephine had
afgetrokken en zich gedwongen had gezien bepaalde dingen
als hopeloos af te schrijven. Laat Josephine haar tranen maar
vergieten – op een gegeven moment raakten ze vanzelf op.

Het korstdeeg was perfect. Ze ponste er het ene rondje na
het andere uit. Ze deden haar aan baby's denken: nietszeg-
gend, rond, anoniem. Ze vlijde elk rondje in zijn vorm.

Alles in aanmerking genomen verbaasde het mevrouw Daley
niet dat ze vergeten was een panty te kopen. Haar kostuum
stond of viel met een paar zwarte nylons, en haar la bevatte
uitsluitend blauwe. Ze had het gevoel dat er te veel van haar
was gevraagd. Het was waar dat veel dingen belangrijk waren,
maar zíj was toch zeker het belangrijkst – en desondanks was
ze zichzelf op het laatst vergeten. Ze was volstrekt onvoorbe-
reid op de eventualiteit iets anders te moeten dragen; ze had
zichzelf alleen maar genoeg tijd gelaten om via een reeks
naarstig geplande en geëxerceerde militaire manoeuvres haar
uiterlijk te assembleren. De helft van die tijd verspilde ze met
het uitpakken van de la, omdat ze weigerde te accepteren dat
die niet bevatte wat ze nodig had, en de rest in paniekerig be-
raad met haar geheugen in de hoop dat het iets van de vereiste relevantie zou opleveren: te weten de herinnering aan een
incident in het verleden, een partijtje waarop ze een kostuum

gedragen had waar blauw in voorkwam. Het gewenste incident, met strategische aantekeningen, liet zich niet ophalen.
Zwetend van agitatie, vervuld van bitterheid en met de smaak
van gal op haar tong, improviseerde ze. Het resultaat was
zonderling; haar inspiratie had het laten afweten. In de slaapkamer zag het er redelijk uit, maar toen ze op de gang voorbij
de spiegel kwam, zag ze dat ze vreemde signalen uitzond. Iets
werkte niet – was het haar rok? Snel, ongelukkig, liep ze
verder.

En nu, om kwart over zes, nu het bezoek elk moment kon
komen, stonden Roger en Josephine in de keuken water te koken en flesjes en blikjes poedermelk te voorschijn te halen voor
de baby! En zoals ze eruitzagen, Roger in zijn spijkerbroek en
Josephine rondsloffend in dezelfde onsmakelijke rok die ze de
hele week al droeg – mevrouw Daleys ambitie kreunde onder
het gewicht van dit alles, ondanks de onverwachte triomf van
Rogers aanwezigheid op het feestje, vergezeld van een Josephine die, hoewel niet direct oogverblindend, in ieder geval
uitgehuild was. Na Josephines uitlatingen had mevrouw Daley
zich afgevraagd of ze Roger ooit nog zouden zien en of het niet
beter zou zijn als dat niet gebeurde. Tot haar verbazing ontdekte ze dat ze dit vooruitzicht persoonlijk niet onwelkom
vond – het vooruitzicht van een vrouw alleen. Voor zichzelf
zou ze zo'n leven nooit gekozen hebben, maar de gedachte dat
Josephine het zou gaan leiden wond haar lichtelijk op.

De situatie bleek evenwel heel anders te liggen. Roger
bleek alles van Josephine en haar rare gevoelens af te weten.
Hij was die ochtend aan komen rijden om haar en de baby terug te halen en had meneer en mevrouw Daley prompt mee-
gedeeld dat hij Josephines bezoek aan Ravenley meteen al
geen goed idee had gevonden. Volgens hem had Josephine

gezegd dat ze behoefte had aan geestelijke armslag, wat dat ook betekende, en dat hij haar niet in de weg had willen staan. Mevrouw Daley vond het ergens best iets onsmakelijks hebben, de manier waarop ze over elkaar spraken. Zij en haar echtgenoot woonden al vijfendertig jaar bij elkaar zonder ooit dat soort taal te hebben gebezigd; ze hadden hun huwelijk opgebouwd op de rots van wederzijdse privacy. Als ze haar mening gevraagd hadden, zou ze hun meteen hebben kunnen vertellen waarom hun leven voortdurend in de soep liep, maar dat deden ze niet. Toch was ze, nu ze alle hoop op normaliteit wat Josephine betrof had laten varen, vast van plan dit onderwerp vandaag op zijn minst aan te stippen. Het interesseerde haar niet wat Josephine na negen uur vanavond met haar leven deed, maar tot dat moment beschouwde mevrouw Daley deze dag als háár gebeuren. Bovendien was ze trots op Roger, ondanks zijn spijkerbroek. Zijn expositie was in alle kranten besproken. Een ontluikend talent, schreven ze, of iets van dien aard; dingen die mevrouw Daley, hoewel ze oppervlakkig verheugend waren, bij nader inzien irriteerden vanwege de implicatie dat nog niets was afgemaakt, dat er nog inspanningen vereist waren.

'Zou je het erg vinden,' vroeg ze, 'om daar op dit moment niet mee te beginnen? Ik heb de keuken net opgeruimd en de mensen kunnen elk moment komen.'

'O, hoe worden we dán geacht haar te voeden?' vroeg Josephine.

'Geen idee,' bitste mevrouw Daley. 'Bedenk maar iets anders.'

Door het vertrek wervelend op weg naar de deur zag ze Josephine langzaam en met open mond haar hoofd schudden. Ze bereikte de lege, in perzikkleuren uitgevoerde spelonk van de hal. Haar echtgenoot was in geen velden of wegen te bekennen. Waar was hij? Ze had al haar voorbereidingen getroffen in de overtuiging dat hij, haar alter ego, zich in een parallel bestaan op soortgelijke wijze nuttig maakte, dat ze apart maar eendrachtig samenwerkten, zoals arbeiders op naburige akkers. Op dit moment leek de kern van het huis evenwel een diepe stilte, een centrale inactiviteit uit te stralen. Mevrouw Daley stond in de hal en spitste haar oren als de kapitein van een schip die problemen in de machinekamer bevroedt. Ze voelde dat zich een catastrofe aan het voltrekken was, ergens vlakbij. Ze zocht in de huiskamer, de eetkamer – hij had de glazen in ieder geval klaargezet – en met een zucht die als een vreemde, hese kreun aan haar lippen ontsnapte, klom ze de trap weer op in de verwachting hem boven te vinden, hoewel ze geen idee had waarom. Misschien was hij onwel geworden, en als dat zo was, hoe moest ze het dan in godsnaam alleen zien te redden? Toen ze bij een bovenraam bleef staan om de gordijnen dicht te trekken, zag ze licht in de tuin. Het viel door het donker op de sneeuw, een witachtige, langwerpige vlek. Een vuist van woede klemde zich om mevrouw Daleys hart. Ze draaide zich om en denderde de trap weer af, onderweg Josephine en Roger tegenkomend, die de baby naar boven brachten. Ze hadden hun armen vol spullen, als inbrekers. Mevrouw Daley zag vaag dat Roger de waterketel bij zich had. Het zwarte elektriciteitssnoer met de zwarte stekker hobbelde achter hen de met tapijt beklede treden op. Ze zeiden iets tegen haar, maar ze hoorde niets; ze rende naar beneden, door de hal en via de achterdeur naar de tuin, waar haar laklederen pumps vochtig knerpend in de bevroren sneeuwkorst beten en wegzakten, en de zwarte, koude nacht als een vloedgolf haar kleren binnendrong. Halverwege het gazon

overwoog ze om terug te gaan – haar panty was al tot de en-
kels doorweekt van de sneeuw – maar de onmogelijkheid dat
haar echtgenoot in zijn schuurtje zat, leek andere onmogelijk-
heden te genereren. Haar zwoegende benen spanden de naden
van haar rok. Hijgend boog ze zich voorover om sneller te
kunnen lopen. Bij het schuurtje gekomen gooide ze zonder te
kloppen of naar binnen te kijken de deur open, zodat ze ietwat
verbaasd was haar echtgenoot kalm en recht voor zich uit sta-
rend op zijn stoel te zien zitten. Hij had de kleren aan die hij
de hele dag al droeg. Vragen stroomden uit haar mond als
bloed uit een wond, geluidloos. Waarom had hij zijn goede
pak niet aan? Waarom zat hij hier als zijn aanwezigheid elders
zo dringend vereist was? Wat was er gebeurd? Wat had ze nu
weer verkeerd gedaan?

'Wat doe je?' riep ze.

'Ik denk na,' zei haar echtgenoot.

Hij draaide zich onverstoorbaar naar haar toe. Zonder dat
ze het wist, hadden dingen hier buiten een climax bereikt.
Het gif van duizend ogenblikken had zich samengebald in deze verafgelegen, koppige onvolmaaktheid.

'Waarover?' vroeg ze.

'Over mijn leven.'

Het was ijskoud in het schuurtje. Mevrouw Daley wreef
over de dunne mouwen van haar bloes. De plaats van zijn
trouweloosheid was ongastvrij. De lamp verspreidde een
scherp wit licht. Ze kon nergens zitten. Dit, begreep ze, waren
de extreme gesteldheden van het hart van haar echtgenoot.
Maar het lag allemaal ver van haar af; het was een onafhankelijk en chaotisch gebied, een door burgerkrijg verscheurd land
waar het haar op dit exacte moment aan zowel de tijd als de
zin ontbrak om vrede te sluiten. Haar panty was doorweekt,

haar schoenen waren totaal bedorven, haar haar stond in bevroren plukken op haar hoofd: ze had genoeg geleden.

'Ik zat te denken,' vervolgde meneer Daley, 'dat ik misschien wegga.'

'Waar naartoe?'

'Ergens anders heen,' zei meneer Daley.

'Waar zou je naartoe moeten?' snierde mevrouw Daley. 'Wie denk je dat jou zou willen hebben?'

'Ik dacht dat ik misschien naar Roger en Josephine zou kunnen gaan.'

'Hoe kom je dáár in godsnaam bij?'

'In mijn ogen,' zei hij peinzend, alsof hij alle tijd in de wereld had, 'hebben zij een vrijwel ideale relatie.'

'Volgens mij ligt de situatie heel anders!' kaatste mevrouw Daley terug.

Haar echtgenoot dacht hierover na. Zijn gezicht was grauw van de emotionele inspanning. Waarom pijnigde hij zichzelf zo? Hij zat er zo jammerlijk bij. Hij was net een gewond dier dat in het gras lag en het dreunen van de laarzen van de jager naderbij hoorde komen.

'Je hebt me mijn ziel afgenomen,' zei hij.

'Ik heb je ziel niet aangeraakt!' riep ze.

'Ik wou dat ik erover nagedacht had,' zei hij bedroefd. 'Over mijn ziel. En over de jouwe.'

Mevrouw Daley deed haar mond open om te zeggen dat ze geen ziel had, maar een gevoel zei haar dat ze dat beter niet kon doen. Het was geen aangenaam gevoel. Het deed haar denken aan bepaalde vernederingen die vrouwen beschoren waren, gevallen van inbreuk – het lichaam van haar man, de gehandschoende hand van de dokter, drie baby's die als rotsblokken, als bulldozers door haar heen gewalst waren.

'Het had allemaal anders kunnen zijn, zie je. Maar in plaats daarvan heeft het ons allebei gek gemaakt.'

'Wat?' riep mevrouw Daley uit.

'Getrouwd zijn.'

'O, getrouwd zijn!' zei ze. 'Ik heb nooit gemerkt dat je daar zo geïnteresseerd in was.'

'Ik wist niet dat dat moest. Ik had geen idee. Ik dacht dat we gewoon deden wat iedereen deed.'

'Dat deden we ook!'

'Nou, dan hadden zij het ook mis. We hadden het allemaal mis.'

Mevrouw Daley keek op haar horloge. Het was halfzeven. Ze voelde het feit van de borrel naderen: het streek, hoogst gewichtig, als een vogel met enorme vleugels op haar neer.

'Ik ga naar binnen,' verklaarde ze. 'De gasten kunnen elk moment komen.'

Haar stem was helder en werd gesteund door de legerscharen van feit en rede, van concrete zaken. Zij voerde dit leger aan, was zijn generaal. Ze toonde haar echtgenoot haar macht en wachtte op zijn reactie. Even later kwam hij, zoals ze had kunnen voorspellen, traag overeind, maar nog voordat hij helemaal uit zijn stoel was, had mevrouw Daley zich al omgedraaid en holde terug naar het huis.

Ze dacht niet meer aan dat gesprek met haar man. Het had niet voldoende duidelijkheid gehad om de weg naar de kluis van haar geheugen te vinden. Ze kon er geen touw aan vastknopen; ze had het weggegooid. En er waren die avond zo veel andere dingen gebeurd: het leven had zich als een enorme vloedgolf opgericht en de kleine bouwseltjes van belendende dagen uiteengeslagen. De borrel was een groot succes geweest. De Porters waren gekomen en hadden geschitterd in het middelpunt. Later had ze gehoord dat Victor Porter ernstig ziek was, de arme man, wat zijn uiterlijk verklaarde. Ze dacht vaak dat haar borrel een van hun laatste publieke optredens was geweest. Ze had vreselijk te doen met Serena, werkelijk. Stel je voor, je man verliezen als je nog zo jong en knap was en je hele leven nog voor je had liggen!

De enige wanklank was het ongeluk, waarvan mevrouw Daley bang was geweest dat men haar er op de een of andere manier op zou aankijken. Iedereen was het erover eens dat ze de aanblik van Colin Healey die met een bebloed gezicht de salon binnen strompelde met de mededeling dat hij zijn vrouw vermoord had, nooit meer zouden vergeten. Vanessa was helemaal niet dood, maar dat maakte het er niet minder dramatisch op. Hun auto was onderweg naar huis geslipt op de ijzel, van de weg geraakt en tegen een boom gebotst. Ze had geruchten gehoord, ze weigerde te zeggen van wie, dat het niet helemaal koek en ei was in dat huwelijk. Sterker nog, eerder die avond hadden ze ongegeneerd ruziegemaakt in mevrouw Daleys hal en een haastige aftocht geblazen: heel even zag het er allemaal hoogst verdacht uit. Nu lag Vanessa met een gebroken been en een rugblessure in het ziekenhuis. Mevrouw Daley had gehoord dat haar gezicht vreselijk toegetakeld was en ze permanent het zicht in één oog verloren had. Zoals ze aan de telefoon tegen Josephine zei: Als je dat hoort zou je je wel twee keer bedenken voordat je je beklaagde over je lot.

5

Kwesties van leven en dood

's Morgens was Vanessa's vermoeden dat er een probleem was het sterkst. Soms dacht ze, als ze in de verkreukelde dageraadcamouflage van haar bed haar ogen opendeed, aan de komende dag en gebeurde er, net als wanneer ze soms het contactsleuteltje van haar oude Honda omdraaide, niets. Dan lag ze daar, verlamd door het vooruitzicht van wat ze eerst moest opbouwen en vervolgens weer ontmantelen alvorens naar ditzelfde bed terug te keren, onbeschadigd maar toch op een of andere manier van al haar informatie ontdaan.

Doorgaans draaide ze als reactie op dergelijke gedachten het sleuteltje nog een keer om, want hoe waar ze ook leken, ze klopten niet echt: in hun kielzog herrees steevast de complexiteit, de beminde structuur van haar leven, onbelemmerd, gekatalyseerd, assertief. Het was waar dat een dag in het gezelschap van kinderen zekere hoedanigheden bezat waarvan het beteugelen een tamelijk obscure wetenschap was: maar de functie van deze wetenschap, die haar werk, haar vakgebied was, was het bedekken van haar naaktheid. Vanessa had er niet van genoten naakt in de wereld te staan. Het vrijgezellenbestaan leek haar altijd zwaar overschat. Ze had destijds vaak het gevoel gehad dat ze tegen wil en dank in de lucht hing; dat ze gedwongen was geweest te springen zonder dat ze wist of er iets zou zijn om op te landen. Dit was geen opbeurend gevoel. Ook had ze kunstzinnige neigingen, een verlangen naar zelfexpressie. Wanneer zou ze een doek, een homp klei waarop ze die driften kon botvieren, voorgezet krijgen? Ze had zich zorgen gemaakt dat het leven aan haar voorbij zou gaan, en ze was niet de enige: veel van haar vriendinnen hadden hetzelfde gezegd. In een zeer klein aantal gevallen was die angst bewaarheid, wat triest was. Niemand had ooit geloofd, ook zij zelf niet, dat Vanessa alleen zou blijven, maar ze had zich zo lang zorgen gemaakt dat ze geen enkele sentimentaliteit meer bezat. Ze kende zichzelf goed en wist wie haar vijand was.

De vijand was niet haar man, maar haar eigen vermogen – waarvan ze zich sterk bewust was – haar man onbevredigend te vinden. Vanessa was niet van zins dit vermogen de vrije teugel te geven en ook niet bang dat het op een dag zonder haar toestemming op hol zou slaan en haar mee zou slepen. Waar ze zich voor hoedde, was een zekere mate van persoonlijk verdriet die deze ontevredenheid en het voor de buitenwacht verbergen ervan, kon veroorzaken. Ze gunde haar gedachten over Colin hun onafhankelijkheid, binnen zekere grenzen: ze hield er toezicht op aan de wortel, zij het niet aan de bron. De bron – Colin – lag buiten haar bevoegdheid. In plaats daarvan had ze ze omringd met een blokkade van zekerheid, namelijk de zekerheid dat ze Colin, om redenen die voor Vanessa kwesties van leven en dood waren, nooit zou verlaten, nooit zou kúnnen verlaten, en dat haar gedachten over hem, bij ontstentenis van enige praktische manier om ze teniet te doen, in plaats daarvan voor onbepaalde tijd opgesloten zouden moeten blijven. Deze gedachten toestaan verder te leven vormde een heel eigen gebied binnen Vanessa's moreel bestaan. Er had zich tussen haar en hen een dialoog ontsponnen die bijna als spiritueel te omschrijven was. Ze bevolkten haar innerlijke wereld met prachtige vormen, stille sculpturen van lamentatie en lijden. Daar verkeerde ze tussen zonder Colin of wie dan ook door woord of gebaar van hun bestaan op de hoogte te brengen.

Op deze bijzondere donderdagochtend in oktober, bijvoorbeeld, was de baby, Danny, in zijn bedje in de kamer naast hen aan het huilen geslagen en omdat ze zich niet in staat voelde zich te verroeren, zou ze hebben kunnen wensen dat Colin, die met zijn hoofd onder het kussen naast haar lag, op zou staan om Danny zelf op te halen. Dit was niet alleen onwaarschijnlijk; het was ongehoord. Colin was 's morgens niet voor acht uur wakker te krijgen, waarna hij zwijgend en humeurig opstond en op weg naar de voordeur in de keuken een kop zwarte koffie dronk. Vanessa kon haar wens onderdrukken, kon hem, als een stukje papier vanaf het dek van een oceaanstomer, met een groothartig, bijna triomfantelijk gebaar in het kolkende kielzog beneden haar laten vallen. Niemand is volmaakt, dacht ze, we hebben allemaal onze goede en slechte kanten; ik heb waarschijnlijk ook eigenschappen

'Kun je dat kind niet stil krijgen?' vroeg Colin ruw van onder zijn kussen.

'Ik ga al,' zei Vanessa, terwijl ze de dekens terugsloeg.

Een tiental stappen scheidden haar bed van Danny's kamer, en op ochtenden als deze, wanneer Colin zich moeilijk liet wegredeneren, konden dat stappen zijn die over een bevroren vlakte naar een verwarmde hut leidden. Die hut was Vanessa's liefde voor haar kinderen. Haar waardering voor de stevigheid ervan was omgekeerd evenredig aan de guurheid van de omstandigheden buiten. Nu was ze bijvoorbeeld vol behoeften die onmiddellijke bevrediging eisten. Danny stond in zijn ledikantje met een door de slaap prachtig bewerkt gezichtje. Ze omhelsden elkaar onhoorbaar voor Colin in de kamer ernaast en gingen vervolgens naar de derde slaapkamer, waar Justin rechtop in zijn bedje zat. Door haar kinderen aldus te ontdekken smaakte Vanessa het genoegen van de schatgraver: ze lagen in hun bedjes als juwelen in hun kistjes, helemaal van haar, de eerlijke vindster. Het was moeilijk te geloven, nu ze hen zag, nog onbedorven door het bedrijf van het leven, dat ze ooit haar geduld beproefd hadden. Dit waren de goede momenten, het goud: soms biechtte zij en de moeders die ze kende deze ogenblikken aan elkaar op, verlegen, zoals ze eens vertrouwelijkheden hadden uitgewisseld over hun gevoelens voor mannen, die ooit op vrijwel soortgelijke wijze – dat wil zeggen, kortstondig maar met verstrekkende gevolgen – door het prisma der gebeurtenissen getrokken waren. Er was niet veel voor nodig om Vanessa's liefde tot de status van allesoverheersende hartstocht te verheffen: één enkele blik van Justin of Danny rond bedtijd, als er niets meer kon gebeuren om de indruk van zijn glans te beroven, kon haar iets geven om later over na te denken, als ze naast Colin in het donker lag en in haar gedachten naar het middelpunt van haar wezen zocht, gealarmeerd door de mogelijkheid dat het er misschien niet meer was. Dan herinnerde ze zich de blik, of de woorden, of het gebaar van genegenheid en glimlachte ze in het donker.

Ze zaten gedrieën aan de keukentafel toen Colin voorbijkwam, gekleed in zijn winteruniform van spijkerbroek en zwarte coltrui – 's zomers was het spijkerbroek en wit overhemd – op weg naar kantoor. Colin was directeur van een bedrijf dat documentaires voor de televisie maakte. Hij huurde een kantoor in een gebouw in de stad waar zijn personeel in tijden van hongersnood uitsluitend uit een antwoordapparaat bestond. Als Colin in een project zat, zoals hij het noemde, creëerde hij terstond een nieuwe wereld van werk, ongeveer zoals Vanessa een dag creëerde – uit het niets. Hij nam mensen aan, huurde ruimte en apparatuur, bracht drukte en drama en inspanning voort, en dan, als de film af was, kromp alles weer in tot het kleine vaste punt van zijn kantoor. Vanessa wist wanneer ze in een project zaten zoals ze geweten zou hebben dat het stormde, zonder dat het nodig was naar buiten te gaan. De realiteit van de dagen op kantoor vond ze moeilijker te bevatten. Ze vermoedde dat dit tussenpauzes waren, gedurende welke Colin zich onledig hield zoals ze nachtelijke vissers op het strand had zien doen: door zich stevig op een plek te verankeren, zijn lijn in zee te werpen en te wachten.

'Ik ga vandaag naar Londen,' zei hij. Hij keek om zich heen, keek haar aan en hief zijn handen. 'Koffie?'

'Sorry. Ik zal het meteen zetten.'

'Ik heb vergaderingen, dus ik ben onbereikbaar.'

'Iets interessants?' vroeg Vanessa, maar op dat moment liet Danny zijn kom met ontbijtvlokken op de grond vallen, zodat de inhoud over Vanessa's blote benen spatte, en doordat ze aan het opruimen sloeg, hoorde ze niet wat hij zei.

Colin woelde door het haar van de jongens en bukte zich om haar te kussen. Ze keek precies op tijd op om zijn grote gezicht op haar af te zien komen – ogen rond, lippen getuit – en een onverwachte rilling van afkeer trok door haar heen.

'Ben je van plan de hele dag die peignoir aan te houden?' vroeg Colin op een toon die noch kwaadaardig noch komisch was, maar ergens halverwege. Zijn gezicht bleef dicht bij het hare.

'Allicht niet,' zei ze. 'Doe niet zo belachelijk.'

'Ik vroeg het me alleen maar af,' zei Colin.

'Nou, doe maar niet dan,' zei ze, terwijl ze zichzelf nadrukkelijk voorhield dat ze deze ongewenste gedachtewisseling kon beëindigen door op te houden met antwoorden.

'Ik vind niet dat het onredelijk van me is,' verklaarde Colin even later met een opgewonden blik in zijn ogen, want het gebeurde zelden dat hij met Vanessa zo hoog in de ladder van een debat klom, 'te verwachten dat mijn vrouw een beetje moeite doet als ze me 's morgens uitwuift naar mijn werk.'

'Wat maakt dat nou uit?' vroeg Vanessa.

Ze zei het zonder nadenken, maar de woorden waren haar mond nog niet uit of ze wist dat ze zonder permissie uit het huis van bewaring ontsnapt waren. Haar gevoel van afkeer toen ze Colins gezicht zo vlak bij het hare zag, keerde terug: misschien, dacht ze, werd ze gestraft voor dit gevoel, zo niet door Colin dan door een andere kracht. Colin verwerkte Vanessa's opmerking met de uitdrukking van een hond die beseft dat wat hij aangezien had voor een stok in feite een bot was.

'Dat mag jij me vertellen,' antwoordde hij verward en zegevierend.

Bij zijn vertrek sloeg hij de deur achter zich dicht. Vanessa bleef aan de keukentafel zitten. Voor haar lagen de resten van het ontbijt dat ze had voortgebracht en nu weer moest laten verdwijnen. Het probleem met opschudding van welke aard dan ook was dat die zulke taken ondraaglijk maakte. Daarom was opschudding iets wat ze doorgaans vermeed. Ze wist instinctief vanaf welke positie het haar mogelijk was plezier in haar leven te hebben. De goede dingen, de juiste dingen, waren net als de zon: om hun warmte te voelen moest je obstakels vermijden, moest je ver van de schaduw gaan staan. Het was verkeerd om jezelf met opzet naar die schaduw, die kou, te verbannen. Zittend aan tafel nam ze even de tijd om zich weer tot haar geloof in Colin te bekeren. Het was niet onredelijk van Colin te verwachten dat ze een beetje moeite deed voor haar uiterlijk. Hij was artistiek, hij hechtte belang aan de buitenkant van dingen; wanorde en verwaarlozing verdroten en verontrustten hem. Zo was hij nu eenmaal, en het was zinloos te wensen dat hij anders was. Vanessa stond op en begon de tafel af te ruimen. Haar hart was opgehouden met bonken. Ze stond weer in het schijnsel, zwak maar allengs warmer wordend, van de zon. Ze tilde Danny uit zijn kinderstoel, waar hij haar moment van verstrooidheid te baat had genomen om onbelemmerd boter over zijn gezicht en haar te smeren, en drukte hem tegen zich aan. Lachend sloeg hij met zijn vettige handjes op haar gezicht. Stiekem genoot ze van de smurrie op haar wang. Als Colin weg was, voelde ze zich meestal vrij om zulk verraad te plegen, maar vanmorgen, na hun meningsverschil, voelde ze zich schuldig. Zij en Colin waren toe aan een periode van hergroepering, een pauze waarin zij een eind moest maken aan haar langzame wegdrijven naar de kinderen. Vanessa vond het moeilijk die dubbele loyaliteit in evenwicht te houden. Het deel van haar dat ernaar hunkerde aan de kant van de kinderen te staan, een van hen te zijn, werd rechtstreeks gevoed door haar dagelijkse blootstelling aan Colin en wat hij was – een man en dus anders dan zij – terwijl haar romantische band met Colin tegenwoordig vrijwel al zijn kracht ontleende aan haar verlangen een scheiding aan te brengen tussen de kinderen en het werk dat ze meebrachten, en zichzelf. Ze kreeg dit verlangen niet vaak. Dat kwam door hun onschuld, dacht ze. Een intieme verhouding met Colin hield noodzakelijkerwijs in dat ze zich blind, of onverschillig, toonde voor deze onschuld, hield een daad van verbergen in, een inspanning. Colin vergeten vereiste die inspanning niet, hoewel dit bepaalde praktische consequenties had, zoals die waaraan hij vanmorgen aanstoot had genomen.

Vanessa had het gevoel dat ze iets moest doen om Colin te behagen als hij thuiskwam van zijn werk, en deze ambitie verhief zich onmiddellijk als een hoge torenspits boven het nederige bouwsel van de dag. Louter toereikendheid merkte Colin niet op; hij hield van iets extra's, iets miraculeus. Hij liet zich graag verrassen – dat dacht hij althans. Vanessa dacht wel eens dat Colin niet goed wist wie hij was: verrassingen, die hem enerzijds eer betuigden door te suggereren dat iemand anders dat wel wist, konden ook problemen geven. Vanessa had hem bijvoorbeeld ooit verrast met een zwarte labradorpup, een gebaar dat hem tot tranen toe bewogen had, want hij had vaak gezegd – voorzover ze wist naar waarheid – dat hij als kind altijd een hond had willen hebben, maar er nooit een gekregen had. Colins relatie met het hondje was evenwel erg labiel. Het irriteerde hem en maakte overal vuiligheid en Colin moest niezen van zijn haar. Op het laatst begon hij zich te gedragen als iemand die een hekel aan honden heeft, en het feit dat de hond toch in huis bleef werd de buitenwereld voorgehouden als bewijs van Vanessa's onbuigzaamheid, zo niet wreedheid. Op een dag nam Vanessa het beest mee en bracht het grimmig naar het asiel.

Ze beklom de trap met Danny in haar armen, terwijl Justin achter haar aan klauterde. De gordijnen in haar slaapkamer waren nog dicht en het bed was niet opgemaakt. Colins verkreukelde pyjama lag eroverheen als de afgedankte huid van

een slang. De lucht was zwaar van lijfluchtjes. Colin was ontsnapt en had haar als een grote spin in haar web achtergelaten. Zo snel als ze kon kleedde ze zich aan en ruimde op, proberend geen adem te halen. En toen ze haar peignoir, nog
warm, in de wasmand gooide, hoopte ze dat ze haar onenigheid met Colin en de duistere gerechtigheid ervan hiermee
had afgelegd. In de greep van sanitaire razernij liep ze naar de
badkamer, verwijderde haren en vingerafdrukken, vouwde
handdoeken op, gooide ramen open. Ze maakte een rondgang
door de jongenskamers, deed de bedden, vouwde op, borg
weg. De jongens volgden in haar kielzog, kolkend om haar
voeten, als rimpelende kringen achterblijvend wanneer ze
met grote stappen verder liep. Vanessa was eraan gewend te
werken in dit element, dat voortdurend om haar kuiten kab-
belde. Soms klampten ze zich vast aan haar benen en probeerden haar tegen te houden. Haar bewegingen werkten in
fasen op hen in, eerst kalmerend, maar allengs onhoudbaar-
der, tot ze leken te zinderen van een vreemd soort elektriciteit
en helemaal wild werden en haar moesten aanraken alsof ze
geaard moesten worden. Vanessa droeg hun muziek in zich.
Ze sprak en reageerde automatisch, zoals iemand die voorbij
de gedachte reikt om haar talent te vinden. In hun wervelen-
de formatie daalden ze de trap weer af en tolden door de
huiskamer, waar de jongens wegpakten en Vanessa terugzet-
te. Haar doel was de voordeur en daarna de auto, waar ze de
jongens in hun zitje zou zetten en naar de supermarkt zou rijden om de ingrediënten te kopen voor het speciale diner dat
ze besloten had Colin bij zijn thuiskomst voor te zetten. In de
keuken zag ze zijn koffiekopje, dat vol zwarte droesem op het
keukenkastje stond, waar hij het had neergezet. Bij het zien
ervan werd Vanessa opnieuw getroffen door afkeer; een die-

pe, giftige pijl ervan schoot door haar heen. Door het kopje te wassen kon ze het neutraliseren, maar het leek besmetting uit te stralen, onrein te zijn.

'Kom op,' zei ze tegen Justin, terwijl ze hem zijn jas voorhield.

'Waar gaan we naartoe?' vroeg hij.

'Naar de winkels,' antwoordde ze, vol tederheid en medelijden omdat hij nooit wist waar ze heen gingen, omdat hij elke minuut van zijn leven doorbracht zonder enig idee van wat de volgende zou brengen. Op zulke momenten snapte ze niet hoe moeders hun kinderen bij andere mensen konden achterlaten, hoe ze het over hun hart konden verkrijgen deze simpele blindheid, deze verwachting dat alles hetzelfde zou blijven, nog meer te ondergraven.

'Ik wil niet mee,' zei Justin, de jas een klap gevend, zodat hij flapte in haar handen.

Voor Vanessa's ogen verscheen een tweesprong in de weg. Het slaan stak haar; gewelddadige gevoelens sijpelden heet uit de wond. Ze zag zichzelf de jas door de kamer smijten, maar ook, even duidelijk, de andere, vreedzame route, die ze tegelijkertijd koos.

'Maar het wordt echt leuk,' zei ze.

'Oké,' zei Justin. Zo gemakkelijk was het, dacht Vanessa. 'Maar ik wil geen jas.'

'Oké,' zei Vanessa. Het was opnieuw zo simpel: het was louter een kwestie van de schijn van tegemoetkoming wekken, terwijl je vast van plan bleef geen duimbreed toe te geven. Ze dacht niet dat ze haar kinderen met deze aanpak bedroog. Ze hielp ze alleen leren hun emoties te beheersen. Als ze bij de supermarkt kwamen, zou Justin allang weer vergeten zijn dat hij geen jas wilde en hem vrolijk aantrekken. Ze pakte Danny op en leidde Justin de voordeur uit.

Buiten was het helder en winderig: de bomen, het weggetje en de kerk baadden in scherp licht, leken vochtig, alsof ze pasgeboren waren. Grote, donkergrijze wolken hingen zwaar boven de horizon. Bundels verblindend licht vielen onder diverse hoeken op de heuvels. Vanessa's haar wapperde in haar gezicht toen ze zich bukte om de jongens op de achterbank te zetten. Toen ze weer overeind kwam, zag ze Victor Porter over het weggetje op zich afkomen.

'Het is een heel gedoe, hè?' zei hij. 'Als ik tegenwoordig ergens alleen naartoe ga moet ik voortdurend stoppen omdat ik denk dat ik iets vergeten ben.'

Ze realiseerde zich dat hij het over de kinderen had.

'Hoewel het best iets aantrekkelijks heeft,' voegde hij eraan toe, terwijl hij door het raampje keek, 'om ze zo vastgebonden te zien.'

'Ze zullen ongetwijfeld wraak nemen in de supermarkt,' zei Vanessa, hoewel ze normaal gesproken nooit zo praatte.

Victor staarde naar iets boven en achter haar. Vanessa schrok van zijn bleekheid: zijn huid maakte een ruwe, bloedeloze, bijna ziekelijke indruk.

'De buitenwereld,' zei hij. 'Ik was bijna vergeten dat die er was.'

'Misschien is hij er ook niet meer,' zei Vanessa.

'Hou me op de hoogte,' zei Victor lachend, waarna hij zijn hand opstak en langzaam verder liep.

Vanessa stapte in de auto en legde haar handen op haar wangen, die gloeiden. Ze kende Victor amper – sterker nog, ze kon zich geen enkele andere gelegenheid te binnen brengen waarop ze onder vier ogen met hem gesproken had. Hij en zijn vrouw waren drie of vier jaar weekendgasten in het dorp geweest, met dien verstande dat ze het ook dan vaak lieten afweten. Het vierkante roze huis achter de kerk stond maanden achter elkaar leeg, terwijl de regen troosteloos op zijn dak viel of de zon de verlaten tuin blakerde. Maar dan stond de overwoekerde oprijlaan ineens vol dure auto's en schalden er vreemde stemmen door het dorp. Iemand had haar een paar weken geleden verteld dat de Porters permanent in het dorp kwamen wonen, maar dat was ze vergeten of ze had het niet geloofd. Het leek haar onwaarschijnlijk, zeker van zijn vrouw. Vanessa kende haar alleen maar van de steile, smalle weggetjes buiten het dorp, als ze elkaar in de auto tegenkwamen en Serena Porter, die met haar mond tot een dunne streep geknepen achter het stuur zat en veel te hard reed, voorbijschoot zonder haar te zien. Door de voorruit zag ze er broos en beeldschoon uit, als iets wat achter glas bewaard wordt. Ze scheen voor een krant te schrijven, maar Vanessa las geen kranten.

Ze reed naar de supermarkt, waar ze het vreemde gevoel kreeg dat ze net buiten haar lichaam stond. Ze voelde zich ietwat gewichtloos en zwierig, zodat ze verbaasd was toen het haar te binnen schoot dat het haar niet vrijstond gehoor te geven aan de plotselinge opwelling naar een café in het centrum te gaan en in haar eentje een kop koffie te drinken. De kinderen en het nog te koken avondeten lagen licht maar wankel op haar schouders: ze voelde ze vervagen, voelde zich los ervan staan, alsof ze eenvoudig weg kon lopen. Ze reed terug naar het dorp met een opgedraaide veer van frustratie in haar borst, en toen ze Colins koffiekopje nog steeds op het keukenkastje zag staan, voelde ze de emotie met een ruk naar haar hoofd stijgen, vluchtig, bijtend, zodat haar ogen traanden.

Om twaalf uur gaf ze de jongens hun middageten, de portie

voor de baby langzaam fijn prakkend met een vork. Danny loeide als een sirene en beukte met zijn vuisten in zijn kom. Justin giechelde maniakaal toen hij haar de troep zag opruimen en begon alles wat op tafel lag op de grond te gooien. Nu zag Vanessa geen tweesprong, alleen maar een rechte, denderende autoweg met geen enkele afslag. Ze worstelde in de keuken alsof ze in een strik zat, zoekend naar een mechaniek dat haar los zou laten. Ze slaagde erin Danny en Justin uit de buurt van de tafel te houden en ze in een hoek bij de gootsteen te isoleren. Ze veegde het eten van hun handen en gezicht en kroop, terwijl ze hen achter zich hield, gewapend met haar vaatdoek op handen en voeten terug naar de tafel. Danny pakte de achterkant van haar trui en trok zich overeind, terwijl Justin zijn armen om haar nek sloeg en zijn voeten van de grond tilde. Vanessa stak haar arm uit en veegde zonder verder te kruipen de klodders eten onder de tafel op. Het gebeurde zelden dat ze het zo ver liet komen: zo dadelijk zou ze haar greep op de situatie moeten herstellen. Ze beval Justin te blijven waar hij was en nam Danny mee naar boven om hem in zijn bedje te leggen. Zodra Danny doorkreeg wat hem te wachten stond, namelijk slapen, zette hij het op een brullen, maar Vanessa hield vol. Ze kreeg haar zin, want Danny werd rustiger. Maar op dat moment hoorde ze Justin, die ze even vergeten was, onder het uitstoten van luide noodkreten de trap op rennen. Ze holde naar de deur in de hoop hem te onderscheppen, maar hij stormde naar binnen voordat ze daar kans toe zag, en bij het zien van zijn behuilde gezicht begon Danny uit solidariteit mee te janken en te grienen en moest Vanessa uiteindelijk toch het onderspit delven.

Later, beneden, toen Danny sliep en Justin speelde, dacht Vanessa na over het stilzwijgen van de telefoon, die Colin gebruikt zou kunnen hebben om de situatie tussen hen recht te zetten in plaats van haar de hele dag te laten zitten zonder toevlucht, zonder uitweg, zonder manier om vlot te raken van de zandbank van onenigheid waarop hij haar die ochtend had achtergelaten, terwijl hij onbelemmerd door de hoofdstad dreef. Het was onwaarschijnlijk dat Colin haar probleem op die manier zag: in zijn ogen was hij eerder de underdog in de politieke machtsverhoudingen van hun gezin. Daar moest Vanessa hem min of meer gelijk in geven: ze waren het er stilzwijgend over eens dat Vanessa's positie in de wereld er een was van een soort ultieme ledigheid en dat hij, Colin, die voor haar gekocht had. Vanessa bekleedde haar dagen met zo veel oprechtheid dat het weinig uitmaakte hoe ze eraan gekomen was, maar ze dacht vaak na over de vraag wat ze Colin verschuldigd was bij wijze van tegenprestatie en wat hij haar desondanks schuldig bleef. Zijn verzuim om op te bellen leek, net als haar peignoir bij het ontbijt, te suggereren dat hij niet om haar gaf. Vanessa overpeinsde deze interessante mogelijkheid, terwijl ze Justin hielp een kleine toren op de keukenvloer te bouwen. Een paar jaar geleden, toen ze in verwachting was van Justin, was ze een keer in totaal drie uur van Colin weggelopen. Dat was kort na hun verhuizing naar het dorp, en misschien kwam het door het nieuwe huis dat alles wat ze daar binnenbrachten in zo'n fel licht kwam te staan. Maar Vanessa, wier zwellende buik haar in niet mis te verstane termen op de onontkoombaarheid van haar lot wees, had bij dit licht gezien dat ze niet de rest van haar leven bij Colin wilde doorbrengen. Terwijl hij op zijn werk was, was ze in de auto gestapt en bijna helemaal naar Londen gereden, waar ze een paar vriendinnen had. Vervolgens was ze omgedraaid en huilend de hele weg teruggereden. Ze begreep toen nog niet dat mannen door je heen priemen, zodat jij en je eerste en vervolgens je tweede kind aan hen vastgeregen werden, als kralen aan een draad. De ongekuiste aanwezigheid van Colin in haar lichaam leek haar iets monsterlijks, maar toen werd de baby geboren en sinds die tijd merkte ze zo weinig van die draad, die haar op het moment dat ze eraan geregen werd zo onthutst had, dat ze eigenlijk niet meer kon zeggen dat ze hem voelde. Ze had Colin uiteraard nooit over dat ritje verteld. Misschien was het beter geweest als ze dat wel had gedaan, ze wist het niet: eerlijkheid had iets aantrekkelijks, die veranderde dingen, zij het niet noodzakelijkerwijs ten goede.

Ze begon te koken, maar een gebrek aan overtuiging deed haar treuzelen, zodat ze zich, toen Danny wakker werd en Justin zich begon te vervelen, realiseerde dat ze chaos gecreëerd had maar weinig vorderingen had gemaakt in haar pogingen er orde in te scheppen. Op soortgelijke wijze had ze bij haar innerlijke beraadslagingen over Colin wel vastgesteld dat er iets mis was, maar niet wat. Ze overwoog de mogelijkheid dat hij, in Londen of waar hij zich ook buiten haar blikveld bevond, emotionele banden met andere mensen aanknoopte, en ontdekte tot haar verbazing meteen dat dit haar geen zier zou kunnen schelen, dat ze zo'n ontwikkeling zonder meer zou verwelkomen, aangezien die haar van de last van Colins gevoelens zou bevrijden, van de taak hem te behagen op manieren die haar niet behaagden, van zijn gedrag als het verwaarloosde kind van haar geweten, terwijl ze echte kinderen had, kléíne kinderen, om voor te zorgen.

Ze nam die kinderen mee naar buiten voor een wandeling om af te koelen. Justins gehuil toen hij achterbleef op het weggetje leek staal te bevatten, zo scherp sneed het in haar oren. Danny zat als een rots in zijn wandelwagentje. Ze kwamen bij het hek naar het weiland achter de kerk en liepen de wei in. Het weiland grensde aan de tuin van het huis van de Porters en Vanessa bedacht dat ze het op dat moment best leuk gevonden zou hebben om Victor opnieuw tegen te komen. Een nevelig gevoel van durf had bezit van haar genomen: er leek een pauze, een onderbreking, in haar relatie tot de kinderen gekomen te zijn, waarin ze het idee had dat ze hen even achter kon laten, zich verder van hen kon verwijderen dan normaal. Ze had het gevoel dat Victor een melodie voor haar gespeeld had die ze bijna vergeten was en opnieuw wilde horen. Het was een ervaring die ze niet vaak meegemaakt had in haar leven, alleen met haar kinderen. Het was jammer, dacht ze nu, dat ze dit bij Victor gewaar was geworden: die gewaarwording was het arrestatiebevel dat dit gevoel elk moment naar het huis van bewaring kon sturen. Terwijl het zo heerlijk vrij rondliep, zou het haar hart verwarmd hebben hem tegen te komen, maar dat gebeurde niet. Ze vermande zich, daar in het weiland, en voetbalde met Justin, terwijl Danny rondkroop en dingen in zijn mond stopte. De wind was gaan liggen, de wolken lagen samengeveegd op de horizon. Zwarte roeken maakten rafelige gaten in de bleke herfstlucht. Toen het tijd was om terug te gaan tilde Vanessa Danny op en stak Justin haar hand toe. Op dat moment hoorde ze niet ver van zich vandaan een vrouwenstem zeggen: 'Canasta.' Toen ze opkeek, zag ze Serena Porter in haar tuin staan, aan de andere kant van het hek. Ze had een baby op haar heup en naast haar stond een klein meisje. Ze keek recht naar Vanessa.

'Ik zei canasta. Een bij elkaar passend stel. Ieder twee.'

Ze was lang en mager en had rood haar dat over haar schouders viel en een bleek gezicht met een ietwat scheve mond.

'De mijne zijn jongens,' zei Vanessa.

Het klonk onbeleefd, en Vanessa zag iets over Serena's gezicht trekken, een bijstelling, als de klikkende cijfers op de
borden van een effectenbeurs.

'Willen ze misschien komen spelen?' vroeg ze.

'We moeten naar huis,' zei Vanessa.

'O, ik bedoel niet nu. Maar een andere middag? Hoe heet
je?' vroeg ze aan Justin.

'Dit is Justin, en Danny,' zei Vanessa.

'Nou, Justin en Danny, dit zijn Margret en Frances en ze
zouden graag willen dat jullie morgen thee bij ons komen
drinken. Komt morgenmiddag gelegen?'

'Ik geloof van wel,' zei Vanessa. 'Hoe laat?' ging ze verder,
hoewel ze voelde dat Serena Porters aandacht alweer elders was.

'Ik weet niet,' zei Serena. 'Theetijd. Zou gauw je kunt.'

Ze draaide zich om en slenterde terug naar haar tuin als een
exotisch dier dat terugkeert naar zijn habitat. Vanessa liep
langzaam naar huis, ietwat ten prooi aan gevoelens van opwinding en afgrijzen. Ze waste Colins koffiekopje om en kookte
eten. Later voedde ze de kinderen en bracht ze naar bed. Tegen de tijd dat Colin thuiskwam, was ze niet helemaal zeker
meer van het doel van de viering die ze hem oplegde. Het ge-
schil van die ochtend leek saai en alledaags, ontdaan van leven.
De Colin die in de keuken stond, leek op alle Colins die ze ooit
gekend had en op geen van hen in het bijzonder. Hij was groot,
anders, vaag van contouren, het landschap van haar leven. Hij
had een slechte dag gehad, de vergaderingen waren niet goed
gegaan. Het televisiestation had zijn film geweigerd en op dit
moment kon hij hem nergens anders kwijt. Een periode van financiële onzekerheid lag in het verschiet. Hij vertelde haar dit,
terwijl hij het eten dat ze gekookt had zonder commentaar op-

at. Ze liet hem eten, want ze had besloten niet te zeggen dat er iets was wat commentaar behoefde.

'Welk huis is van jou?' vroeg Serena, terwijl ze met haar armen voor haar borst voor haar keukenraam stond, als een passagier op een cruiseschip die van een bemanningslid verlangt dat hij haar de bezienswaardigheden aanwijst.

'Het witte huisje,' zei Vanessa. 'Aan de rechterkant, net voor de schuur.'

'Lief,' zei Serena, zich omdraaiend.

Een windvlaag blies een kledder regen tegen het raam. Het huis van de Porters was niet wat Vanessa verwacht had. De tuin was verwilderd en bij het binnenkomen had Vanessa grote slordige kamers gezien. En de keuken zag eruit alsof zich er zojuist iets gewelddadigs had afgespeeld. De vloer lag bezaaid met omgevallen speelgoed. Alle oppervlakken lagen vol vuile borden, luiers en kranten. De bouwvallen van het middageten stonden nog op tafel. Justin en Danny kropen erin rond als plunderaars door een wrak. De meisjes, Margret en Frances, zaten rug-aan-rug onder de tafel. Frances kauwde zwijgend op een envelop. Margret gooide systematisch stuiters in een kopje, klik, klik, klik, en stak vervolgens haar kleine knuistje erin om ze er weer uit te halen.

'Mijn man is in Londen,' verklaarde Serena, alsof dit alles verklaarde.

Frances, de baby, begon te huilen en Serena knielde op de grond om haar onder de tafel vandaan te halen. Bij het optillen stiet ze met Frances' hoofdje tegen het tafelblad. Frances greep brullend naar haar schedel.

'O, sorry!' riep Serena, het kronkelende lijfje tegen zich aan trekkend. 'Sorry!'

'Wat heb je gedaan?' vroeg Margret, zich omdraaiend en met haar voet het kopje stuiters omgooiend, zodat ze sissend over de grond rolden. 'Mammie, wat heb je gedaan?'

De telefoon in de hal rinkelde. Serena stond op en liep er met Frances in haar armen naartoe. Bij de deur stapte ze op een stuiter en dreigde om te vallen; haar haar wapperde en haar magere lichaam in de donkere kleren vertakte zich als een twijg, terwijl de dikke roze bloesem van de baby op haar heup hevig schudde.

'Zullen we die dingen even oprapen?' zei Vanessa, toen ze weg was. Ze stak haar hand uit naar Margret voor het kopje. Het kind keek haar met grote, achterdochtige ogen aan en stond het af. Vanessa kroop over de grond om de stuiters bij elkaar te zoeken.

'–volstrekt onsentimenteel,' hoorde ze Serena in de hal zeggen. 'Volstrekt.'

'Jongens,' zei Vanessa. 'Kunnen jullie me even helpen deze dingen op te rapen?'

'–ik ben het enige authentieke bewustzijn,' zei Serena. 'Dus ik kan zien dat we gedoemd zijn te mislukken, maar zij niet, dus op de een of andere manier moet ik ze daarvan zien te overtuigen, en zodra dat gelukt is, verhuizen we terug naar Londen–'

Zodra Vanessa de kinderen aan het stuiters rapen had gezet, liep ze naar het aanrecht en begon de vuile borden op te stapelen. Een schaduw viel over het raam en de regen kwam kletterend naar beneden. Ze keek naar buiten en zag de bomen wild met hun armen zwaaien in de wind en vervolgens terugdeinzen alsof ze slagen afweerden. Erachter, door een sluier van regen, zag ze het witte vierkant van haar huis. Zijn ramen staarden recht voor zich uit, als ogen.

'–een kunstvorm. Victor is er steengoed in... Nee, mensen

die onbewust, niet-politiek leven – en dan heb ik het eerder over de vrouwen dan over de mannen.' Een korte stilte en toen lachte ze. 'Hij had voor hetzelfde geld een staart kunnen hebben.'

'Mammie,' zei Justin. 'Ik wil drinken.'

Ze zette de borden in de gootsteen en draaide de kranen open. Het water steeg, aarzelde even aan de randen en overstroomde ze vervolgens als een vloedgolf. Justin legde een zacht handje tegen haar been, op de manier van iemand die tegen een muur leunt om uit te rusten. Stoom walmde in Vanessa's gezicht. Het handje van haar zoon bleef op haar been liggen. Ze voelde zich onroerend, monumentaal, als een door weer en wind geteisterd voorwerp in de natuur. In de hal hoorde ze Serena ophangen.

'Neem me niet kwalijk,' riep ze. 'Mijn redacteur. Hij belt altijd op het beroerdste moment en dan gelooft hij me niet als ik zeg dat ik weg moet. Hij denkt dat de kinderen producten van mijn verbeelding zijn.'

'Ik wil drinken,' zei Justin.

'O, niét doen,' zei Serena, een hand op Vanessa's arm leggend. 'Alsjeblieft. Ik voel me zo opgelaten. Ik heb mezelf aangeleerd het niet te zien. Een paar jaar geleden realiseerde ik me dat het een kwestie was van de keuken of ik, hard tegen hard. En ik won.'

'Geeft niets,' zei Vanessa. 'Het is zo gebeurd.'

'Ik wil drinken,' zei Justin.

'Ik wil ook drinken,' zei Margret.

Vanessa trok haar handen uit het hete water en liep naar de koelkast.

'Drinken de jouwe melk?' vroeg ze.

'Dank je, ja,' zei Serena. 'Wat er maar is. Dank je.'

Vanessa schonk de melk in en gaf hem aan de kinderen.

'Hoe lang woon je al in Ravenley?' vroeg Serena. Ze sloeg haar armen voor haar borst en keek naar Vanessa alsof ze een som of een puzzel was die om oplossing vroeg.

'Vier jaar.'

'Bijna even lang als wij hier komen,' zei Serena. 'Maar ik geloof niet dat ik je ooit eerder gezien heb. We kennen eigenlijk niemand hier. We hebben onze spullen zo'n beetje ingepakt en zijn halsoverkop uit Londen gekomen. Victor heeft een poosje vrij genomen,' voegde ze eraan toe, 'en ik kan overal werken.'

'En wat,' vroeg Vanessa, 'doe je?'

'Ik schrijf een column in de krant.'

'Waarover?'

'Tja,' zei Serena lachend. 'Over – het leven.'

'Ik lees eigenlijk geen kranten,' zei Vanessa. 'Daar heb ik nooit tijd voor.'

Ze realiseerde zich dat ze allebei schreeuwden. Dat kwam door de kinderen, het lawaai dat ze maakten – proberen zo een gesprek te voeren was net als zwemmen in een ruwe zee; je voelde hem voortdurend dalen en rijzen onder je.

'Het is een soort dagboek,' zei Serena. 'Ik probeer te schrijven over feminisme in de context van het gezin. Over hoe ongelijkheid onverbrekelijk verbonden is met de manier waarop we samenleven en liefhebben en ons voortplanten. Hoe het ervaren wordt, als je wilt.'

'En wat vindt je man ervan?' vroeg Vanessa glimlachend. 'Vindt hij het erg?'

'Welnee,' zei Serena. Ze keek verbaasd. 'Waarom zou hij? Hij staat er helemaal buiten.'

'Je zult immers op zijn minst een beetje uit eigen ervaring moeten schrijven,' zei Vanessa.

'Hij leest niet alles wat ik schrijf. Bovendien is hij het er grotendeels mee eens.'

'Hoe kan dat?' lachte Vanessa. 'Hij is een man.'

Serena glimlachte mysterieus en strengelde haar lange bleke vingers om haar theekopje.

'Geloof je dat vrouwen dat werkelijk willen?' vroeg Vanessa. 'Hetzelfde zijn als mannen of andersom?'

'*Ik* wel,' zei Serena. 'Jij niet?'

'Tja,' zei Vanessa, 'zou het niet een beetje vervelend zijn als iedereen hetzelfde was?'

Een blik van ongeduld trok over Serena's gezicht, dat ze als in concentratie of gebed over haar vingers gebogen had.

'Ga door,' zei ze.

'Nou,' zei Vanessa, 'er zijn dingen aan thuis-zijn met de kinderen die ik echt waardeer. Niemand geeft me bevelen; ik ben eigenlijk zo vrij als een vogeltje. Ik heb hier meer onafhankelijkheid dan op een of ander kantoor. En bovendien, hoe zit het met de kinderen? Waar passen die in het schema? Ik heb ze niet gekregen om ze nooit te zien. Zij hebben ook rechten.'

Ze keken allebei naar de kinderen, alsof ze bezwarend bewijsmateriaal waren.

'Je bent misschien onafhankelijk,' zei Serena. 'Maar je bent niet vrij.'

'Ik wil geen vrijheid,' zei Vanessa. Ze sloeg haar armen over elkaar en keek Serena met een flauw glimlachje aan.

'Waarom niet?' vroeg Serena.

'Ik wil niet alleen zijn,' zei Vanessa.

'Dat bedoelde ik niet,' zei Serena. 'Ik bedoel gelijk.'

'Maar ik ben gelijk,' zei Vanessa. 'Meer dan gelijk. Ik ben de gelukkige.'

De telefoon ging opnieuw en Serena liep naar de gang.

'Hoi!' hoorde Vanessa haar met omfloerste stem zeggen.

Ze keek naar de kinderen. Haar hoofd deed pijn en haar mond was droog. Ze voelde zich gedesoriënteerd en heel even wist ze niet wat ze hier allemaal deden.

'–het subcomité van Ravenley voor de rechten van de huisvrouw bij elkaar roepen,' zei Serena in de hal.

'Waar is mammie?' vroeg Margret, met een verdwaasde blik om zich heen kijkend.

Vanessa voelde een vlaag van ongeduld. Ze moest het antwoord even schuldig blijven. Dat was het verschil tussen andermans kinderen en de hare, de talloze daden van liefde die gebeurden buiten de grenzen van haar wil.

'Ze komt zo terug,' zei ze.

'O,' zei Margret. 'Wie ben jij?'

'Dat was Victor,' zei Serena knorrig toen ze weer binnenkwam. 'Hij heeft de trein gemist. Ik werd geacht mijn column vanavond in te leveren. Is het niet vreemd,' ging ze verder, 'dat een man zijn tijd altijd helemaal aan zichzelf heeft. In Londen hadden we een kindermeisje. Van haar wist ik in ieder geval dat ze het voor het geld deed. Terwijl Victor voor de kinderen wíl zorgen. Dat is een groot' – ze zuchtte – 'verschil.'

'Je mag van geluk spreken dat hij het wil,' zei Vanessa. 'Heel veel mannen willen het niet.'

'Dan zouden ze gedwóngen moeten worden,' zei Serena scherp. 'Ik zie geen enkele reden waarom een echtgenoot niet voor de kinderen zou kunnen zorgen als zijn vrouw werkt.'

'Colin zou het nog geen dag uithouden,' antwoordde Vanessa. 'Dat bedoel ik niet als kritiek – het ligt gewoon niet in zijn aard. En zelfs als het wel zo was, is het dan niet hetzelfde probleem, maar dan omgekeerd?'

'Weet je zeker dat jullie zo anders geaard zijn?'

'Ik denk niet,' zei Vanessa langzaam, 'dat ik respect voor hem zou kunnen hebben.'

Danny begon te huilen en Vanessa pakte hem op. Het gevoel van haar baby tegen haar lichaam, geurig, heet, meegevend, behoeftig, spoelde als een pijnstillende golf over haar heen. De twee oudere kinderen begonnen schreeuwend aan een stuk speelgoed te trekken. Vanessa voelde zich een willoos slachtoffer van een proces dat zowel noodzakelijk als wetenschappelijk was, alsof ze, zoals iemand op een operatietafel, het brandpunt was van verdovende en snijdende krachten.

'Justin,' zei ze, 'laat los.'

'Respect,' zei Serena. 'Dat is eigenlijk de kern van de hele zaak, niet? Het donkere hart.'

'We moeten onderhand gaan,' zei Vanessa.

Serena liep mee naar de deur, waar Vanessa de jongens weer in hun natte jassen hielp. Justin gaf haar een schop en huilde toen ze zijn armen in de mouwen probeerde te duwen. Ze zette Danny trappelend in zijn wandelwagentje.

'Alsjeblieft,' zei Serena. 'Kan ik je helpen?'

Vanessa rukte de voordeur open. De regen ranselde in grijze vlagen op de tuin. Ze pakte Justin bij zijn pols en hij trok zijn benen op en liet zich hangen.

'Jij hebt je handen al vol genoeg,' zei Vanessa.

'Dat is waar,' zei Serena nadenkend. 'Alleen voelt het nooit zo.'

Justin werd de laatste tijd 's nachts wakker. Als Vanessa in bed lag, hoorde ze door haar verwarde dromen zijn kleine voetjes op de vloer van de kamer naast de hare springen en staccato over de overloop roffelen, geluiden die haar vermoeide lichaam zeer deden en haar slapende geest moeizaam aanslingerden, als een koude motor die op een vorstige morgen gestart wordt. Dan ging haar deur langzaam open, zodat het elektrische licht van de overloop naar binnen viel, en verscheen Justin op de drempel, een onwelkom schrikbeeld van de dag. Keer op keer strompelde ze door het dichte duister om hem terug te brengen naar zijn kamer. Vanessa vertelde mensen vaak dat ze vond dat ze, omdat ze zich overdag totaal aan haar kinderen gaf, gerechtigd was de nachten voor zichzelf op te eisen, maar het leek erop dat dit geloof, hoewel ze het nog even hartstochtelijk aanhing, tegen haar wil ontkracht was. Hoe had ze het ooit afgedwongen? Ze wist het niet meer. Ze had geen wapens, geen leger. Het was net alsof Justin drie jaar lang 's nachts doorgeslapen had en nu zonder enige reden wakker werd: dingen schenen te veranderen. Colin was naar de logeerkamer verhuisd en liet de deur niet op een kier staan. Net als Justin stond het hem vrij om te doen wat hij wilde; ze kon hem niet tegenhouden. Colin had zijn slaap nodig en Vanessa niet. Zo stonden de zaken ervoor. Dat was de situatie.

'Voor jou maakt het niets uit,' zei Colin. 'Jij hoeft niet te werken.'

'Toevallig,' zei Vanessa, 'is het heel zwaar werk, voor kinderen zorgen.'

'Mij goed,' zei Colin. 'Dan mag jij het geld gaan verdienen en blijf ik de hele dag thuis koffie drinken. Ik weet wel wat ik zou kiezen.'

Colins werk was tegenwoordig vaak aan de orde. Het had iets abstracts: het was een symbool, een idee, en hoe immateriëler het werd, hoe meer ze erover praatten. Vanessa voelde dat de dag waarop ze dit idee eindelijk zou kunnen ontzenuwen, naderbij kwam. De feiten zouden zich weer laten gelden, dat kon niet anders. Colin had zijn kantoor in de stad opgegeven om geld uit te sparen en thuis een werkkamer ingericht, in het kleine vertrekje naast de keuken waar Vanessa rekeningen betaalde en haar huishoudboek bijhield en dingen bewaarde in een oude dossierkast. De dossierkast was samen met alle andere sporen van haar aanwezigheid naar de keuken verbannen. Voortaan was het kamertje Colins domein, net als het logeerbed waar hij zijn nachten doorbracht in gedachten en dromen waarvan Vanessa zich vergeefs een beeld probeerde te vormen, want hoewel zijn territoria geslonken waren, leek hij haar ondoorgrondelijker, vreemder dan ooit. Ze zag hem nu als een louter fysiek wezen; vroeger leek het haar toe dat hij, als hij naar zijn werk vertrok, opging in de buitenwereld, onderdeel werd van zijn belangrijkheid, een van zijn vele onbekende hoedanigheden werd. En als hij bij zijn terugkeer weer vaste vorm aannam, straalde hij met weerkaatst licht, als een ster. Nu ze wist dat hij in een of andere hoek van het huis zat, begon zijn soliditeit haar te benauwen. Hij stond er geparkeerd als een auto, in de huiskamer, in de keuken. In het begin had Vanessa geprobeerd de kinderen stil te houden of mee naar buiten te nemen, maar nu deed ze dat alleen nog maar als ze zin had. De kinderen waren onuitwisbaar echt. Soms gooide Colin zijn kantoordeur open en blafte ze toe dat ze stil moesten zijn, maar hij kon, zoals Vanessa tegen hem zei, niet verwachten dat ze hun leven opschortten. Vanessa zette koffie voor Colin en klopte aan als ze die ging brengen. Ze wilde hem laten weten dat zij in ieder geval nog steeds in dat idee, zijn werk, geloofde. Meestal hing hij aan de telefoon of zat de krant te lezen.

De laatste tijd had Colin echter de gewoonte aangenomen overdag weg te gaan, meestal vlak voor het middageten. Hij had er een hekel aan samen met hen aan tafel te zitten, evenals Vanessa. Dit beroofde de dag opnieuw van een contrapunt; het was bijna gênant zoals het hele gezin bij elke maaltijd aan tafel zat, alsof niemand iets beters te doen had. Maar Colins langdurige, onverklaarde afwezigheid had een ontmoedigend effect op Vanessa. Als hij vertrok, nam hij een zekere persoonlijke vreugde met zich mee. Dan trad haar vermoeidheid naar buiten en doordrenkte haar met somberheid. Ze begon zich af te vragen hoe ze op het idee gekomen was hun problemen af te doen als een spelletje. De realiteit van de situatie bedreigde haar doorlopend met zijn donkere, spelonkachtige diepten. Ze had voetstoots aangenomen dat Colin iets zou gebeuren – gebeurtenissen waren onderdeel van zijn persoonlijkheid, dat dacht ze althans. Als hij thuiskwam en zei: Ik heb een idee verkocht, of: We gaan in productie, moest ze aan sport denken, aan een felle maar vriendschappelijke wedstrijd met de fortuin, het noodlot, die overwinningen en nederlagen en momenten van hartverlammende angst of vreugde kende, maar nooit tot een zinvolle ontknoping leidde. In haar voorstelling van Colins beroep speelden begrippen als succes en fiasco geen enkele rol, alleen maar de verwachting van continuïteit. Maar Colin werkte, zoals hij haar niet vaak genoeg kon vertellen, niet in een bank. Ze was te moe om zich precies te herinneren waarom niet. Omdat hij een kunstvorm beoefende; omdat hij talent had. Ze had het gevoel dat ze niet genoeg had opgelet toen hij haar die kant van zijn karakter uitlegde. Ze wist niet precies hoe geïnteresseerd ze was in kunst, in talenten. Als Colin geen afnemer voor die talenten kon vinden zou hij een ander beroep moeten vinden. Plotseling werd haar dit zonneklaar. Ze vroeg zich af of dit besef zich inmiddels ook aan hem had opgedrongen.

'Heb je er nooit aan gedacht,' vroeg ze hem, 'om iets anders te zoeken, gewoon tot alles weer normaal wordt?'

De dag was gekomen: de muis van de werkelijkheid had gebruld. Vanessa had een in rode inkt gedrukte rekening gekregen die Colin haar verboden had te betalen.

'Nee,' zei Colin.

'O,' zei ze na een gepaste stilte, 'wat gaan we dan doen om geld te krijgen?'

'Dat mag jij mij vertellen,' zei Colin.

Zijn toon was onaangenaam. De keuken met zijn houten kasten, zijn porselein, zijn potten en pannen en armaturen, zijn snorrende afwasmachine, zijn spotjes – alles schoon, alles in orde – leek als een grote gevederde staart achter Vanessa aan te hangen, weelderig, potsierlijk. Haar hele leven omringde haar als een projectie, een fantasiebeeld, het werk van een door drogbeelden begoochelde geest. Had Colin dit gewild? Ze wist het niet zeker. Ze verlangde ernaar het allemaal voor hem te verbergen, het van blaam te zuiveren.

'Dat kan ik niet,' zei ze.

'Waarom niet?'

'Omdat ik het niet weet.'

'Waarom weet je het niet?'

'Omdat we een andere afspraak hebben,' zei ze ten slotte.

'Misschien,' zei hij, 'zal onze afspraak veranderd moeten worden.'

Meer zei hij niet. Hij at zwijgend verder en Vanessa zag een blos van duistere emotie zijn gezicht tot de witte koepel van zijn voorhoofd kleuren. Even later stond hij op en ging van tafel en hoorde ze het zachte ploffen van zijn voetstappen

op de trap. Ze ruimde de tafel af, behalve zijn bord, dat ze
haatte. Het stond waar hij het had laten staan, besmeurd met
eten, het mes en de vork onder een agressieve hoek. Vanessa
voelde de duizelingwekkende nabijheid van een afgrond, ergens vlakbij. Hij leek een wit licht van gevaar uit te stralen.
Hoe had ze zo dicht bij het eind, de rand terecht kunnen komen? Ze ruimde het bord af en ging naar boven, naar haar
bed, dat leeg was. Colins afwezigheid verbaasde haar niet,
maar vervulde haar plotseling met angst en berouw. Ze zou
naar hem toe moeten gaan; ze zou zichzelf aan hem moeten
aanbieden, in overgave. Ze voelde het verlangen opkomen
zich aan hem vast te sjorren, want dit was tenslotte een storm
en Colin... Colin werd weliswaar heen en weer geslingerd,
maar hij was zeewaardig, hij dreef, hij was de enige bescherming die ze had, en als ze zich vrij voelde, was dat louter de
vrijheid van iets wat los op het dek lag en elk moment over-
boord geslagen kon worden, en, achtergelaten, in de koude,
meedogenloze diepten weg zou zinken. Het probleem was dat
als ze de nacht in de logeerkamer doorbracht, Justin haar niet
zou vinden als hij wakker werd. Misschien zou ze Colin vragen samen met haar naar hun slaapkamer terug te gaan. Ze
voelde dat ze door deze handelwijze iets zou ontdekken wat
ze niet wilde weten, namelijk dat Colin afknapte op haar bezorgdheid voor de kinderen en dat die zijn belangstelling
voor haar zodanig had aangetast dat hij er nog maar één keer
aan herinnerd hoefde te worden om die belangstelling voor-
goed uit te doven. Ze ging aangekleed op haar bed zitten. Ze
huilde niet, begroef haar gezicht niet in haar handen – dat
wilde ze niet. Ze bleef een poosje zitten, kleedde zich vervolgens uit, ging naar bed en bleef met haar ogen open in het
donker liggen. Justin kwam die nacht niet en Vanessa werd

wakker met een gevoel van staal in zich, een gevoel van onafhankelijkheid, het gevoel dat ze iets onherroepelijks had gedaan, hoewel er natuurlijk, zei ze tegen zichzelf, helemaal niets gebeurd was.

Die morgen reed ze de jongens naar Hill House in Danny's oude kinderwagen, die Barbara Daley haar te leen had gevraagd, omdat ze haar dochter met haar nieuwe baby te logeren kreeg. Het was een ouderwetse kinderwagen met grote stalen wielen en veren. Vanessa stond er ietwat ambivalent tegenover. Hij was een beetje overdreven; het was net alsof hij iets verkondigde terwijl Vanessa het niet nodig vond haar mond open te doen. Ze duwde hem met beide jongens erin de heuvel op. Het was de eerste keer dat Vanessa haar kinderen zo'n soort activiteit had aangeboden. Ze waren eerbiedig van opwinding, terwijl ze bijna zonder geluid te maken voortdeinden. Met plechtige, belangrijke gezichtjes keken ze naar het afstervende, in nevel gehulde herfstlandschap om zich heen. Telkens als ze haar aankeken had Vanessa het gevoel dat ze op iets raars betrapt was. Normaal gesproken zou ze de kinderwagen achter in de auto gezet en gereden hebben: ze was geen 'pret'-moeder, zoals sommige moeders die ze kende. Het leek haar altijd het laatste onderscheid tussen zichzelf en de kinderen dat ze geen kind was. Speelse moeders, vond ze, waren in dit belangrijke opzicht in de war. Haar liefde lag veilig opgeborgen in haar gezag, en hoewel ze in zichzelf bij andere, minder gestructureerde verlangens op bezoek ging, wisten de jongens daar nooit iets van. Ze had het gevoel dat die verlangens tot chaos konden leiden. Door zich ertegen te verzetten – dag in, dag uit – had ze een hoge graad van verfijning bereikt, en tegelijkertijd van verlaging, van nederigheid voor de taak van het moederschap. Het was als onderdeel van deze nederigheid dat ze zich gerechtigd voelde een oordeel over andere moeders uit te spreken. Als ze hen zag schreeuwen of snikken of klagen of aandacht trekken, voelde ze het volle gewicht van haar offer op haar schouders drukken. En dat niet alleen, het schaafde ook tegen een zweer van gekwetste ijdelheid, want het essentiële van dit offer was dat het zwijgend gebeurde, terwijl zij toch altijd wist, elke dag, dat ze het gebracht had: als het om erkenning ging, waarom werd zij, die sterk was, dan niet erkend? Maar op dit moment duwde ze haar kinderen de heuvel op in een kinderwagen die voor een pasgeboren baby bedoeld was, en haar kinderen, hoewel enigszins angstig, leken iets magisch in de ervaring te proeven. Ze voelde zich een heel klein beetje verraden door hen. Wilden ze dat ze iemand anders was, een ander soort mens? Een roekeloze, romantische persoon die avontuurlijke, zinloze dingen deed? Vanessa vroeg zich af wat die persoon nog meer zou doen. Ze tilde de jongens eruit bij mevrouw Daleys hek en liep samen met hen over het netjes onderhouden grindpad naar de voordeur.

'Hoe zijn jullie hier gekomen?' riep mevrouw Daley toen ze opendeed en de situatie, had Vanessa de indruk, meteen verdacht scheen te vinden.

'Lopend,' zei Vanessa.

'Helemaal die heuvel op? Dat heb ik nog nooit meegemaakt! Hoe kom je in vredesnaam op het idee?' Deze vraag was gericht tot Danny, die op Vanessa's arm zat. 'Maar goed, jullie zijn er nu. Het water kookt net. Ik geloof dat ik zelfs iets lekkers voor deze jongemannen heb. Zullen we eens gaan kijken?'

Ze liep de gang in en liet Vanessa en de kinderen met de kinderwagen op de stoep staan.

'Wilt u dat ik hem mee naar binnen neem?' vroeg Vanessa.

'Tja, laat eens kijken,' zei mevrouw Daley, terugkomend. Ze bekeek de kinderwagen vol afkeer. 'Hij is wel erg groot, niet? Ik heb zo'n ding al in geen jaren gezien! Als u het niet erg vindt, denk ik dat ik Derek zal vragen om hem in de garage te zetten. De wielen zitten onder de modder van het pad. Ik had namelijk gedacht dat u hem met de auto zou brengen, ziet u?'

Vanessa liep achter haar het huis in, dat naar boenwas rook en waar de lucht zo vrij was van stof en de scherpe geuren van buiten dat Vanessa zich enigszins gewichtloos voelde toen ze hem inademde. Toen ze op weg door de gang een blik in mevrouw Daleys kamers wierp, kreeg ze een indruk van rigoureuze, benauwende ordelijkheid, van bijna stilstaande tijd. Ze wist niet waarom – ze was al eerder bij mevrouw Daley in huis geweest – maar nu herinnerden die kamers haar eraan hoe lang het leven was: ze lagen leeg, vlekkeloos, nutteloos om haar heen, als dingen die ooit woest rondgedraaid hadden maar allengs, met het verstrijken der jaren, tot stilstand waren gekomen. Mevrouw Daley, de beheerster van deze stagnatie, leek toen ze Vanessa aansprak een fanatiek geborduurde eenzaamheid in haar handen te hebben, een waanzinnig wandkleed van zelfverwijzing, als de sporen van een gekooid dier in zijn eigen zaagsel. Haar gezicht zat dik onder de make-up; haar haar stond in gebeeldhouwde golven op haar hoofd. Haar ogen waren wijdopen, maar glazig en star: Vanessa had het gevoel dat ze bij het geringste tikje aan scherven zou vallen. En toch bevatte haar kern ook iets onverwoestbaars, iets koppigs. Zou dat ook Vanessa's lot zijn? Dat ze zodra dit werk van leven geven en gaande houden ten einde kwam, zodra die draaiende beweging ophield, zou verharden tot iets eeuwig overtolligs? Terwijl ze Danny op haar heup naar de keuken sjouwde, had ze niet het idee dat ze draaide. Toch had ze een vreemd gevoel, over de toekomst, die als een donker achterland buiten de veilige nederzetting van het heden lag. In de keuken trok mevrouw Daley een blik koekjes open en stak het de jongens toe.

'Mogen ze deze hebben?' vroeg ze aan Vanessa. 'Ik weet dat moeders tegenwoordig erg nerveus kunnen worden over wat hun kinderen eten. Het lijkt wel eens dat ze zo veel dingen níét mogen hebben dat je niet meer weet wat je ze in 's hemelsnaam moet geven. Ik moet erg op mijn tenen lopen bij mijn kleinkinderen – ik heb er vijf, dat wil zeggen, zes nu eigenlijk, ieder met zijn eigen allergie, en het valt niet mee om ze uit elkaar te houden. Maar tussen ons gezegd en gezwegen,' ging ze vertrouwelijk verder, 'lukt dat niet altijd. En toch heb ik nooit gemerkt dat ook maar iémand de geringste last heeft gehad. Maar mondje dicht tegen hun moeders. Het is altijd zo gênant als ze weer naar huis moeten – ze willen allemaal blijven, want ze vinden het eten hier veel lekkerder dan thuis.'

'Wanneer komt uw dochter?' vroeg Vanessa.

'Elk moment!' riep mevrouw Daley theatraal uit. 'Ik ben altijd van mening geweest,' voegde ze eraan toe, 'dat een vrouw haar moeder nodig heeft als ze zelf moeder wordt. Zullen we hier even een doekje voor halen?' Ze stevende op Danny af, die met zijn vingers vol chocolade op de grond zat.

'Neem me niet kwalijk,' zei Vanessa. 'Ik doe het wel.'

'Nee, nee! U blijft waar u bent. Ik ben zo gewend aan kinderen, met drie van mezelf en vijf kleinkinderen. Blijft u maar lekker koffie drinken. Dit zijn heerlijke jaren, vindt u ook niet? Je krijgt alleen weinig kans om er je gemak van te nemen!'

Ze maakte Danny's vingers grondig schoon en hij begon te huilen.

'O jee,' zei ze. 'Ik geloof dat iemand naar zijn mammie wil.'

'We kunnen beter gaan,' zei Vanessa, terwijl ze hem optilde. Hij kronkelde woest op haar schoot.

'Blijf zitten waar u zit!' riep mevrouw Daley. 'Jullie jonge moeders kunnen je nooit eens ontspannen. Josephine, mijn dochter, is voortdurend uitgeput, en ze heeft maar één klein baby'tje. Ik vertel haar maar liever niet dat het erger wordt zodra ze gaan lopen en overal tegen aanbotsen.'

'Justin,' zei Vanessa, 'afblijven.'

'Het probleem is,' zei mevrouw Daley spijtig, 'dat de baby haar de hele nacht wakker houdt, zégt ze althans. Hoewel het natuurlijk nooit zo erg is als je denkt, hè? Maar ze heeft het in haar hoofd gekregen dat ze haar elke keer als ze begint te huilen moet voeden en dus moet ze om het uur opstaan en intussen heeft de baby de grootste lol door iedereen te laten draven en ziet ze er het nut niet van in om te gaan slapen.'

'Justin,' zei Vanessa, terwijl Danny op haar schoot met zijn armen maaide. Zijn vuist sloeg tegen haar wang.

'Er schijnt tegenwoordig een mánie te heersen,' zei mevrouw Daley, 'voor zelf voeden of borstvoeden of hoe het tegenwoordig ook heet.'

'Inderdaad,' zei Vanessa.

'Wij zijn daar nooit aan begonnen,' zei mevrouw Daley met een kort lachje. 'Tegen ons zeiden ze dat onze man daar niet blij mee zou zijn. Dat was nummer één in die tijd, je man tevreden houden. Daar schijnt niemand meer het belang van in te zien, wat waarschijnlijk de reden is dat het aantal echtscheidingen de pan uit rijst. Josephine neemt niet eens de moeite om zich aan te kleden, laat staan om eten te koken.

Maar ja, zij en Roger zijn ook niet getrouwd – misschien is dat het probleem.'

'Tja,' zei Vanessa. 'Justin, blijf daar alsjeblieft af.'

'Hoewel ze zegt dat hij reuze behulpzaam is met de baby. Die mannen toch! Al dat gedraaf en gezwoeg en verschoon en huishoudelijk werk! Dat is echt een enorme verandering. Ik zou dolgraag weten hoe hun vrouwen het voor elkaar krijgen, want ons is het in elk geval nooit gelukt. Mijn man dacht dat de hemel naar beneden kwam als ik hem vroeg om zijn eigen brood in de broodrooster te doen! Overigens,' ging ze zwaarwichtig verder, 'vraag ik me wel eens af of sommigen van die moderne vrouwen daar op den duur geen spijt van zullen krijgen. Ik vraag me af of de... de romantiék,' riep ze uit, 'van het huwelijk er niet bij inschiet als mannen en vrouwen zo in de war zijn. Waar is de privacy, het gevoel van mysterie? Waar is de opwinding?'

Een poosje later, toen ze buiten mevrouw Daleys voordeur stonden, die dicht was, begon het zacht te motregenen. Vanessa stond er met de twee jongens in. De kinderwagen was verdwenen, Vanessa had mevrouw Daley naar haar man horen roepen dat hij hem moest opruimen, maar ze had hem niet gezien. Hij leek haar onstoffelijk, een zwijgende aanwezigheid. Ze wilde de kinderwagen terug. Ze wilde de wielen schoonmaken. Ze had het gevoel dat er inbreuk op haar gemaakt was, dat ze was platgewalst. Samen met de jongens daalde ze de heuvel weer af, met Danny op haar arm. Hij vocht en kronkelde; hij was zwaar. Na enkele passen zei Justin dat hij moe was en eveneens gedragen wilde worden. Mevrouw Daley, die bij de deur met een blik op de regen had opgemerkt dat ze bij nader inzien toch beter de auto hadden kunnen nemen, had niet aangeboden hen zelf terug te brengen. Dat had Vanessa ook niet verwacht: het verbaasde haar niet kilheid, staal, in andere vrouwen tegen te komen. Mevrouw Daley had haar met twee kleine kinderen in de regen gezet onder het motto – heel terecht, vond Vanessa – dat ze het zichzelf had aangedaan. Toen ze op het weggetje kwamen, werd de lucht nog donkerder. Een harde windvlaag woei de heuvel op en beukte tegen de bladerloze takken. Het begon harder te regenen en Vanessa zag dat het een stortbui zou worden, dat ze, in Justins tempo, twintig minuten van huis waren en dat Justin niet eens wilde lopen. Haar haar was al doorweekt. De regen droop van Danny's gezicht. Justin ging op de weg zitten. Dit is wat er gebeurt, dacht Vanessa. Dit is wat er gebeurt. Ze wist dat ze op het punt van tranen stond. Een ruimte in haar leek in te storten. Haar armen, waarin ze Danny droeg, leken zwak. Haar gezicht vertrok in een lelijke grimas, een soort grijns die haar wangen pijn deed.

'Ik loop door hoor!' zei ze tegen Justin, en bij het horen van het vreemde geluid van haar stem zette hij het, zittend op de weg, op een brullen, en ze zag dat haar frustratie haar meesleepte en dat de situatie alleen maar meer uit de hand zou lopen als ze eraan toegaf. Maar ze kon hem niet beteugelen; ze wilde zich eraan overgeven, zich lijfelijk meegesleurd voelen. 'Sta op!' schreeuwde ze. 'Sta op!'

Danny loeide en ze hoorde zichzelf roepen dat hij op moest houden, gewoon óp moest houden, en toen rende ze, plotseling vol nieuwe energie, witheet van woede door de regen op Justin af, die er toen hij haar aan zag komen krijsend op handen en voeten vandoor ging. Op dat moment hoorde ze een claxon achter zich en draaide zich om. Daar was Serena, met haar raampje open. Ze riep dat ze moesten instappen, kwam toen, zonder de motor af te zetten, zelf de auto uit, tilde Justin van de weg en deponeerde hem op de achterbank.

'Dat was boffen,' zei ze, toen Vanessa naast haar kwam zitten.

De regen roffelde op het dak van de auto. Koud water droop uit Vanessa's haar over haar gezicht en op Danny, die als een steen op haar schoot zat. Ze keek achterom en zag Justin languit en met zijn hoofd in zijn armen op de achterbank liggen.

'Justin,' zei ze, terwijl ze haar hand naar achteren stak en op zijn haar legde. Hij kromp ineen en kronkelde weg.

'Klaar?' vroeg Serena. Met haar handen op het stuur keek ze Vanessa aan. Ze had een meewarige blik in haar ogen. Haar handen waren lang en bleek; een ring blonk aan haar vinger. Vanessa kon haar parfum ruiken.

'Hij wilde niet lopen,' zei Vanessa.

'O!' zuchtte Serena, naar het dak van de auto kijkend. 'Is dat niet om razend van te worden?' Ze schakelde en de auto rolde de heuvel af. 'Ze houden zich stijf als je ze optilt – ik voel me altijd net een politieagent die probeert demonstranten van de weg te krijgen.'

Ze lachte. Vanessa geloofde haar niet – ze geloofde niet dat Serena zich haar gevoelens kon indenken. Serena leek omringd door een aura van verre oorden, zoals de meisjes die je soms op reisbureaus of vliegvelden zag werken, een en al bruine huid en afwezige, genotvolle ogen, vol gespeeld medegevoel voor jou met je duizend tassen en huilende kinderen, je bezorgde gezicht waarop geen enkel paradijs een afdruk zou achterlaten, dat eerder dreigde alles waar het naar keek een knauw te geven, te verpesten.

'Ik verloor mijn geduld,' zei ze, want het was een ander vereiste van die meisjes dat je tegen wil en dank je lelijkheid aan ze opbiechtte.

'O, daar zijn ze zo overheen,' zei Serena.

'Waar zijn jouw kinderen?'

'Thuis,' zei Serena, terwijl ze Vanessa glimlachend schuins aankeek. 'Ik heb ze aan Victor overgedaan en de benen genomen.'

'Waar naartoe?' vroeg Vanessa, hoewel ze wist dat horen over Serena's kleine vrijheden haar pijn zou doen. 'Waar ben je geweest?'

'In de stad,' zei Serena. 'Althans wat daarvoor door moet gaan. Ik zal je vertellen wat ik gedaan heb – ik ben naar de bioscoop geweest.'

'Alleen?'

Serena knikte. 'Ik ben al jaren niet 's middags naar de bioscoop geweest. Ik geloof dat ik niet eens echt naar de film gekeken heb – ik zat de hele tijd te denken: niemand weet waar ik ben. Het was,' besloot ze, terwijl ze achteruit leunde in haar stoel, 'pure gelukzaligheid.'

Vanessa probeerde zich een voorstelling van die gelukzaligheid te maken, maar ze voelde niets. Zij had iets sterkers nodig. Ze dacht bijna dat ze er rechtstreeks om zou vragen. Ze staarde door de kletsnatte voorruit naar het vlekkerige grijze uitzicht op de weg. Na de bocht kwam haar huis in zicht. Het leek voorover te hangen; het leek vervallen. Het sloot deprimerend aan bij haar stemming.

'Wil je dat ik je help ze naar binnen te brengen?' vroeg Serena, tot stilstand komend.

'Nee hoor,' zei Vanessa. 'Dat lukt wel.'

Voor de tweede keer die dag – de eerste keer was in mevrouw Daleys keuken – kreeg ze dringend behoefte te ontsnappen. Het was een behoefte die ontstond uit een besef van haar eigen gestoordheid. Ze keek naar Serena's benen, in spijkerbroek, naast haar op de stoel, naar haar lange rode haren. Op dat moment leek de wereld geen enkele kameraadschap te kennen. Vanessa stapte uit met Danny en trok het achterportier open. Justin lag nog steeds languit op de achterbank.

'Kom op,' zei ze.

'Ik wil hier blijven,' zei Justin.

'Schiet op, kom eruit.'

'Nee!'

Ze pakte zijn pols en trok hem brullend de auto uit en de regen in. Ze wilde zo snel mogelijk naar binnen. Het was een erkenning van haar nederlaag, net als het aantrekken van gemakkelijke, saaie kleren. Ze wilde opgaan in die saaiheid, onzichtbaar worden. Ze ploeterde het pad op; Danny kronkelde op haar heup, Justin liet zijn voeten over de grond slepen, zodat hij telkens als ze hem optrok een luchtsprong maakte. Toen ze zich bij de deur omdraaide, als om te zwaaien, zag ze dat Serena al weggereden was.

Het huis was donker, de kamers waren koud en leigrijs; Colin was er niet. Vanessa zette de jongens voor de tv en ging alleen in de keuken zitten. Ze verlangde ernaar vrede met hen te sluiten, maar het lukte haar niet de juiste weg te vinden. Het was net alsof het verlangen op zich al genoeg was. Als ze aan zichzelf op het weggetje dacht, schreeuwend als een gek, schaamde ze zich. Het liet haar achter met niets – het vaagde in één keer haar gevoel van hiërarchie weg. Haar gedachten over Colin hadden in het huis van bewaring al een greep naar de macht gedaan. Dat was geen onaangename gewaarwording; die gaf haar de oppepper die ze nodig had. Zittend aan de keukentafel liet ze haar geest, verheven en goedertieren, over alles heen waren. Ze ontdekte dat het haar niet kon schelen dat Serena haar gedrag op het weggetje gezien had. Ze stond op om het licht aan te doen, maar ging weer zitten. Ze had het idee dat haar houding, als ze het licht aandeed, misschien zou omslaan; dat ze het zich aan zou trekken – alles. Het water drupte systematisch van haar jas op de grond. Het licht in de keuken werd dieper, zodat alles een grotere dichtheid kreeg en veranderde in dingen die zonder het levengevende licht niet gezien worden, alleen maar herinnerd. Dit was haar habitat: haar geest bewoonde hem, rudimentair, kloppend, levend. Hoe kon ze tegelijkertijd zo geborgen en zo vervreemd zijn? De wereld leek haar volstrekt onverschillig. Hij was vormeloos: hij was onbestierd, had geen zedelijkheid. Je spitte en verzorgde jouw hoekje ervan – dit, besefte ze, was de reden waarom ze Serena Porter belachelijk vond. Die deed alsof dingen anders waren dan ze waren. Vanessa, de enige vrouw in een huis vol mannen, voelde dat ze de kiem van de beschaving in zich droeg, als een zendeling in een land van wilden. Als ze ziek werd, was niet uit overtuiging – alleen maar een tijdelijke opvlamming van de feiten. Ze dacht aan Serena, halverwege de middag alleen in de provinciale bioscoop, en moest bijna lachen. Was het dat? Was dat alles waar Vanessa bang voor moest zijn? De eerstvolgende keer dat ze in de stad was, zou ze de krant kopen waar Serena voor schreef. Met al haar gedachten in druk, dacht Vanessa, had Serena niet veel kans om zichzelf te verbergen.

Op weg naar boven om andere kleren aan te trekken werd ze in de huiskamer geconfronteerd met de aanblik van de jongens die, nog steeds in hun natte jassen, in het halfdonker naar de flikkerende beeldbuis zaten te kijken. Ze leken ver weg. Ze leken onverschillig, tegenover alles. Ze wilde ze oppakken en tegen zich aandrukken en vullen met onthouden liefde; ze bewaren tegen alle verliezen die de toekomst zou kunnen brengen.

Serena's column was niet helemaal wat Vanessa ervan verwacht had. Ze kocht drie dagen achter elkaar de krant voordat ze hem vond, een halve pagina onder de kop 'Levenslijnen' en met een klein fotootje erboven waarop Serena haar haren over haar schouders had gedrapeerd en veelbetekenend glimlachte. Voorzover Vanessa kon zien had het weinig met seksuele gelijkheid te maken. Het ging allemaal over Serena en haar kinderen. Vanessa was verbaasd dat ze hun ware namen gebruikte. Die kinderen kwamen op een vreemde manier overeen met de echte kinderen, de kinderen die Vanessa had leren kennen. Serena beschreef een recente poging een wandeling op het platteland te maken met haar dochtertjes. Op een gegeven moment besefte Vanessa dat Serena háár hachelijke momenten op het landweggetje beschreef, toen het begon te regenen en ze uit haar slof schoot tegen Justin en Danny. Snel las ze het helemaal uit. Het voorval werd heel humoristisch gebracht, zelfs waar Serena beweerde tegen haar kinderen uitgevallen te zijn terwijl ze op de natte weg zaten. Vanessa dacht dat het waarschijnlijk komisch zou lijken als het je nooit overkomen was.

Het droeg allemaal bij aan het gevoel dat ze tegenwoordig had, dat het leven zich in een statige, stille optocht van haar af bewoog, zodat alles wat haar vertrouwd was haar aankeek met een onheilspellende blik die duidde op een naderend vaarwel. Haar man, haar kinderen, de kamers van haar huis trokken in een processie aan haar voorbij om afscheid te nemen. Colin had een lening op het huis afgesloten: de situatie was kritiek, maar het was iets wat Vanessa meer wist dan

voelde. Ze keek niet naar Colin van binnen de kring van ge-
deelde smart maar van een afstand, alsof hij op het toneel
stond en zijn tragedie opvoerde en zij, in het publiek, tranen
van medelijden plengde. Ze had nog meer medelijden met
haar kinderen. Haar hersenen werden belaagd door het gevoel dat er iets aan het aflopen was, en dit had haar liefde om-
gezet in mineur: ze zag haar kinderen als wezen en had vreselijk met ze te doen. Ze zag zichzelf heel duidelijk sterven, een
dood die al begonnen was, een dood door oorzaken die ze alleen maar haar eigen ambivalentie, haar twijfel kon noemen.
Ze had kortgeleden drie uitzendbureaus in de stad gebeld en
afspraken gemaakt. Ze hadden allemaal gevraagd wat ze kon
doen en ze schoot bijna in de lach, want ze had het gevoel dat
ze alles kon; dat er niets zo moeilijk was, in de wereld buiten
haar huis – een wereld die haar voorkwam als vol keuzemoge-
lijkheden en zachte oppervlakken, vol voorwendsels en bloedeloze illusie – niets zo moeilijk als haar leven, dat andere levens had voortgebracht en dat in haar kern lag als steenkool,
een ader, een overvloedige, nutteloze dichtheid.

Het was december geworden. De vergane mantel van de
zomer was van het dorp afgevallen: een heel tijdperk van nijverheid en vervulling was vergeeld en afgebroken en, zo leek
het Vanessa toe, zonder spijt afgeworpen. Nu stonden de
huizen onopgesmukt in het bleke, vlakke licht van de winter.
Er was, zoals elk jaar, een uitnodiging gekomen voor de kerstborrel van meneer en mevrouw Daley en Vanessa zette hem
op de schoorsteenmantel in de huiskamer, vanwaar hij naar
haar keek als ze kwam en ging, dag na zware dag, tot ook hij
iets finaals kreeg, alsof het een uitnodiging was tot een lot dat
niet vermeden was, alleen maar tijdelijk uitgesteld.

'Ik kon je niet vinden in de krant,' zei Vanessa. 'Ik heb gekeken, maar ze hadden iets anders op jouw pagina gezet.'

'Ze hebben me verzet naar zaterdag,' zei Serena.

'O,' zei Vanessa. 'Ik dacht dat je er misschien mee opgehouden was.'

'Waarmee?' vroeg Serena. 'De strijd?'

'Ik vond het goed, wat je schreef.'

'Nou, ik ben er nog steeds, hoor. Ze hebben me alleen maar een nieuw jasje gegeven. Twee keer zo veel woorden.'

'Maar ik neem aan niet twee keer zo veel geld.'

Vanessa kerfde met een mes in het rauwe vlees van een aardappel om er een stempel voor een kerstboom van te maken. De kinderen wachtten aan de andere kant van de tafel met hun papier en hun verf. Haar vingers die het mes vasthielden, waren rood en pijnlijk en ze had het gevoel dat ze ze moeizaam door het ene moment na het andere reeg, als een naald die een draad door een stuk stof trekt.

'Volgende keer zullen we sponzen nemen,' zei ze. 'Die zijn duurder maar veel sneller. Sorry,' voegde ze eraan toe. 'Ik zeur tegenwoordig te veel over geld.' Ze boog zich over de tafel en schoof een potje verf weg van Justins elleboog. 'Colin vindt dat we Kerstmis dit jaar beter kunnen annuleren. Dat wil zeggen, om precies te zijn zei hij dat als ik geld aan al die onzin uit wilde geven, ik het zelf moest gaan verdienen.'

Ze voelde het bloed naar haar gezicht stijgen, pakte snel de volgende aardappel uit de zak en boog zich eroverheen.

'Je kunt naar de stad gaan om een paar sponzen te kopen,' zei Serena, 'moeilijk extravagant noemen. Maar er zal best een oplossing komen.'

'Dat mag ook wel,' zei Vanessa nadrukkelijk, 'want we kunnen geen kant op. Het is verbazend hoeveel mensen op ander geld kunnen terugvallen – je weet wel, van de familie, fondsen, effecten en aandelen. Zij kunnen het zich veroorloven om een tijdje geen werk te hebben. Wij niet. En ik heb nog geluk,' besloot ze. 'Ik heb alleen de kinderen om me zorgen over te maken.' Dat was precies wat Colin gisteravond min of meer betoogd had. 'Maar het is de verdeling,' ging ze verder. 'Dat hij zegt: Dit is van mij en als je iets wilt hebben zul je het zelf moeten gaan verdienen. Maar je verdient niets met het huishouden doen.'

'Er zijn mensen die vinden dat het wel betaald zou moeten worden,' zei Serena.

'Dat is belachelijk,' zei Vanessa.

'Ik geloof dat ze het symbolisch bedoelen,' zei Serena. 'Een vorm van openbare erkenning.'

'Sommige mensen hebben geluk,' zei Vanessa. 'Die komen nooit tot dit punt. Ze hebben altijd geld genoeg en hoeven er nooit over na te denken van wie het eigenlijk is. Maar Colin heeft het voortdurend over mijn huis, mijn auto, mijn tafel, zelfs mijn kinderen, behalve als ervoor gezorgd moet worden,' voegde ze er zachter aan toe. 'Waarschijnlijk is hij net zoals andere mannen. Ik wil niet zo'n vrouw zijn die alleen maar klaagt dat ze allemaal hetzelfde zijn, maar in bepaalde opzichten zijn ze dat wel. Colin is echt de kwaadste niet,' besloot ze nuchter. 'Hij staat alleen erg onder druk.'

'Jij ook,' bracht Serena naar voren.

'Ik zou dit' – ze stak een aardappel omhoog – 'amper druk noemen.'

'Een ander soort druk,' zei Serena.

'Soms,' zei Vanessa even later, 'denk ik wel eens dat ík de egoïst ben. Dat ik van twee walletjes wil eten.'

'Hoezo?' vroeg Serena. 'Weet je,' ging ze verder toen Va-

nessa geen antwoord gaf. 'Ik vind onze gesprekken heel interessant. Ik heb ze zelfs in mijn column gebruikt.'

'Dat weet ik,' zei Vanessa.

'O ja? En ik dacht nog wel dat ik het zo goed gemaskeerd
had.'

'Ik vind het niet erg.'

'Het is vreemd,' zei Serena, terwijl ze haar ellebogen op de
tafel zette en met haar kin op haar handen steunde, 'maar ik
ben zo lang kwaad geweest.'

'Waarover?'

Serena schokschouderde.

'Mannen. Huwelijk. Kinderen. Ik weet het niet, alles.' Ze
glimlachte. 'Mensen houden niet van boze vrouwen. Die vinden ze lelijk. Ze vergallen hun plezier. Ik deed er soms wel
een uur over om één regel op papier te krijgen. Als kind,' zei
ze, 'moest ik altijd vreselijk veel moeite doen om mezelf aan
het huilen te maken. Schrijven was ook zoiets. En nu is het
precies andersom. Nu gaat het me zo makkelijk af dat ik soms
bijna niet kan ophouden.'

'Je hebt het goed voor elkaar,' zei Vanessa zuur.

'En het enige resultaat,' zei Serena mijmerend, 'was dat ik
uiteindelijk ontdekte dat mensen liever horen wat waar is dan
wat rechtvaardig is. Zelfs als de waarheid is dat ze geen enkele macht hebben. Vrouwen, bedoel ik dan. Ik geloof niet dat
ik echt wist hoe vrouwen in elkaar zaten. Ik wist alleen maar
hoe ik zelf in elkaar zat en dat ik hun leven niet één dag volgehouden zou hebben. Het gekke is,' zei ze, 'dat ik mannen aar-
diger vond als ik kwaad op ze was.'

Serena's magere, geheel in het zwart gestoken lichaam
naast Vanessa, leek te trillen onder een vreemde spanning.
Met veel gerinkel van gouden armbanden stak ze haar bleke

hand uit en legde die op Vanessa's arm. Vanessa voelde zich groot en gevoelloos. Haar huid registreerde Serena's hand niet; het was net alsof Serena hem op de armleuning van een te zwaar gestoffeerde stoel had gelegd.

'Wij hebben het op het moment ook moeilijk,' zei Serena heel snel, met een stem die leek op de scherven van iets wat op de grond gevallen was. 'Ik kan er nu niet over praten. Ik vertel het je wel een andere keer.'

Vanessa zag de flits van water in Serena's smalle zwarte ogen. Haar oogleden en wimpers waren verstopt met make-up en de tranen hingen er glinsterend aan tot Serena ze weg knipperde.

Vanessa stond voor haar keukenraam en was verbaasd Victor op de weg te zien staan. Hij stond roerloos naast hun voorhekje, met zijn rug naar het huis. Hij stak een arm naar achteren en legde hem op de houten omheining. Vanessa kon zijn adem in witte wolkjes uit zijn mond zien komen en langzaam in de bleke, koude namiddag zien oplossen. Een paar minuten lang bleef hij zo staan, alsof hij door een diepe gedachte getroffen was. Toen het erop leek dat hij niet verder zou lopen, liet Vanessa de kinderen alleen en liep naar buiten om hem te vragen binnen te komen.

'Thuis leek zo-even heel ver weg,' zei hij, terwijl hij langzaam achter haar aan over het tuinpad liep.

Toen Vanessa naar hem keek, realiseerde ze zich dat hij ziek was. Hij was vaak in Londen als ze bij Serena kwam en ze had hem al een paar weken niet gezien. Hij was afgevallen. De keuken, waar ze gingen zitten, baadde in een kil licht waarin Victors gezicht van ijs leek te zijn, blauwwit rondom de benige uitsteeksels ervan, zijn animus vlak onder de huid.

Zijn ogen waren wanhopig en opgewonden en omringd met schaduw. Hij had nog steeds zijn jas aan, waar zijn knokige handen en keel en zijn magere benen aandoenlijk boven en onder uitstaken. Hij maakte een broze, expressieve indruk, als een soort kunstwerk. Hij droeg een bruine gebreide muts, die de schok van zijn gezicht omlijstte. Juist toen Vanessa haar mond opendeed om iets te zeggen kwam Colin uit zijn werkkamer.

'Hallo?' zei hij op gekrenkte toon, alsof Victor een indringer was die Vanessa om de een of andere reden niet had opgemerkt.

'Dit is Victor Porter,' zei Vanessa. 'Dit is mijn man, Colin.'

'Ah!' zei Colin, terwijl hij met uitgestrekte hand op Victor afkwam. 'De grote man – eindelijk leren we elkaar kennen!'

Vanessa wendde zich af voordat ze kon zien dat hun handen elkaar raakten. Danny en Justin zaten op de grond met hun speelgoedtrein te spelen, waarvan de onderdelen als een ramp om hen heen verspreid lagen. Ze keek naar de kinderen, die de stukken rails, de kleine houten wagons onderzochten. Justin mompelde tegen zichzelf. Danny hield een seinhuisje in zijn vingers geklampt, die hij van tijd tot tijd naar zijn mond bracht. Vanessa had het gevoel dat ze in de uitlopers van een torenhoog begrip zaten: ze waren zo geduldig in hun werk om de wereld te bestuderen. Ze keek naar hun kleine drukke handjes en bedacht dat ze er getuige van was geweest hoe die handjes, die lijfjes hun vaardigheden verworven hadden. Uur na uur had ze toezicht gehouden op de vorming ervan, zodat het haar toeleek dat haar kinderen, ondanks het feit dat haar lichaam ze niet meer bezat, toch haar creatie bleven. Vrijwel niets aan hen was haar vreemd. Ze dacht dat ze bijna in hun geest kon kijken, zoals een juwelier met een speciaal sleuteltje de achterkant van een horloge verwijdert en het kloppende mechaniek bestudeert.

'–fijn voor haar om een andere moeder in het dorp te hebben,' hoorde ze Colin zeggen.

Ze zette water op en begon thee te zetten. De mannen aan de tafel leken plotseling veel groter dan zij en op de een of andere manier op een hoger plan, alsof ze, net als haar zoons, alles vanaf enkelhoogte zag. Het water borrelde en schraapte in de ketel.

'–markt voor documentaires is totaal ingestort. Ik kan me niet veroorloven ze te blijven maken. Het werk is fantastisch maar het is net als kinderen hebben – leuk, maar het brengt geen eten op tafel.'

Ze zette een kopje naast Victors witte hand. Het zware porselein en de gloeiendhete vloeistof leken merkwaardig bedreigend. Hij maakte geen aanstalten om het te pakken. In plaats daarvan vouwde hij zijn armen voor zijn borst als om zichzelf te beschermen.

'Dat geloof ik graag,' zei hij.

'Een paar jaar geleden, bijvoorbeeld,' zei Colin, 'heb ik een film gemaakt die ik vandaag aan de straatstenen niet kwijt zou kunnen. Ze zouden hem te riskant vinden. Terwijl de omroep er destijds toch een van zijn grootste successen mee boekte.'

'Mag ik,' vroeg Victor, 'een beetje suiker?'

'Dat is niet echt mijn afdeling,' zei Colin, zijn handen opheffend. 'Vanessa?'

'Ik pak het wel even.'

'Waar ging hij over?' vroeg Victor. 'Je film?'

'Over theedrinken bij cricketwedstrijden. Nee, niet lachen,' zei Colin vrolijk. 'Dat was altijd een soort stokpaardje van me, weet je, de resten van een vervlogen Engeland, kleine stukjes van het verleden. Dingen waar we ons respect voor verloren hebben. Ik had altijd een film over cricket willen maken' – hij boog zich vertrouwelijk naar voren – 'maar op een dag dacht ik: hé, waarom maak je hem niet vanuit het gezichtspunt van een vrouw? Dus de mannen zijn van die wazige witte figuren op de achtergrond en wij zitten binnen, in het paviljoen, in een wereld waar de dikte van de komkommerschijfjes op de boterham een kwestie van leven en dood is. Dat zegt wel iets over het verschil tussen de seksen, of niet?' Hij wachtte even. 'En het gekke was dat de mensen het práchtig vonden.'

'Volgens mij hoef je daar tegenwoordig niet meer mee aan te komen,' zei Vanessa. 'Ik denk dat de wereld veranderd is.'

'Zie je wel,' zei Colin verbitterd. 'Ze zeggen dat huisvrouwen een programma tegenwoordig maken of breken.'

'Vrouwen willen serieuzer genomen worden,' zei Vanessa.

'Dan zal ik de leiding van het bedrijf voortaan aan jou overlaten, goed? Is dat je serieus genoeg?'

Victor kwam van zijn stoel.

'Dank je,' zei hij. 'Ik moet gaan.'

Vanessa liet hem uit en keek hem na toen hij over het tuinpad liep.

'Hij was er niet helemaal bij,' zei Colin toen hij vertrokken was. 'Ik heb hem een keer op de tv over een of andere rechtszaak horen praten. Je zou nooit zeggen dat dat dezelfde man was. Als je het mij vraagt, heeft die vrouw hem totaal afgepeigerd.'

Vanessa las in Serena's column wat Victor mankeerde. Ze las hem niet altijd – ze vond het ietwat gênant tegenwoordig, als-

of ze door hem te lezen in Serena's privé-gedachten snuffel-
de, hoewel het natuurlijk precies andersom was. Ze vroeg
zich wel eens af of Victor hetzelfde dacht. Ze had de indruk
dat Serena's ware leven en wat ze in haar column beschreef
twee afzonderlijke dingen waren. Vanessa vond het moeilijk
Serena's gedachten te raden als ze tegenover elkaar zaten. In
de rommelige keuken in het grote roze huis was Serena's gedrag vormeloos, bijna afwachtend, alsof een dag niets meer
was dan een slordige verzameling feiten waar ze boven hing
tot haar blik op iets blinkends viel. Vanessa stelde zich Serena's geest voor als het nest van een slimme, diefachtige vogel,
gevoerd met gestolen fragmenten.

Toch werd ze, toen ze in haar overjas op het koude parkeerterrein van de supermarkt, waar ze zojuist een stiekem
uurtje had doorgebracht, over Victor las, minder getroffen
door Serena's opportunisme of haar tragiek dan door haar
vreemdheid. Wat ze vreemd vond, was niet de afschuwelijke
onthulling zelf, maar alles wat eraan voorafgegaan was. Zij en
Victor moesten al maanden van zijn ziekte geweten hebben –
die was zelfs de reden, nam ze aan, waarom ze naar Ravenley
verhuisd waren. En al die tijd had Serena week in, week uit
geschreven alsof ze helemaal geen weet had van dit vreselijke
feit. Ze had dingen geschreven die haar alleen maar verdriet
gedaan konden hebben; dingen die Vanessa in het licht van
Victors probleem nog bedachter voorkwamen dan ze al wist
dat ze waren. Ze keek werktuiglijk door het autoraampje naar
de kinderen, die op de achterbank zaten te wachten tot ze in-
stapte, en bij het zien van haar eigen spiegelbeeld werd haar
borst getroffen door een golf van verdriet. Ze liet het door
zich heen gaan. Er was een tijd geweest, toen ze jonger was,
dat zo'n gevoel haar hele lichaam in bezit zou hebben geno-

men, maar tegenwoordig trokken emoties door haar heen als door een tunnel of een gang in de ingewanden van een groot gebouw, en lieten de rest van haar onberoerd. Ze zag zichzelf even als dat gebouw, verdeeld in vakjes, verlicht, onaangedaan. Ze stapte in de auto en reed terug naar Ravenley, zich herinnerend dat ze verdriet over Victor had gehad en zich afvragend of het weer terug zou komen.

De derde week van december werd het koud. Nacht na nacht werd het dorp door strenge vorst gefossiliseerd, zodat het gras 's morgens stijf en wit was en de gaten in de weg bekkens van ijs werden. De dagen waren kort en bleek en het werd om vier uur donker. Vanessa kocht een klein kerstboompje en zette het in de huiskamer, waar zij en de jongens er de versieringen van vorig jaar aan hingen. 's Avonds trok ze haar jas aan en ging naar de ijskoude garage, waar ze uit stukken oud hout een speelgoedhuis maakte om de jongens met Kerstmis cadeau te geven. Het was niet erg vakkundig gemaakt, maar ze wist dat ze dat niet erg zouden vinden – ze waren te klein om het verschil te zien. Zij was degene die het erg vond. Op een avond sloeg ze een spijker in haar duim en het deed zo'n zeer dat ze er ternauwernood in slaagde door de stille zwarte tuin naar binnen en de trap op te strompelen naar haar bed. Ze bond er strak een zakdoek omheen en viel, nog steeds aangekleed, flauw op de dekens. Toen ze enkele uren later wakker werd, stijf van de kou en met haar ogen vol elektrisch licht, zag ze haar hand naast zich liggen als de hand van een dode, in een grote delta van bloed. Het was helemaal in de matras getrokken. Ze verschoonde het bed en draaide de matras om, zodat Colin er niet achter zou komen.

Maar Colin kwam eigenlijk nooit meer in hun slaapkamer.

Hij was amper thuis. Hij bleef de hele dag weg en kwam 's avonds zo geruisloos binnen dat Vanessa alleen maar wist dat hij thuis geslapen had doordat de deur van de logeerkamer 's morgens dicht was. Zij en de jongens zaten meestal aan hun ontbijt als hij door de keuken kwam, en hoewel hij altijd met zijn zoontjes praatte en hen kuste, toonde hij Vanessa op weg naar buiten alleen maar de bleke, woordeloze plaat van zijn gezicht. Hij gedroeg zich alsof ze hem gekrenkt had, maar ze wist van de stemmingen van haar kinderen dat hij haar, de toeschouwer van zijn onlust, alleen maar iets voorspeelde. Toch voelde ze zich niet in staat de ware oorzaak ervan met hem te bespreken. Gedurende de zes jaar van hun huwelijk was ze op financieel gebied een omstander geweest. Zijn botte stilzwijgen en brede, eeuwig naar haar toe gekeerde rug maakten het moeilijk niet het gevoel te hebben dat Colin dat feit aan het overdenken was geslagen; dat hij Vanessa en de kinderen beschouwde als een luxe die ongemerkt en onontkoombaar tot een last was geworden. In zijn eindeloze komen en gaan hoorde ze de stille beschuldiging van haar eigen traagheid. Het was waar dat ze na haar onderhoud met het uitzendbureau in de stad, waar ze vernomen had wat haar sluimerende vaardigheden als secretaresse zouden opleveren, geen verdere stappen ondernomen had. Toen ze dat verminderd had met de kosten van een oppas voor de kinderen, leek het bedrag dat overbleef haar een te kleine beloning om hen voor in de steek te laten. Ze had dit bedrag niet aan Colin onthuld; ze vermoedde dat hij het niet met haar eens zou zijn. Wat hem betrof, kon geen enkel bedrag in de huidige omstandigheden te klein zijn. Vanessa was stiekem blij dat het zo weinig was – dat hielp haar voor zichzelf te verbergen dat haar instincten haar in deze storm van hun huwelijk opdroe-

gen de kinderen te redden, niet Colin, en dat ze wat hun verzorging betrof onomkoopbaar was en zich zelfs niet door
noodzaak van hen liet verjagen. Colin kon niet álles hebben.
Hij was blij met haar afhankelijkheid toen die hem goed uitkwam. Vanessa was Colins secretaresse geweest in het bedrijf
waar hij werkte voordat hij voor zichzelf begon. In die tijd
had hij enkel minachting voor de vrouwen die hem zijn plaats
in de wereld bevochten hadden. Als hij zo'n vrouw had willen
hebben, dan had hij maar met een van hen moeten trouwen.
Ze wist nog goed wat die vrouwen binnen gehoorsafstand –
en later, toen hun relatie op kantoor bekend werd, waarschijnlijk erbuiten – over Colin te vertellen hadden.

Haar hand voelde aan alsof hij in lood veranderd was: een
harde, zware pijn had zich er voor dag en nacht in gevestigd. De pijn was een soort penitentie. Ze schilderde het
speelgoedhuis met haar andere hand en het zag eruit als het
werk van een kind, hartverscheurend en hoopvol, vergranke-
lijk.

Serena wilde hulst en Vanessa wist waar die groeide, in grote,
wilde struiken langs een pad aan de rand van het dorp. Op
een middag liepen ze er met de kinderen naartoe. Ze vond het
niet erg om te gaan, ondanks het feit dat haar hand zeer deed
en haar ogen brandden van vermoeidheid omdat de pijn haar
wakker hield. Het was nog vier dagen tot Kerstmis, maar Vanessa dacht dat ze nooit voorbij zouden gaan; iets had de wielen van de tijd doen vastlopen, zodat de toekomst weggedre-
ven was en ontoegankelijk was geworden, alsof hij aan de
andere kant van een groot water lag en je hem wel kon zien
maar niet bereiken. Die donderdag moesten ze naar de borrel
van meneer en mevrouw Daley. Zij en Colin gingen elk jaar:

dit feit was, net als Kerstmis zelf, onveranderlijk, maar toch had Vanessa het gevoel dat beide gebeurtenissen alleen maar konden plaatsvinden als de situatie tussen haarzelf en Colin was rechtgezet.

In de keuken van het roze huis had ze Serena aangetroffen onder een dichte rooksluier en omgeven door een sterke brandlucht. Serena schepte met onhandige gebaren zoete pasteivulling in deegmandjes, terwijl Margaret en Frances huilend aan haar voeten zaten. Nu praatte ze, terwijl ze over het bevroren weggetje liepen en haar adem in witte wolkjes uit haar mond kwam, honderduit over kransen en haar plan de hulst aan de tafel te hangen voor het kerstdiner, zoals ze in een tijdschrift gezien had.

'Dat lijkt me anders niet zo prettig,' zei Vanessa, 'als zo'n slinger recht in je schoot hangt.'

Serena liep te snel voor haar. Ze beende vooruit, mager en verwoed, met een blèrende Margret op haar hielen.

'Daar had ik niet aan gedacht,' zei ze, met een ruk tot stilstand komend en meteen weer verder lopend. 'Nou ja, dan zullen we gewoon een eind van de tafel moeten zitten.'

Vanessa duwde met één hand Danny's wandelwagentje en had de andere in haar zak. Justin sjouwde zwijgend naast haar. Ze voelde de laatste tijd een besef, een soort consternatie, uit haar oudste zoon opstijgen. Die richtte zich instinctief naar haar, zoals een plant naar het licht groeit. Ze sloegen het pad in, waar de grond in harde richels onder hun voeten lag. Serena stiet een kreet uit bij het zien van de hulststruiken en begon meteen takken af te snijden.

'Kijk!' zei ze tegen Margret, die allebei haar armpjes om haar moeders been had geslagen en snikkend haar gezichtje tegen haar broekspijp drukte. 'Kijk, is dit niet leuk!'

Margret keek niet. Ze wreef haar gezicht tegen de stof en trappelde wild op de grond. Justin raapte een stok op en begon ermee tegen de ritselende massa van een struik te slaan. De takken trilden. Vanessa draaide zich om en boog zich over Danny in zijn wandelwagentje om zijn muts over zijn oren te trekken. Op dat moment hoorden ze duidelijk een stem van achter de rij coniferen aan de andere kant van het pad door de stille lucht naar hen toe drijven.

'Raap op.'

Het was een mannenstem, bejaard en beschaafd. De stem was zo dichtbij en zo onverwacht dat Vanessa en Serena zich allebei geschrokken omdraaiden.

'Nee, ik raap hem niet op,' zei een vrouwenstem.

'Dat is mijn splinternieuwe' – een snik van Margret overstemde het woord – 'je gevraagd om erop te passen en jij hebt hem op de grond laten liggen.'

'Raap hem zelf maar op,' zei de vrouw.

Vanessa en Serena keken elkaar aan. Justin stond stil met de opgeheven stok in zijn hand.

'Ik haat je,' zei de man, na een korte stilte. 'Ik heb je altijd gehaat.'

'O, is dat zo?' lachte de vrouw.

'Ja,' zei de man koppig. 'Je hebt mijn ziel gestolen.'

'Van alle smoesjes die ik ooit gehoord heb–'

Margret was opgehouden met huilen en luisterde. Serena bukte zich en legde haar handen over de oren van haar dochtertje.

'–denk je dat je van mij gestolen hebt?' vroeg de vrouw. Ze begon te vloeken en stiet een stroom obsceniteiten uit, gevolgd door een onnatuurlijk hoge kreet. Uit de mond van de man kwam een hoog, kreunend geluid.

'Wie zijn dat?' fluisterde Serena.

'Het moeten meneer en mevrouw Browning zijn,' zei Vanessa, in gedachten berekenend uit welk van de huizen langs het weggetje de stemmen afkomstig waren.

'Browning?'

'Ze zijn gepensioneerd,' zei Vanessa. 'Ze zitten in het kerkcomité.'

'Zo, nu zou het weer goed moeten zijn,' zei de man op dat moment. Zijn stem klonk vlak maar heel vriendelijk.

'O ja,' zei de vrouw. 'Geen twijfel aan.'

'Het was de vorst,' zei de man. 'Daar hou je geen rekening mee, zo vroeg–'

De stemmen werden zwakker en verdwenen. Daarna hoorden ze een deur dichtvallen. Serena had een smartelijke uitdrukking op haar gezicht.

'Wat afschuwelijk,' zei ze.

'Waar hadden ze het over?' vroeg Justin.

'Niets,' zei Vanessa.

'Wat gewelddadig,' zei Serena.

Het licht nam af. Een vreemd blauw waas lag over de weilanden. Het land leek hulpeloos op het donker te wachten. Vanessa hielp Serena snel haar mand te vullen en daarna gingen ze weer op weg naar huis.

'Ik heb mijn ouders nooit ruzie horen maken,' zei Vanessa. 'Niet één keer.'

'Dan heb je geluk gehad,' zei Serena. 'Toen mijn moeder vertrok, ging mijn vader op de bank liggen en begon te huilen. Ik herinner me dat ik toen het donker werd naar de kamer ging om een deken over hem heen te leggen.'

'Waarom ging ze weg?' vroeg Vanessa.

'Ze wilde alleen zijn.' Serena haalde haar schouders op.

'Het was precies deze tijd van het jaar, bijna Kerstmis, en niemand had een boom gekocht of voor cadeautjes gezorgd. Gewoon vergeten, neem ik aan. Dus met Kerstmis zat ik de hele dag bij mijn vader en ik wilde hem zo graag vertellen wat voor een dag het was, maar ik durfde niet. Hij houdt nog steeds van haar, zelfs nu nog. Toen ze wegging, werd hij een soort kind dat verzorgd moest worden.'

Ze kwamen bij het weggetje. Het was net of het dorp onder water lag, stil en lichtloos op de bleek-oranje vierkanten van de ramen na, waarvan de gordijnen al dicht waren. Serena keek met een zucht naar het donkere, onbevolkte uitzicht.

'Ik heb nooit gedacht dat ik op een plek als deze terecht zou komen,' zei ze. 'In een poging alles goed te maken. Maar het is niet goed, zelfs hier niet. Er is hier niet meer liefde dan ergens anders.'

'Waarom zou dat ook?' vroeg Vanessa.

'O, ik weet niet. Omdat de mensen hier niet zoveel denken. Omdat ze niet geloven in dingen die ze van elkaar vervreemden. Zie je, ik heb veel slechte dingen gedaan en Victor heeft me alles vergeven, hij heeft me er nooit iets van voor de voeten geworpen, maar nu, uitgerekend nu–'

'Mammie,' zei Justin, 'ik heb het koud.'

Vanessa bukte zich, tilde haar zoontje op en sloeg haar jas om hem heen.

'Wat heb je met je hand gedaan?' vroeg Serena.

'O, niets.'

'We kunnen beter naar huis gaan,' zei Serena. 'Het is ijskoud.'

'Ik hou van haar,' zei Colin.

Hij zei het met zijn armen voor zijn borst gevouwen, leunend tegen de keukenkast. Vanessa staarde naar de zwelling van zijn maag onder zijn zwarte coltrui, zijn brede heupen van spijkerstof. De keuken leek zwaar en vol van de avond, schraal, gestreept met schaduw en elektrisch licht.

'Doe niet zo belachelijk,' zei ze.

'Ik hóú van haar,' zei Colin. Hij struikelde over zijn tong in zijn behoefte dit te benadrukken: kleine speekseldruppeltjes verzamelden zich in zijn mondhoeken.

'En wat moet ik daarmee?'

Colin liet zijn hoofd achterover zakken en stak de scherpe punt van zijn neus in de lucht. Hij had zijn ogen half dicht. Hij leek te proberen een geur op te vangen, een nuance van de lucht: een vleugje inspiratie in de sterke, ongeventileerde atmosfeer van Vanessa. Hij liet zijn hoofd zakken en ademde uit in een lange, fluitende zucht.

'Laat me gaan,' zei hij, zijn ogen wijd opensperrend.

Hij keek naar haar, althans naar een punt vlak bij haar. Als zijn blik op haar viel, leek die enigszins af te glijden, alsof hij nergens houvast vond.

'Alsjeblieft,' zei ze. 'Alsjeblieft, Colin.'

'Ik heb het zes jaar gedaan, dit' – hij maakte een geïrriteerd gebaar, een soort gewapper met zijn handen om zijn oren – 'dit gedoe. Dit gezinsgedoe. Zés jaar,' herhaalde hij, als om haar te verbazen. 'Da's een lange tijd, Vanessa. Ik ga dood. Ik – heb – het – gevoel – dat – ik – dóódga.' Hij sloeg op het houten werkblad om zijn woorden kracht bij te zetten.

'Hoe heet ze?' vroeg Vanessa. 'Nee, laat maar, ik wil het niet weten. Zeg maar niet.'

'Lorraine,' zei Colin, zoals hij 'niets' gezegd zou kunnen hebben.

'Is ze getrouwd?'

'Was. Was. Ze is ontsnapt.' Hij beet op zijn lip en liet zijn hoofd weer achterover zakken.

'Kinderen?'

Colin schudde langzaam zijn hoofd.

'En hoe moet het met onze kinderen?' vroeg Vanessa.

'Begin,' zei Colin, als een politieman zijn hand opstekend, 'alsjeblieft niet.'

'Weet ze dat je totaal blut bent?' vroeg Vanessa even later.

'Ze heeft geld van zichzelf,' zei Colin. Hij kon de trots niet uit zijn stem weren. 'Ze heeft haar eigen bedrijf. Ze is een heel geslaagde zakenvrouw.'

'Maar als je weggaat, zul je nog steeds voor ons onderhoud moeten betalen.'

'Details,' zei Colin, opnieuw met zijn handen wapperend.

'Hoe denk je dat voor elkaar te krijgen?'

'Dit is geen kwestie van geld,' zei Colin met luide stem. 'Desnoods verkoop ik het huis,' ging hij even later verder. Zijn huid was spierwit, het onoprechte, simpele wit van een of andere obscuur Keltisch voorgeslacht waar het moderne ontwerp van zijn persoonlijkheid op dit moment overheen gelegd leek.

'Dat kan niet,' zei Vanessa.

'Waarom niet?'

'Omdat – omdat ik het niet wil.'

'Het is mijn huis,' zei Colin.

'Beteken ik dan helemaal niets?' vroeg Vanessa.

'Niet doen,' zei Colin.

'Geef alsjeblieft antwoord. Ja of nee?'

Colin sloeg zijn armen weer over elkaar en wendde zijn hoofd af. Vanessa liep de keuken uit en ging naar boven. Ze nam snel een kijkje bij de kinderen in hun bedjes, trok zich daarna terug op haar kamer en deed de deur achter zich dicht. Het was koud; het zou weer gaan vriezen vannacht. Ze ging naar bed zonder zich uit te kleden en trok de dekens over haar hoofd.

Onverwacht viel ze meteen in een zwarte, karakterloze droom. Toen ze haar ogen weer opendeed, was de kamer gevuld met een grijs, poeierig licht. Ze had vergeten de gordijnen dicht te doen. Ze stond meteen op. Een vreemde, voorspellende stilte trok haar naar het raam. Toen ze naar buiten keek, zag ze sneeuw. Alles was uitgewist, de grove, pijnlijke details van de tuin, de kartelige silhouetten van bomen, de scherp omrande, geplet-metalen lelijkheid van de winter, allemaal weg. Het hele geëtioleerde panorama was onder een dik tapijt van wit verdwenen. Vanessa stond voor het raam. Even later liep ze naar de overloop. De kinderen bleven stil in hun bedjes. De deur van de logeerkamer was dicht; Colin was nog thuis. Ze liep geruisloos de trap af en de keuken in. Het was zeven uur. De jongens konden elk moment wakker worden. Ze trok haar jas aan en liep de voordeur uit.

De hemel was bleek en schoongeveegd na het afwerpen van zijn last. Alles was stil. Vanessa stond op de omfloerste weg en vroeg zich af of ze droomde: het witte, klankloze landschap leek op het landschap van haar eigen geest. Voor haar gevoel duidde dat op een zekere erkenning van zichzelf, de erkenning van een mysterieus gezag. Het drukte de mening uit, dit gezag, dat de natuur zich gegriefd voelde in de persoon van Vanessa en dat haar toorn grootmoedig zou zijn. Ze vond het interessant, het idee dat een wond in het hart een uitstorting van schoonheid tot gevolg kon hebben, ijskoud, betoverend, smeltend in de hand; dat ze tot in het diepst van haar ziel doorboord was en alleen maar steeds diepere voorraden van welwillendheid toonde. Met haar handen in haar zakken liep ze het weggetje op. Het was doodstil in het dal. Haar laarzen zakten geruisloos weg. Ze zag niemand. Alle eigenschappen van haar leven leken haar ontvallen te zijn, en ze bewoog zich in haar eigen element, in haar herinneringen, in de specifieke cadensen van haar wezen. De man, de twee kinderen en het huis lagen achter haar, als stenen in een beek die verder stroomde, kabbelend tussen witgekorste oevers, vloeibaar, bezield, onaangedaan. Ze liep langzaam verder, door het weiland achter de kerk en naar het topje van de heuvel. Toen ze zich omdraaide, zag ze het spoor van haar voetafdrukken achter zich omhoog klimmen. Ze wilde dat ze uitgewist konden worden. Ze voelde zich beslist en vastberaden, maar het verlangen etherisch te zijn, te stoppen, op te houden, verzette zich tegen die beslissing, zodat ze van zichzelf vervreemd was, in innnerlijke vijandschap leefde, in staat van oorlog was. Ze moest leven, maar haar gevoelens kwamen in opstand tegen de levenden. Ze wilden hun eigen weg gaan. Dit was een situatie die haar in tweeën zou scheuren. Ze zocht in zichzelf naar een gemeenschappelijk doel – haar kinderen. Op een dag zouden haar kinderen haar ook verlaten, maar dat gaf niet, dat lag zo ver weg in de tijd dat dan en nu gescheiden leken door een geologisch proces, de jaren van haar veroudering, van haar vorming. Ze zou een andere persoon zijn, geëvolueerd voor toekomstige verhoudingen. Toen ze weer afdaalde, zag ze een klein figuurtje in de sneeuw aan de andere kant van het dal. Het was een man en hij zwaaide. Ze herkende Victor en zwaaide terug, glimlachend hoewel het uitgesloten was dat hij haar gezicht kon zien.

Colin zat in zijn ochtendjas aan de keukentafel. Zijn haar stond overeind. Vanessa hoorde het geluid van de tv uit de

kamer ernaast komen. Toen ze binnenkwam, keek hij op.
Zijn mond hing open.

'Zijn de wegen geblokkeerd?' vroeg hij.

'Ja,' zei Vanessa. 'Ik ben bang dat je vandaag niet weg
kunt.'

Colin gaf geen antwoord. Ze voelde hem kijken toen ze
koffie zette. Ze nam het kopje mee naar boven en bleef op de
overloop staan, doodstil. Ze hoorde Danny huilen en toen,
even later, het zware krassen van Colins stoel. Een poosje
daarna hoorde ze gekletter en nog meer gehuil, gevolgd door
de onduidelijke, strenge bas van Colins stem.

'Ik heb honger,' zei Justin. 'Pap, ik heb honger. Ik heb
honger, pa–'

'Hou je mond,' zei Colin. 'God nog aan toe.'

Bij het horen van de sirene van Justins gehuil legde Vanessa haar hoofd tegen de muur. Tranen stroomden uit haar
ogen, heet en overvloedig, en drupten op het tapijt. Ze ging
naar de badkamer en deed de deur op slot. Ze ging op de rand
van het bad zitten met de kranen open en na lange tijd stapte
ze in het water. Haar lichaam, wit, hoekig, anders, leek enorm
en vreemd genoeg onberoerd. De kwelling was in haar hoofd;
daar concentreerde het drama zich, lawaaierig, eindeloos,
waanzinnig gecomprimeerd. Ze had het gevoel dat ze een
passagier was in een auto die te hard reed: haar geest worstelde met het besef van gevaar, maar er was geen pijn, en omdat
ze niets lichamelijks voelde, dobberde ze verder in de richting
van onverschilligheid. Haar hand, paarsig en gekneusd, dreef
verdoofd naast haar in het water. Nu begreep ze de zin van
haar verwonding, in het licht van haar gesprek met Colin.
Het was haar tastbare wond; het was een teken. Ze stapte uit
het bad en ging bij het raam staan om haar lange haar te bor-

stelen. De sneeuw werd al bezoedeld door het doffe late-och-
tendlicht. De geluiden beneden waren opgehouden. De afwezigheid van de jongens daverde om haar heen. Het was beter
niet te weten wat er gebeurde. Binnen was er niet veel waaraan ze zich konden bezeren en als Colin ze mee naar buiten
genomen had, dan was het enige probleem de kou. Ze nam
aan dat Colin hen ver van het huis zou laten dwalen, en op
dat verste punt zou hun uithoudingsvermogen pardoes in-
storten. Ze had geleerd die eigenschap, hun tolerantie, tot de
laatste seconde uit te rekken. Ze kon ze indammen in de tijd;
ze moest wel, want zelf hadden ze geen enkel tijdsbesef. Ze
wisten nooit wat de volgende minuut zou brengen. Ze wisten
nooit wat ze nodig zouden hebben. Dat was haar talent, haar
kunnen, het reguleren van tijd. Nu ze alleen was, voelde ze
zich zowel verheven als geïsoleerd door deze specifieke vaardigheid. Het kwam haar voor dat zij de enige was die niet verlangde naar wat ze niet kon krijgen. Haar competentie omvatte alles: er was niets in haar waar ze geen vat op had. Het idee,
bijvoorbeeld, van verliefd worden – ze kon dit idee in over-
weging nemen, maar ze kon zich niet indenken dat het ooit
meer zou worden dan dat, zelfs als ze zou willen. En het had
niet zoveel om het lijf, dat Colin beweerde verliefd te zijn: de
kern lag in de praktische gevolgen van deze bewering. De be-
lediging kwam niet in de persoon van deze vrouw, van wie ze
zich vaag voorstelde dat ze precies op Colin leek, maar in Colins onvermogen in te zien waardoor zij, Vanessa, zich gekwetst zou voelen. Obscuur, institutioneel, het tegenovergestelde van ijdel – ze zou zich niet laten krenken op het punt
van liefde, of zelfs trouw. Nee, de centrale vraag was of ze
meetelde. Ze had geen bewijs dat ze meetelde – ze had nooit
om bewijs gevraagd, van niemand – maar ze telde mee, ze

wist dat ze meetelde. Ze beheerde de juiste dingen, ze regu-
leerde tijd; ze stond in contact met het leven op de hoogste
niveaus; ze was belangrijk.

Ze liep de trap af naar de keuken, die leeg was. Half leegge-
geten schaaltjes maïsvlokken stonden op de tafel. Door het
raam zag ze dat de auto er nog stond. Ze trok haar jas aan en
liep naar buiten, de ene minuut gelovend dat ze haar man en
kinderen ging zoeken en de volgende dat ze aan de val van het
huis ontsnapte voordat Colin kans zag om terug te komen en de
deur dicht te doen. Ze voelde zich merkwaardig gewichtloos
toen ze over de weg liep. Ze was al jaren niet alleen geweest
overdag, niet sinds de geboorte van Justin. Haar laarzen knerp-
ten in de sneeuw. Uit gewoonte sloeg ze het weggetje naar het
roze huis in en liep door het hek. Het huis zag er begraven en
onbewoond uit in de sneeuw, en Vanessa vermoedde dat Serena niet thuis was, maar ze klopte aan en wachtte, en na een
lange tijd waarin uitsluitend stilte heerste, ging de deur open.
Het was Victor. Hij keek naar Vanessa alsof hij haar niet herkende en zij was eveneens verbaasd, niet alleen omdat ze Serena verwacht had, maar ook omdat ze, als ze bij huizen aankwam, altijd op bezoek ging bij vrouwen; dan was er altijd een
vertrouwdheid van vorm, een lichamelijke herkenning, een uitwisseling van behoeften waardoor je nooit echt keek en je nooit
afvroeg waarom je gekomen was. Nu deed Vanessa dat wel.

'Neem me niet kwalijk dat ik zomaar op de stoep sta,' zei
ze, zich omdraaiend alsof ze weer weg wilde gaan. 'Je zult het
vast wel druk hebben. Ik kwam alleen maar toevallig voorbij.'

'Kom binnen,' zei hij. Hij deed een stap achteruit en trok
de deur verder open. 'Kom maar gauw uit de kou.'

Binnen waren de kamers warm en weemoedig, vol vergaarde lucht. Vanessa wist meteen dat Serena en de kinderen niet

thuis waren. Ze liep achter Victor aan naar de keuken. Die was helemaal opgeruimd. Zijn ordentelijke voorkomen leek een expressie van Victor, van zijn compacte mannelijkheid, zijn beheersing van feiten. De aanwezigheid van een vrouw verbreidde zich meer, vloeide om dingen heen en omvatte ze en maakte alles hetzelfde. Vanessa voelde een soort hardheid tussen zichzelf en haar gevoelens voor Colin komen. Het was een prettig gevoel: het opende de mogelijkheid dat ze de situatie toch in de hand zou kunnen houden. Victor zag er beter uit dan de laatste keer dat ze hem gezien had. Hij had kleur in zijn gezicht. Hij droeg zijn bruine muts en zo te zien diverse truien over elkaar heen.

'Ik zal thee zetten,' zei hij. 'Was jij dat vanmorgen, op de heuvel?'

'Ja,' zei ze.

'Het was net een droom, vond je ook niet? Het deed me aan mijn jeugd denken,' zei Victor. 'Niet dat het waar ik toen woonde ook maar in de verste verte zo heilzaam was als hier. Maar dat de hele wereld wit werd en dat alles goed was.'

'Ik geloof niet dat ze het zo ervaren,' zei Vanessa. 'Ze weten het niet.'

Victor trok langzaam een kast open en haalde er twee kopjes uit.

'Wat weten ze niet?' vroeg hij. 'Dat de wereld zo'n afschuwelijk oord is? Ik geloof dat ik dat altijd geweten heb. Ik heb het met de paplepel binnengekregen. Mijn fout is geweest dat ik dacht dat ik er iets aan kon doen.'

Hij slofte heen en weer op zijn pantoffelvoeten.

'Ik probeer dingen voor ze te begrijpen,' zei Vanessa, 'als een manier om ze zelf te begrijpen. Ik denk wel eens,' zei ze, 'dat ik zonder de kinderen niet zou bestaan.'

243

Victor bleef staan met het droge schijfje van een theezakje in zijn vingers.

'Datzelfde gevoel had ik met de wet,' zei hij. 'Toen ik ziek werd, zeiden de mensen voortdurend hoe ontbeerlijk ik was om te proberen me op te monteren.'

'Maar was dat voor een deel ook niet zo?'

'Niet echt. De wet is enkel een instrument. Het zit hem allemaal,' zei hij, 'in de interpretatie.'

'Maar er moeten toch andere mensen zijn.'

'Mensen die beter zijn, bedoel je?'

'Die even goed zijn.'

'Misschien wel,' zei Victor. 'Maar dat helpt geen zier. Net zomin als de wetenschap dat er andere moeders van andere kinderen zijn, jou zou helpen. Om ze in de steek te laten, bedoel ik.'

'Dat zou het alleen maar erger maken,' zei Vanessa.

'Zelfs een kind,' zei Victor, 'is niet honderd procent je eigen creatie. Niet zoals een rechtszaak. Ik maak me niet half zo veel zorgen over mijn kinderen als over mijn cliënten. Wat sommige mensen,' voegde hij eraan toe, 'ongetwijfeld verachtelijk zullen vinden.'

'Hoe bedoel je?' vroeg Vanessa.

'Gewoon dat we er op het gebied van liefde zo veel regels op nahouden,' zei hij.

'In dat geval ben ik ook verachtelijk,' zei Vanessa met een flauw glimlachje.

'Want wat aan mij vreet,' ging Victor verder, 'wat mij 's nachts uit de slaap houdt is de wetenschap dat iemand in de gevangenis zit die daar niet thuishoort. En de wetenschap dat dat komt doordat ik niet genoeg tijd had.'

'Wie dan?'

'Wat?'

'Die iemand waarover je het had.'

'Tja,' zei Victor, 'er is inderdaad iemand. Ze zit hier zelfs niet zo heel ver vandaan.'

'Wat heeft ze gedaan?'

'Ze zeiden dat ze een vrouw en haar twee kinderen vermoord heeft. Dat ze hun huis in brand gestoken heeft.'

'Wat erg,' zei Vanessa. Ze zag het huis, de rode takken van vuur en de vrouw, die Vanessa zelf leek te zijn, geflankeerd door de kleine silhouetten van haar kinderen. 'Maar het was niet waar?'

'Nee.'

Hij bracht de kopjes naar de tafel en ging zitten. Hij zag er licht en geleed uit op zijn stoel, alsof je hem steeds kleiner kon maken door hem op te vouwen, net zolang tot hij verdween.

'Hoe wist je dat?'

'Ik wist het niet zeker. Het werd steeds duidelijker.' Hij bracht zijn kopje naar zijn bleke, papierachtige lippen. 'En nu zit het ergens in een dossier te verstoffen.'

'Ga je haar opzoeken? Je zei dat ze hier niet ver vandaan zat.'

'Nee,' zei Victor. 'Ik kan niets voor haar doen. Ik heb geprobeerd haar aan een collega over te doen, maar ze was niet geïnteresseerd. Ze had de hoop opgegeven.'

'Maar dat was niet jouw schuld.'

Victor zuchtte.

'Tja, strikt genomen wel. Ik moest vorig jaar een paar weken naar het ziekenhuis en ik gaf haar zaak over aan mijn assistente. Die verknalde het. Kirsty was zwanger en de baby is in een kindertehuis opgenomen. Dat was niet,' zei hij, 'de bedoeling.'

'En Serena dan? Kon die niet iets doen?'

Victor lachte.

'Wat bijvoorbeeld? Een taart bakken en die naar haar toe brengen? Dat is niet echt haar stijl.'

'Iets schrijven,' zei Vanessa. 'In de kranten.'

'Serena is behoorlijk harteloos,' zei Victor. 'Wat haar betreft gaan er van mensen als Kirsty dertien in een dozijn. Of liever gezegd, ze weigert zich overstuur te laten maken door de gedachte dat er misschien wel duizend Kirsty's zijn. Volgens mij denkt ze dat als ze eenmaal begint met zich daar druk over te maken, ze niet meer zal kunnen ophouden. Vroeger was ze wel geïnteresseerd in dat soort dingen,' voegde hij eraan toe, terwijl hij zich omdraaide en naar de witte, afgeladen tuin keek alsof hij verwachtte Serena het pad op te zien komen. 'In haar revolutionaire jaren. Maar tegenwoordig wil ze alleen maar aan leuke dingen denken.'

'Dat geldt waarschijnlijk voor ons allemaal,' zei Vanessa.

'Waarschijnlijk wel,' zei Victor. Hij keek om zich heen alsof hij iets verloren was. 'Waar zijn je kinderen?'

'Ik heb ze bij Colin gelaten,' zei Vanessa. 'En de benen genomen.'

'Dat is goed,' zei Victor. 'Dat moet een erg fijn gevoel zijn.'

Toen ze opstond om weg te gaan liep Victor mee de voordeur uit en de tuin in, waar de sneeuw alles had omgeboetseerd tot obscure, vrouwelijke vormen die zich slaperig tot in de verte uitstrekten. Terwijl ze naar het stille dorp keek alvorens het weggetje in te slaan waar ze haar eigen huis zou zien, was Vanessa heel even opgetogen. Het gevoel leek het gevolg van een idee dat plotseling in haar opkwam: dat haar huis er, als ze die bocht om kwam, niet zou zijn, dat ze eeuwig de vrijheid zou genieten om in dit moment te wonen, dat in tegenstelling tot andere momenten niets leek te bevatten wat haar kon kwetsen. Ze keek naar Victor en zag het profiel van zijn vermoeide gezicht met de kammen van bot, het bruine kreupelhout van zijn haar. Hij leek plotseling gecompliceerd en heel ver weg: ze kon zich niet voorstellen hoe ze bij hem moest komen. Het brede vat van Colins lichaam, zijn mentaliteit, had haar zo gevormd dat ze, als ze naar een andere man keek, alleen maar botsende oppervlakken en niet-passende dingen zag. En hij, Victor, droeg ook Serena's afdruk, hij stond daar als een lege schoen, versleten, afwachtend, tijdelijk ongebruikt.

'Het was leuk om met je te praten,' zei Victor, en hij gaf haar een gekwelde glimlach die een schaduw over Vanessa's hart deed trekken.

Colin wilde niet zeggen of hij naar de borrel van meneer en mevrouw Daley ging. Hij lag in zijn spijkerbroek op de bank naar de tv te kijken en nam een eindeloos stilzwijgen in acht. Vanessa had een oppas geregeld voor zes uur. Omdat hij weigerde met haar te praten waren er nog meer dingen die ze niet wist: bijvoorbeeld of Colin van plan was haar te verlaten en wanneer, en of hij misschien dacht dat dit al was gebeurd. Zijn zwijgen stond bol van verwijt. Beschuldigde hij Vanessa ervan zijn pad naar de deur en het schimmige leven daarachter afgesneden te hebben? Ze had hem niet gevraagd weg te gaan, maar als zijn vrouw voelde ze zich gerechtigd terughoudend te zijn. Ze had zich voorgenomen de degelijke, niet-provocatieve houding van een stuk meubilair aan te nemen. Colin scheen hetzelfde plan te hebben opgegeven. Ze vroeg zich af of hij wachtte tot zij iets redelijk onvergeeflijks zou zeggen of doen. Dan kon hij lang wachten. Haar binnenste was even levenloos en van begeerte verstoken als een steen. De tuin van droefenis waar ze al die jaren haar privé-gedachten over Colin verzorgd had, was verstild van verwaarlozing. Ze kon er niet in; ze voelde zich vervreemd van die gedachten, terwijl ze toch bleven bestaan; ze schoten in het zaad en werden topzwaar en hun scheuten verstrengelden zich, zodat de doordachte lijnen van haar trouweloosheid langzaam werden uitgewist. Ze keek er Colin niet op aan, zoals hij daar met zijn dikke witte armen voor zijn borst op de sofa lag. Ze had het gevoel dat ze deze afloop over zichzelf had afgeroepen. Ze wist niet precies wanneer ze voor oppositie had gekozen in plaats van voor liefde; ze wist alleen maar dat ze teruggeschrokken was voor het houden van, voor het vooruitzicht van overgave.

Boven drapeerde ze zichzelf in zwarte zijde en deed haar zilveren ketting om, die haar hals met zijn koude greep omvatte. Ze keek naar zichzelf in de spiegel. Haar gezicht had de witte dichtheid van marmer. Ze voelde zich uit één stuk gehouwen, zwaar, heroïsch: desnoods zou ze alleen naar de borrel gaan. Ze bleef dit voor zichzelf herhalen als een manier om door de minuten te navigeren, terwijl die zich versmalden naar zes uur. Haar hart bonkte in haar borst. Haar handen beefden toen ze haar haar tot een wrong rolde en opstak. Op dit moment, terwijl ze met opgeheven handen voor de spiegel stond, vond ze zichzelf mooi. Verdriet had haar schoongewassen: het was net alsof haar een gipsverband was afgenomen, een dikke, ruwe laag van volwassen motivatie. Het was vijf voor zes. Op hetzelfde moment hoorde ze Colins trage voetstappen op de trap en een vlaag van blijdschap en ellende flitste door haar borst. Hij kwam achter haar de kamer binnen.

'Wanneer gaan we?' vroeg hij.

Ze gaf geen antwoord, maar klemde oorbellen aan haar oren. Hun gemene knellen was het knellen van het oude leven. Colin zuchtte hoorbaar.

'Je hoeft niet mee te gaan,' zei ze. 'Ik kan makkelijk alleen.'

Colin zei niets. Hij begon zijn spijkerbroek los te maken en ze wendde haar blik af. Toen ze weer keek, stond hij in zijn boxershort: een en al bil en zwarte vacht. Vanaf de plaats waar ze stond, kon ze precies het nest van haar zien dat in de holte van zijn rug groeide. Het zien van die haren herinnerde haar eraan dat Colin uniek was. Meestal zag ze hem als iets algemeen mannelijks – hij was als een mist waarin ze altijd maar een paar meter zicht had. Hij trok een schoon wit overhemd om zijn vlezige schouders en begon de knoopjes dicht te maken. Ze voelde dat ze de kans gemist had om hem naakt te zien, hem te begrijpen. Zijn huid had haar verwijten gemaakt over onduidelijke nalatigheden, die creatieve nalatigheden leken te zijn. Colin was ooit een baby geweest; staande voor de spiegel besefte ze plotseling dat ze hem te kort had gedaan als moeder. Ze zou dol geweest zijn op dat babylijfje, zou het bezeten hebben zoals ze de lijfjes van haar jongens bezat. Maar in plaats daarvan stond het fysieke feit van Colin, van Colin als man, voor een onherstelbaar verschil, een breuk. Het was bijna alsof ze hem niet kon accepteren omdat hij haar kind niet was. Hij was de buitenstaander, ongewenst. Door al deze gedachten voelde ze medelijden met Colin opkomen, zodat ze de aanvechting kreeg naar hem toe te gaan en haar armen om hem heen te slaan. Maar ze deed het niet. De duizend keer dat de onweerstaanbare lijfjes van haar kinderen haar ontboden hadden, dat ze geordonneerd werd door liefde, dat haar bodemloze trouw aan hen haar vermoeidheid of onvrede met geweld weggeslagen had, rezen als een enorme muur voor haar op. Haar macht Colin te weigeren leek haar soms de enige macht die ze had. Ze pakte een flesje parfum en besproeide zichzelf. De koude nevel vlijde zich op haar hals, op haar polsen. Ze keek opnieuw in de spiegel en zag ijs, glas, fonkelende holtes.

'Zullen we te voet gaan?' vroeg ze hem toen de oppas er was en ze hun jassen hadden aangetrokken en de jongens blozend en onverschillig voor de tv hadden achtergelaten. Toen Vanessa hun welterusten wenste, voelde ze zich niet langer mooi. Zij en Colin leken groot en belachelijk, tuttig in hun mooie kleren. Ze sleepten hun onvrede als een staart achter zich aan. Buiten, toen ze de koude stomp van de avondlucht voelde, de sluwe glinstering van sterren zag, omarmde Vanessa zijn vijandige charme. Ze wilde niet in de auto. Het idee hun ouder wordende lichamen vast te gespen boezemde haar afkeer in. Het leek alsof ergens op de bodem van de avond een laatste droesem van belofte lag. De sneeuw, blauwig, samengepakt, golfde om hen heen als een spookachtige oceaan, als de dood. Colin, zwart en omvangrijk in zijn overjas, stond voor haar op het pad; zijn adem kwam in nevelige bloesems uit zijn mond.

'Wat?' vroeg hij.

'Ik dacht gewoon dat het fijn zou zijn om te gaan lopen.'

Hij bleef doodstil staan met zijn rug naar haar toe, zijn neus iets in de lucht gestoken. Hij had de autosleutels in zijn hand. Er waren momenten waarin Colin al in een toekomst woonde die niet haar toekomst was. Vanessa zag hem alsof ze zelf al weg was. De wereld bewoog zich van haar af, hermetisch afgesloten, als een gemiste trein.

'Ik ga liever met de auto,' zei hij.

Ze zat buiten in de tuin toen ze las dat Victor gestorven was. Het beloofde een hete zomer te gaan worden. Elke dag zette ze een stoel in de schaduw van de beukenboom achter het huis en luisterde naar het geluid van de warme wind in de bladeren en keek vanachter gesloten oogleden naar de onderwatervormen die het zonlicht maakte. De lucht was zo behaaglijk tegen haar huid dat ze hem bijna niet voelde. Het was als een tweede kindertijd, dacht ze, na al die pijn. Op dit soort ochtenden had ze haar baby's onder deze zelfde boom in de kinderwagen gelegd, waar ze naar de blaadjes en het licht keken en hun nieuwe ledematen uitstrekten in de wachtende wereld.

Victors overlijdensbericht nam een halve pagina in beslag. De schrijver praatte over zijn leven en zijn werk, maar zijn faam als Serena's echtgenoot schoof over alles heen als het zonlicht over de maan. Er stond een foto van hem bij, jonger, aan een bureau in een wazig vertrek vol dossiers. Hij liet, stond er, zijn vrouw en twee kinderen achter. Vanessa vergoot een paar tranen en veegde ze weg met de rug van haar hand.

Serena en Victor waren in het voorjaar teruggegaan naar Londen. Er woonden nieuwe mensen in het roze huis, een gepensioneerd stel dat de hele binnenkant eruit gesloopt had en een nieuw oranje pannendak had laten aanleggen dat als een zwicrige, lelijke hoed op het huis prijkte. Ze wilden ook een nieuwe tuin: ze waren Colins eerste klanten geweest. Het was een drukke tuin, vol paadjes en prieeltjes en een ornamentele visvijver. Hij had er maanden over gedaan. Soms praatte hij over de tuinen van zijn jeugd in de buitenwijken, veelbewogen tuinen die een verhaal vertelden, en hoe dol hij was op hun uitzinnige perfectie, hun geschifte ordelijkheid.

Hij zei dat zijn grootvader een fantastisch tuinier was geweest, een bouwer van rotstuinen en ontwerper van winter-
kleur. Een Engelsman van de oude stempel, zei hij. Colin
reed in een witte bestelwagen met zijn naam op de zijkant.
Ze hadden hem gekocht met een deel van het verzekerings-
geld van Vanessa's ongeluk. 's Morgens laadde hij de jongens erin en bracht ze naar de crèche, waar ze tegenwoordig
de helft van de dag doorbrachten. Als Vanessa ze weg zag
rijden, met protesterende motor als ze de heuvel beklom-
men, sloeg ze steevast vol angst haar armen voor haar buik,
maar ze kwamen altijd weer terug, op een golf van risico het
weggetje afdalend om in de keuken hun middagmaal te eten.
Vanessa was inmiddels zover dat ze 's middags voor de jongens kon zorgen, maar in het begin waren ze de hele dag
weggeweest, en ze voelde nog steeds een vreemd heimwee
naar hen, naar de tijd voor het ongeluk, toen ze zo'n intieme
band hadden. Ze begon aan te sterken. Ze stroomde langzaam vol leven. Toch wist ze dat ze nooit meer naar haar
kinderen terug zou keren: de ochtenden in de crèche zouden
blijven, als een afrastering om haar hart. Zo hadden ze het
beslist, zij en Colin. In de weken dat ze boven lag, koud en
stil als een wortel in de harde wintergrond, was de wereld
langzaam maar zeker over de plaatsen die ze vroeger ingenomen had heen gegroeid. Er moesten dingen gedaan worden
en Colin deed ze, niet zoals zij ze gedaan zou hebben maar
op zijn eigen manier. Toen ze weer uit bed kwam, ontdekte
ze dat ze overbodig was geworden, en het feit van haar
vóórtdurende bestaan ontvouwde zich voor haar, blank, on-
beschreven, vol mogelijkheden. Ze had in de spiegel gekeken en niet gehuild, ondanks het feit dat ze haar eigen gezicht niet herkende. Het was een nieuw gezicht, lelijk,

dankbaar, niet in staat gevoelens te maskeren. Het was het gezicht waarvan ze altijd vermoed had dat het onder haar oude gezicht lag.

Ze had die morgen, de morgen dat ze over Victor las, een brief van Kirsty gekregen. Nu haar oog genezen was, nam ze rijlessen, en zodra ze weer in een auto kon stappen zou ze naar Kirsty's gevangenis gaan om haar te bezoeken. Ze had alles uitgezocht. Je kon iedereen bezoeken die bezocht wilde worden. Vanessa had het gevoel dat ze een onbekende meer te vertellen zou hebben dan iemand die ze kende, en ze veronderstelde dat Kirsty er hetzelfde voorstond. Kirsty schreef over haar dochtertje. Die was bijna twee. Ze woonde bij pleegouders die haar elke week naar de gevangenis brachten. Dat maakte diepe indruk op Vanessa. Ze vroeg zich af wie die mensen waren, die in dezelfde wereld woonden als zij en toch zo anders waren. Ze vroeg zich af wat ze zo gemaakt had. Het deed haar aan Serena denken, en dat Victor een keer zei dat ze harteloos was. Ze dacht niet dat dit zo was. Ze had haar pas nog op de tv gezien, waar ze over het boek praatte dat binnenkort uit zou komen, een bundel met al haar columns, en iets aan de manier waarop de beeldbuis haar knappe gezicht omlijstte, vertelde Vanessa hoe ongelukkig ze was. Ze had het gevoel dat ze bijna in haar ziel kon kijken. De interviewer had haar een vraag gesteld en terwijl ze luisterde, leek er een scherm voor haar gezicht weg te vallen, en heel even zag Vanessa haar huilen, zag ze hoe diep ze geloofde dat ze iets slechts had gedaan, maar ook hoe ze zich vastklampte, aan haar succes, haar verhalen. Vervolgens dacht ze dat Victor de dingen die Serena schreef vreselijk gevonden moest hebben, ondanks het feit dat ze ze voor hem schreef. Ze vroeg zich af of Serena geloofde dat zij verantwoordelijk was voor Victors dood. Ze vroeg zich af of Colin hetzelfde geloofde over het ongeluk.

Zittend in de zon vouwde ze de krant op zo'n manier dat Victor in het donker tussen de pagina's kwam te liggen.